100만 클릭 터지는
독한 필살기

100만 클릭 터지는 독한 필살기

신익수 지음

매일경제신문사

프롤로그

"100만 클릭 같은 소리 하네. 이따위 얄팍한 책이라니."

글 좀 쓴다는 이 땅의 소설가, 학자, 국어 선생님들이 이 책을 본다면 이렇게 '쌍욕'을 퍼부을 게 틀림없다. 클릭이 뭐 그리, 대단하다고, 클릭을 부르는 책이라니.

인정한다. 얄팍한 책 맞다. 유튜브, 블로그, 포스트, 인스타까지. '클릭을 부르는 얄팍한 꿀팁만 모아 공식화해보자', 그렇게 탄생한 책이었으니. 그렇다면 이건 어떤가.

《100만 클릭을 부르는 글쓰기》가 발간된 게 지난 2019년이다. 그 이후 생겨난, 정말이지 '경이적인 일'들.

1. 중화권 번역 출간

- 아마 많은 분이 잘 모르고 계실 게다. 《100만 클릭을 부르는 글쓰기》가 글로벌하게도 먹혔다는 것. 대만 광하 출판사(Taiwan Mansion Publishing Co., Ltd.)와 판권 계약을 맺고, 대만 · 홍콩 · 마카오 등 3개 국에 중국 번체로 번역되어 2만 부 가까이 판매됐다. 제목은 《100만 클릭, 10대 공식》이다. 심지어, 그쪽에서 먼저 요청이 왔다. 제발, 내달라고. 게다가 코로나 시대에, 글쓰기 실용서가 해외로 진출했다는 것은 처음으로 생긴 일, 즉 최초의 기록이다.

클릭만 뽑아먹는 글쓰기 공식, 글로벌에도 충분히 통한다는 의미다. 왜? 인간의 마음 속 '심통'은 다 같은 법이니까.

2. 플랫폼 글쓰기 1타 강사

- 필자는 의도치 않게 N잡러도 돼버렸다. 강의 플랫폼에 '10개 공식으로 뽀개는 100만 클릭 유발 글쓰기' '수강생 10배 늘리는 유혹의 제목 달기' 2개의 강의를 개설했고, 지금까지 매달, 쏠쏠하게 현금을 빼먹고 있다. 잠깐. 절대 수강 신청 따윈 하지 마시라. 핵심 팁들, 다 이 책에 버무려 놓았으니까.

3. 3일에 1건... 서평 숫자도 신기록

- 이건 진짜 미친 기록이다. 강요한 적 없다. 돈 뿌린 적 없다. 《100만 클릭을 부르는 글쓰기》를 감동깊게(?) 읽은 독자들, 스스로 마구마구 서평을 네이버에 올려 주신다. 2019년 발간 도서이니, 무려 4년째다. 많을 땐 매일, 지금은 3일에 1건 정도씩은 지속적으로 올라온다. 그저, 고마울 뿐이다. 마케팅 한 번 제대로 안 한 '100만 클릭' 1탄, 9쇄를 찍었다.

어떤가.

마케터, 블로그 운영자, 유튜버, 인플루언서, 예비 창업자에, 강사들까지, '클릭'에 목마른 이들이 얼마나 많은지 짐작을 하실 게다.

반대로, 교과서적 글 틀을 강조하며, 폼만 잡고, 격식 단단히 갖췄던, '글쓰기 바이블'들, 다 나가떨어졌다. 교수랍시고, 기자랍시고, 아니면 소설가랍시고, 수많은 글쟁이들이 글쓰기 책에 도전했지만, 외면당하고 있다.

이쯤 되면, 아시겠는가. 세상이 바뀌었다. 하루가 멀다 하고 '클릭 부자'들이 쏟아져 나온다. 100만 클릭쯤 우습게 터뜨리며 '월억

(한 달 1억)' 고지에 오른 이들이 부지기수다. '클릭 = 돈'인 시대, 데카르트가 무덤을 파고 살아 돌아온다면, '클릭한다. 고로 나는 존재한다'고 외쳤을, 멀티 플랫폼 공화국이다.

이 플랫폼에 노출되는 콘텐츠, 그 클릭을 불러내는 법을 모르면, 제아무리 셀럽이고, 스타고, 학식 있는 학자고 간에, 순식간에 외면당하고 마는 살벌한 시대다.

솔직해져보자. 가슴에 손을 얹고, 당신이 원하는 것, 멋진 글인가? 감동적인 글인가? 대통령의 글쓰기인가? 아니면, 하버드 500년 글쓰기 비법인가?

나도 100만 클릭을 찍고 싶다! 100만 구독자 모으고 싶다! 클릭으로 돈 벌고 싶다! 속내는 이것 아닌가. 자청도 되고 싶고, 김작가도 되고 싶은 것 아닌가. 뇌즙을 짜고, 클릭의 뼈를 오독오독 씹어먹으며, 100만 클릭의 정상에 우뚝 서고 싶은 것 아닌가.

그렇다면 볼 것 없다. 서점가에 널린, 폼 잡는 글쓰기 책들, 무조건 쓰레기통에 버리시라. 《100만 클릭을 부르는 글쓰기》 2탄 《100만 클릭 터지는 독한 필살기》를 집어드시라.

2탄, 한층 독하게 돌아왔다. 1탄이 왕초보용이었다면, 2탄은 철저히 프로 클릭러를 염두에 두고 쓴 '프로용'이다. '100만 클릭' 1탄이 나간 2019년 이후, 4년간 완전히 바뀐 '클릭 트렌드'를 반영, 챕터도 새로 업그레이드했다.

핵심 필살기만 모은 것도 모자라 '독한'이라는 수식어까지 붙였다. 클릭 1타 강사답게, 압축 요약 정리한 필살기 암기에 딱 15일, 데드라인까지 설정했다.

딱, 보름이다. 더도 말고 덜도 말고 딱, 15일.

15일만, 이 책의 지침대로, 공식, 씹어먹는다면, 당신도 '프로 클릭러'가 될 수 있다고 감히 장담한다.

'프로편'답게 가장 힘을 준 챕터는 '딱 1분 만에 클릭 터지는 채널 만드는 법(플랫폼 5형식 변환법)'과 '클릭을 돈으로 연결'하는 필살기 편이다. 클릭을 유발하는 것과 클릭을 돈으로 연결하는 건, 차원이 다른 게임이다. 재미로 가능한 영역이 '클릭 유발'의 아마추어 단계라면, 클릭을 돈으로 연결하는 작업은 철저히 프로 정신으로 접근해야 하는 프로의 세계다. 뽑아먹는 순간, 꿀맛과 단맛이 나는 게 아마추어 단계의 클릭이라면, 클릭을 돈으로 연결하는 프로의 단계에선, 씹는 순간, 핏물이 튀는 게 '클릭'이다. 마음 단단히 먹으시라. 한층 살벌하고 피 튀기는 서바이벌 게임이니까.

어려울 것도 없다. 클릭을 돈으로 연결하는 필살기 'BETS' 공식과, 돈 되는 콘텐츠를 무한리필로 생산할 수 있는, 마법의 우라까이 필살기 'HOT'까지 순식간에 해치운다.

사실, 히든카드편 필살기 공개를 놓고 잠깐, 고민을 했다. '클릭 선수'들도 돈 받고 강의로 푸는 영업 비밀만 골라, 갈아넣었으니까. 욕먹을지도 모른다. 원래는 PDF로 따로 묶은 뒤, '클릭 영업 비밀'이라는 제목으로, 다운로드 1번에 20만 원씩 받으려 했던, 소중한 원고다. 책값 아까우신 분들은, 빌려서라도, 그 부분만큼은 꼭 읽어보시라. 콘텐츠를 업으로 하는 마케터뿐 아니라, 예비창업자들도 돈 되는 클릭 유발법의 엑기스만 뽑아 먹을 수 있을 테니까.

구구절절 말이 길어졌다. 그래도, 이건 소개해야겠다. 수백 건의 서평 중 본 필자를 가장 감동시켰던 150자 짜리 감동의 서평. 이번 2탄이 나오는 데 결정적 기여를 한 글이다.

미친 책, 빨랑 절판돼라

- 블로그하며 유튜브 준비 중이다. 썸네일과 제목 짓는 방향성 제시, 모르는 꿀팁 방출. 미쳤다. 내용이! 바로 써먹을 수 있다. 나만 알고

싶다. 정말 클릭을 부를 만하다. 매력적인 제목 붙이기에 최적화되어 있다. 돈이 안 아깝다. 20만 원 값어치는 하는 책. 나에겐. 유튜버와 블로거들 필독 추천도서다. 150자가 이리 많았었나. 후기 남기기 힘드네. 관둘까 하다가 저자인 신 작가께 고마운 마음 전하고자 뇌즙 짜내 적는다. 쌩유~~~~.

아이디 d○○○○○○21, 예스24 서평 중에서

감동을 준, 이 팬 분. 미안하다. 1탄, 절판은커녕, 2탄까지 내버렸으니. 밤새 뇌즙 짜내 가며, 미친 듯이 다시 썼으니, 한 권만 더 사주시라. 2탄 서평도 잊지 마시라. 쌩유다.

2023년 봄, 매일경제신문사 5층에서

신 익 수

차례

8일 차 클릭을 부르는 마법의 섬 '자간도'

9일 차 클릭 타짜들만 쓰는 제목 스킬 'TTS'

10일 차 신통하네… 넣으면 터지는 클릭 유발 키워드

11일 차 기가 차네… 클릭 잡는 잡기술 3가지

플랫폼 글쓰기의 기초 잡기다. 딱 2일 만에 끝낸다. 모름지기 적을 알고, 나를 알아야 하는 법. 1일 차는 먼저 클릭 뽑아먹기 공략 대상인 미스터MR. 플랫폼(유튜브, 포스트, 블로그, 인스타그램)의 뇌구조를 파헤치고, 마인드를 다니는 'FIRE' 필살기를 배운다. 2일 차는 모든 글쓰기의 핵심 '쇼트SHORT' 필살기, 정복이다. 서점가에 널린 글쓰기 책들, 이 필살기 두 가지로 몇 권씩을 우려먹는다. 우린, 핵심만 뽑아먹고, 땡친다. 딱 이틀만 투자하자. 심호흡 한 번 하고 출발한다. 렛츠 고.

기본편 Basic

플랫폼 글쓰기 마인드셋

1일 차

100만 클릭을 부르는 마인드셋 'FIRE' 공식

T

'플랫폼 나라(하늘)에 계신 클릭의 신神이시여. 그 클릭이 거룩하게 하옵시며, 독자들의 클릭이, 플랫폼 나라에서 이뤄진 것과 같이, 나의 블로그(포스트, 유튜브)에서도 이루어질지어다. 아멘 · 클릭 주기도문'

'클릭의 나라', 플랫폼의 세계에 온 것을 환영한다. 이 세계는 살벌하다. 어김이 없다. 모든 게 클릭으로 시작해, 클릭으로 끝난다. 손끝(클릭)의 간택을 받지 못하면, 그 순간 버려진다. 정신 바짝 차려야 한다. 어, 하는 순간, 순삭이다.

미리 경고한다. 이 책, '100만 클릭' 실전 공략집, 독한 필살기 편이다. 알량한 글쓰기 노하우 따윈 기대하지 마시라. 우리의 목표는 오직 '클릭'이다. 클릭만 뽑아 먹을, 독하디 독한 핵심 비기秘技만을 다룬다.

게임이든, 인생이든 마찬가지다. 모름지기 공략법은 단순해야 한다. 공략법 치트키는 딱 두 단계다.

공략법 치트키

① 공략하는 대상 파악하기

② 대상에 맞는 공략법(기법) 다듬기

1레벨 단계에선 공략 대상부터 해부한다. 명심하시라. 클릭 공략 대상, '플랫폼 글쓰기'라는 것. 절대 '일반 글쓰기'가 아니다. 이게 핵심이다. 공략하는 적을 먼저 알아야, 전략이 선다. 이 전략에서 심법心法이 나온다.

투자 멘토들이 목숨 걸고 강조하는 게 있다. '기법 이전에 심법이 있다'는 것. 초식(기법)이 아무리 현란해도, 소용없다. 투자에서 결국 계좌를 불리는 건 심법이다. 심법이 단단해야, 무너지지 않는다. 심법을 다지는 첫 단계가 '적을 아는 것'이다.

공략 대상, MR. 플랫폼부터 해부하고 가자.

마인드셋 독한 필살기 3가지

- 필살기 1. 공략 대상은 플랫폼(알고리즘)이다 – 우뇌(자극 – 반응) 공략

  * 일반 글쓰기(인쇄글 · TV) = 좌뇌

  * 플랫폼 글쓰기(유튜브 · 포스트 · 블로그 · 인스타그램) = 우뇌

- 필살기 2. 플랫폼 속성

  * Mr. 플랫폼(알고리즘) = 위대한 능멸자The Great Humiliator

  * 예측불허. 상상초월. 예상치 못한 곳에서 터지는 클릭

- 필살기 3. 공략 마인드셋 FIRE 법칙

  * F : Follow Clicks 클릭을 따라가라

  * I : Identify 정체성을 심어라

  * R : Real 레알로 승부하라. 삥치지 마라

  * E : Enjoy 즐겨라

1 공략 대상 '적'부터 파악하라

퀴즈 하나 던지고 간다. 당신이 우연히 만든 콘텐츠(영상) 하나가 100만 클릭이 터졌다고 치자. 이 100만 클릭은 누가 만들어 준 것일까.

1. 천재적으로 콘텐츠를 만든 나
2. 바보같이 그 콘텐츠에 낚인 불특정 구독자
3. 플랫폼(유튜브, 블로그, 포스트 등의 알고리즘) 그 자체

1번이라고 답했다면, 초하수다. 아직까지 플랫폼의 작동원리, 즉 알고리즘을 자신이 통제할 수 있다고 착각하는 단계다. 과대 '클릭 망상'에 빠져있는 심각한 수준이다. 2번이라고 답했다면 겨우 왕초보를 벗어난 수준이라고 보면 된다. 플랫폼에서 클릭을 유발하는 게, 나와 구독자 간의 심리전쟁이라고 보는 시각이다.

전형적인 쌈닭 마인드다.

정답은 3번이다. 클릭은 그저, 바람에 따라가다 보면 쌓이는 것, 그저 거대한 플랫폼이 만들어내는 것이라는 마인드다. 플랫폼 세계는 우리의 의지와 상관없이 움직인다. 통제할 수 없다. 이게 클릭이 터질 거다, 미리 예측하는 게 아니라, 클릭이 터지는 방향을 읽어내고, 그 방향을 따라가는 것, 그게 클릭 유발 글쓰기의 핵심이요, 전부다.

그래서 가장 중요한 게 클릭 공략 대상인 '적'부터 명확히 해야 한다는 점이다.

우리가 작동원리(알고리즘)를 파악해야 하는 대상, 일반 글쓰기가 아니다. 플랫폼 글쓰기의 작동 구조(알고리즘의 뇌구조)이다. 유튜브, 포스트, 블로그, 인스타그램까지 모바일 기반으로 작동하는 거대한 플랫폼 캔버스, 그 캔버스를 움직이는 알고리즘의 뇌구조를 파헤쳐야 한다.

이 세상 글쓰기는 딱 두 가지(콘텐츠가 발현되는 플랫폼 종류에 따른 분류)다. 하나는 인쇄매체나 TV 케이블 등에서 먹히는 일반 글쓰기다. 그 대척점이 플랫폼 글쓰기다. 유튜브, 포스트, 블로그, 인스타그램까지 모바일 기반이다.

그렇다면 우리의 클릭 공략 대상은?

맞다. 플랫폼(편의상 MR. 플랫폼이라 부르겠다)이다. 정확히는 플랫폼 알고리즘이다. 절대, 일반 글쓰기가 아니라는 것, 이 책 마지막 페이지를 덮을 때까지 목에 칼이 들어와도 잊지 마시라. 당신이 글을 쓰고, 콘텐츠를 만들어 파는 공간, 그 정체가 '플랫폼'이라는 것. 텍스트 기반일 땐, 블로그 · 포스트가 적이요, 영상 기반일 땐 유튜브가 적이다.

이게 왜 중요할까.

우리가 평생 배우고, 접해 온 영역은 '일반 글쓰기'다. 익숙할 수밖에 없다. 반대로 우리의 공략 대상, 플랫폼 글쓰기는 낯선 영역이다. 플랫폼은 그 DNA부터가 다르다. 뇌 구조 자체가 일반 글쓰기와는 정반대라는 의미다.

그래서 적부터, 그 작동원리부터 파악하는 게 급선무다. 작동원리를 알면, 그 공략법의 실마리를 발견할 수 있다. 먼저 일반 글쓰기와, 플랫폼 두 가지의 뇌구조가 어떻게 다른지부터 살펴보자.

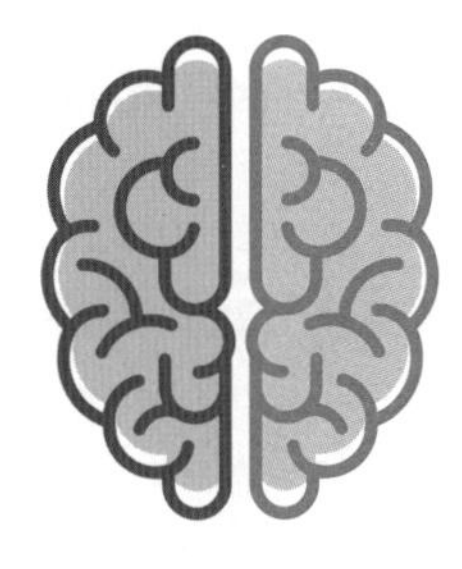

필살기 1. 공략 대상은 플랫폼, 우뇌를 쳐라!

- 일반 글쓰기 = 좌뇌
- 플랫폼(유튜브 · 포스트 · 블로그) = 우뇌

감이 오는가. 1차적으로 외워둬야 작동원리, '플랫폼은 우뇌의 영역'이라는 점이다.

일반 글쓰기는 다르다. 좌뇌의 영역이다. 글을 쓸 때도, 글을 소화해낼 때도, 좌뇌를 쓴다. 신문, 사설, 소설, 책, 잡지 같은 인쇄류가 일반 글쓰기다. 글을 쓸 때도 논리적 사고Analytical thinking, 숫자Numbers, 언어Language, 이성Reasoning, 로직Logic이 작동한다. 마찬가지다. 이 글을 소비(이해)할 때도 '논리적 사고'가 작동한다. 이 영역에선 본능보다 이성이 앞선다. 차근차근 논리적으로 글을 구성하는 게 핵심이 된다.

플랫폼 글쓰기는 정반대다. 우뇌 존이 지배한다. 유튜브, 포스트, 블로그를 떠올려 보시라. 플랫폼 콘텐츠에 영상이나 글을 제작할 때도, 그 결과물을 소비할 때도 우뇌가 작용한다. 우뇌에서 중요한 건 '직관, 본능, 감각'이다. 영상물이나, 포스트 · 블로그 콘텐츠를 제작할 때를 떠올려보시라. 직관 · 본능 · 감각적인 구성부터 떠올린다. 이 콘텐츠를 소비할 때도 마찬가지다. '어? 이게 뭐지' 하면서 본능적으로 클릭한다. 이성보다 손가락 끝, 즉 본능이 먼저 반응하는 셈이다.

정리하자면 이렇다. 다음을 보자.

- **일반 글쓰기 : 자극 → (이성) → 반응**
- **플랫폼 글쓰기 : 자극 → 반응 → (이성)**

글, 영상을 생산하는 콘텐츠 산업의 구조를 단순화하면 이렇다. 글, 영상으로 '자극'을 하고 반응을 이끌어내는 작업이다. 일반 글쓰기는 자극 - 반응 사이에 '이성'이 작동한다. 논리에 기반을 둔, 이해의 시간이 삽입되는 셈이다. 그리고 마지막에 어떤 감정의 결과물을 얻는다.

우뇌적 시스템이 작동하는 플랫폼은 어떨까. '자극'이 있고, 반응(클릭)이 바로 나온다. 이성적 판단은? '자극 - 반응' 뒤에 이성적 판단이 따른다.

감이 안 온다고? 예시를 보면 쉽다.

다음은 일반 글쓰기(신문 지면 뉴스)와 플랫폼 글쓰기(모바일 뉴스)의 제목 비교다. 첫 번째와 두 번째를 비교해보면, 반응의 작동원리를 쉽게 이해할 수 있다.

EX

■ **예시 1**

일반 글쓰기 제목

: 눈먼 돈 돼버린 전기화물차 보조금… "경유차 폐차와 연계를" 목소리

플랫폼 글쓰기 제목

: 2,400만 원 보조금 받고 되팔면 1,000만 원 차익… 뭐길래

■ **예시 2**

일반 글쓰기 제목

: 코로나로 뜬 공유주방… 거리두기 해제 후 '텅텅'

플랫폼 글쓰기 제목

: 20년 베테랑 사장님도 고개 저었다… "○○○○ 끝장"

느낌이 오는가. 일반 글쓰기 제목은 딱 봐도, '아', 하는 이해가 먼저 머릿속을 쾅 친다. 예시 1은 '전기화물차 보조금이 문제구나…' 하며 글을 읽는다. 예시 2도 마찬가지다. '공유주방이 코로나 이후 망해가는구나' 하며 글에 빠져들게 된다.

예시의 아래쪽 '플랫폼 제목'은 어떻게 받아들일까. 예 1. '…뭐길래?' 뭐지, 하며 먼저 클릭을 한다. 예 2도 마찬가지다. '아니, 20년 베테랑 사장님이 고개 저었다는데… 뭐지. 제목에 ○○○○은 또 뭐야' 하며 클릭부터 한다. 이해는 나중이다. 반응(클릭)이 먼저 온다.

이런 식이다. 플랫폼은 우뇌적 시스템이 작동하는 '거대한 기계'다. 이 속의 생존 법칙은 이렇다. 우뇌를 자극하는 콘텐츠만 살아남고, 그렇게 우뇌를 자극당한 인간들이 클릭을 쏟아낸다.

정리해드린다. 클릭 공략 대상인 적의 정체, 그리고 플랫폼 작동 원리(우뇌)를 알았다면 공략법은 뻔하다.

① 우뇌를 자극할 것

② (이후에) 콘텐츠(좌뇌의 영역)로 홀릴 것

우뇌를 자극하는 기법은 2레벨부터 공식화해서 압축 · 요약 정리해드린다. 조금만 참아주실 것.

2 클릭에 대한 치명적 오해 3가지

EX

'서너 달 고생해, 뇌즙(아이디어)을 짜내고, 미친 듯이 매달려 유튜브 영상이나 블로그 글을 생산해낸다. 아, 그런데? 조회 수 폭망이다. 클릭, 잠잠하다.'

어떤가. 딱 당신 이야기지 않은가. 공략 대상인 적敵을 착각한 데서 비롯된 결과다. 공략 대상이 좌뇌 기반의 일반 글쓰기라면 노력, 열정이 치트키일 수 있다. '노력 · 열정 = 클릭 수'가 비례할 수 있다.

우리가 클릭을 쪽쪽 빨아먹어야 할 세계는 차원이 다르다. 플랫폼 세상이다. 이곳, 우뇌가 지배한다. 왜 나의 글은 외면당할까. 피똥 싸서 만든 콘텐츠는 왜 외면받을까. 그게 공략 대상을 착각한 당신의 오해 탓이다. 제대로 떨쳐내시라. 적을 착각한 치명적 오해, '클릭의 편향Bias'들을.

EX

착각 1

확신 편향 : 열심히만 하면… 클릭은 따라온다?

착각 2

자만 편향 : 감히, 내가 누군데… 클릭은 터진다?

착각 3

최신 편향 : 예전에 나온 거잖아… 리바이벌은 안 된다?

1. 확신 편향 : 열심히만 하면, 클릭은 저절로 따라온다?

열심히만 하면 클릭은 저절로 따라온다? 천만에다. 공략 대상 착각이 불러일으킨 대표적 오해다. 열심, 노력, 뇌즙을 짜서 만들면 무조건 클릭이 터진다는 '확신'이 만든, 편향인 셈이다. '열심=클릭'이 비례하는 영역, 일반 글쓰기다. 논리에 맞게, 짜임새 있는 글이 읽히는 곳이다. 클릭을 뽑아내야 하는 곳은 차원이 다르다. 다시 한번 말씀드리지만 우뇌의 세계다. 명심하시라. 열심, 노력, 성실하게 잘 만들었다고 클릭이 터지는 게 절대 아니다.

플랫폼 글쓰기는 논리를 따르지 않는다. 예측불허다. 어떤 콘텐츠가 터질지 모른다. 24시간 고민해 내놓은 콘텐츠가 외면당하는가 하면, 어디서 본 듯한 콘텐츠를 그저 읽기 좋게 옮겼는데 100만 클릭이 터지기도 한다. 미쳐버린다.

필자는 이런 플랫폼 세계를 '미스터 플랫폼(Mr. 플랫폼)'이라 칭한다. 워런 버핏의 스승, 벤자민 그레이엄은 증권시장을 '미스터 마켓Mr. Market'에 빗대 설명한다.

EX

'가엾은 미스터 마켓은 불치의 정신질환에 걸려 있다. 어떨 땐 초우량 주식을 10% 할인해준다. 심통이 났을 땐 같은 주식인데, 가격을 25% 이상 높여서 부른다. 반면 사랑스러운 면도 있다. 당신(투자자)이 무시해도 그(미스터 마켓)는 서운해하지 않는다. 그가 오늘 내놓는 호가(가격)에 당신이 관심을 보이지 않아도, 그는 내일 다시 와서 새 호가를 제시한다. 거래 여부는 전적으로 당신에게 달려 있다. 어떤가. 이 조건이면 그의 조울증이 심할수록 당신에게 유리하지 않은가.'

이 설명을 플랫폼 세계로 살짝 돌려쳐보자. 유튜브, 포스트, 블로그를 아우르는 '미스터 플랫폼'은 정말이지 심통꾸러기다. 기분이 좋은 날은 '화창할 때 가기 좋은, 근교의 걷기 좋은 길 톱 5' 같은 산뜻한 재테크 통찰력에 기반을 둔, 양질의 콘텐츠에 100만 클릭을 준다. 반면, 그냥 똑같은 콘텐츠인데, 200클릭을 주지 않을 때도 있다.

그러니, '열심, 성실, 노력' 하면 무조건 클릭이 터진다는 '확신 편향'은 과감히 던져버려야 한다. 핵심은 이거다. 미스터 플랫폼의 흐름(기분)에 맞춰야 한다는 것. 그 심리를 잡아내고, 이 책에 나온 실전 공략법(10공식)을 동원한다면 누구나 클릭의 제왕이 될 수 있다.

2. 자만 편향 : 감히, 내가 만든 건데… 클릭은 절로 터진다?

자만 편향도 요주의다. '내가 연예인인데', '내가 베스트셀러 작가인데'…. 본인의 인기, 능력을 과신하고 만다. 바로 유튜브 제작에 나선다. 결과? 역시나 폭망이다.

미스터 플랫폼은 이기적이다. 당신이 누구인지 신경조차 쓰지 않는다. 심지어 심통꾸러기다. 미스터 플랫폼에서 한걸음 더 나아간, '위대한 능멸자The Great Humiliator, TGH'이기도 하다. 당신이 자만 편향을 앞세울 때마다 TGH가 등장한다. 그가 씨익 웃는다. '인기와 클릭 수(조회 수)가 비례할 것 같지…?' 슬슬, 능멸이 시작된다. 클릭, 폭망이다.

3. 최신 편향 : 그거, 예전에 나온 콘텐츠잖아… 새 뉴스만 클릭한다?

최신 편향은 투자에서 주로 쓰는 개념이다. 과거 추세보다 현재 패턴(최신의 데이터)을 더 신뢰한다는, 편향이다. 볼 것 없다. 역시나 치명적이다.

이 편향, 사실 기자가 몸담고 있는 '언론 세계'에서 흔하다. 지면을 책임지는 데스크들이 흔히 이 병을 겪고 있다. 증세도 심각하다. "야, 이거 지난번에 다 나온 내용이잖아. 새로울 게 없는데, 누가 보냐." 그럴까. 미안하지만 본다. 예전에 관심 많았는데, 놀랍게도 독자들은 그 것을 다시 보고 열광한다. '예전에 나온 건, 식상하다'는 것, 이 오해도 경계해야 한다. 심통꾸러기 미스터 플랫폼은 예측불허다. 비웃기라도 하듯, 예전 100만 클릭이 터진 걸, 200만, 300만 클릭으로 돌려주기도 한다. 당신의 예측을 철저히 뭉개버리는, 우뇌의 지배자가 '위대한 능멸자' 미스터 플랫폼이니까.

3 100만 클릭을 부르는 마인드셋 'FIRE' 공식

플랫폼 글쓰기 마인드셋 'FIRE' 법칙

- F : Follow Clicks 클릭을 따라가라
- I : Identity 자신만의 색깔(정체성)을 만들어라
- R : Real 솔직하라
- E : Enjoy 즐겨라(Easy 단순함)

이 책, 《100만 클릭 터지는 독한 필살기》다. 머뭇거릴 시간이 없다. 심통꾸러기 미스터 플랫폼. 공략 대상이 확정되었다면 볼 것 없다. 클릭 공략이다. 여기서 잠깐. 중요한 게 있다. 마인드셋이다.

당신, 주언규(신사임당)나 김작가가 되고 싶은가. 이런 프로 클릭러가 되려면 'FIRE족'이 돼야 한다. 'FIRE'란 용어는 재테크 영

역에서의 키워드다. '경제적 자립을 바탕으로 자발적으로 일찍 은퇴Financial Independence Retire Early'하는 이들, 바로 '파이어FIRE족'이다.

미스터 마켓을 상대하려면 재테크 영역의 FIRE족이 아닌, 플랫폼 글쓰기 FIRE족이 돼야 한다. 그것도 '독한' FIRE족. 밀리언 클릭러, 프로 플릭러를 꿈꾼다면 죽을 때까지 외우시라. 확언하시라. 뭐라고? FIRE라고!

1. F : Follow Clicks 클릭(대중)을 따라가라

'클릭을 따라가라Follow Clicks.'

FIRE의 F, 이게 핵심이다. 전부다. 클릭을 따라가라니. 이게 무슨 의미일까. 간명하다. 이미 100만 클릭 이상 터졌던, 콘텐츠를, 따라(살짝 비틀어) 만들라는 의미다.

'말이 되는가. 이미 본 것 아닌가.' 이런 반응이 나온다면 당신, 아직 플랫폼 세계에 적응이 되지 않은 거다. 몇 번을 말해야 하는가. 미스트 플랫폼, 심통꾸러기요, 위대한 능멸자라고. 번번이 당신의 예측을 뛰어넘는다.

지금은 없어졌지만, 네이버 모바일 주제판에 '여행+'판을 운영할 때다. 뇌즙을 짜내며, 하루 14개 콘텐츠(아래로 총 14줄)를 좌우 2개씩 큐레이션해서 배정해둔다. 다음날은 또 다른 14개를 선보여야 한다. 헌데 가끔, 정신이 나간다. 전날 1라인(1라인은 맨 윗줄. 신문으로 치면 1면이다. 클릭이 가장 많이 터진다) 노출했던 콘텐츠를, 실수로, 다음 날, 또 노출한 적이 있다. 결과가 놀라웠다. 전날 100만 이상이 터진 1라인 콘텐츠, 여행판을 찾은 클리커라면 모두 봤을 텐데, 어이없게도, 다음날 똑같은 정도의 클릭이 터져버린 거였다.

사실 클릭의 속성을 알면 당연한 결과다. 클릭은 '레밍' 같다. '나그네 쥐'로 불리는 레밍Lemming은 개체 수가 늘면 집단으로 이동한다. 동선은 직선. 선두를 따라 그저 직선으로 쏜다. 절벽을 만나면 그대로 뛰어내린다. 줄줄이 바다나 호수에 빠져 죽는다. 클릭은 이렇게 반응한다. 그저, 타인의 습성, 그대로 따라갈 뿐이다. '레밍 효과'다.

미스터 플랫폼 세계에서 클릭은 그야말로 레밍이다. 몰려다닌다. 의외의 것에서 클릭이 터지기 시작하면 놀랍게, 그 콘텐츠로만 클릭이 몰린다. 쏠려버린다.

그러니 클릭의 세계에서 가장 중요한 건 '철저히 대중(클릭)을 따라가라'는 거다.

여기서 잠깐. 반대로 가장 경계해야 할 심리? 이런 거다. 앞에서 본 '치명적 오해 2'의 자만 편향. '이 콘텐츠는 무조건 먹힌다'는 근자감(근거 없는 자만심)이다. 당신이 언론사에서 가장 잘나갔던 전문기자, 아니 대기자 출신이라고? 당신이 100만 부 이상을 판 베스트셀러 작가라고? 오히려, 이런 자만심이 클릭을 '날려' 버린다.

미스터 플랫폼은 정신질환에 걸린 심통꾸러기다. 당신이 제아무리 잘나가는 작가라도, 콧방귀도 안 뀔 때가 있다. 그러니, 주의하시라. 새겨두시라.

이 세계에서 클릭을 역행하는 건, 곧 죽음이다. 무조건 클릭을 따라가시라.

2. I : Identity 자신만의 색깔(정체성)을 심어라

허팝(구독자 400만), 슈카월드(252만 명), 버블디아(구독자 161만 명)

흔히 추천받는 유튜브 채널이다. 소위 '터진' 곳이다. 당연히 알고리즘 신神도 자주 간택(Pick 혹은 추천)을 한다.

다시 한번 잘 보시라. 어떤가. 채널명만 봐도 내용이 짐작이 가지 않는가. 맞다. 그거다. FIRE의 I. 정체성Identify이다. 허팝 하는 순간, 엉뚱한 실험맨이라는 이미지부터 콱 박힌다. 경제상식만 쉽게 풀어놓는 슈카월드야 두말하면 잔소리다. 가끔 경제 전문지 기자들이 지나치는 콘텐츠까지 잡아내니, 말 다했다. 버블디아는 노래 채널이다. 웬만한 기성 가수보다 구독자가 많다.

EX

> "1인 미디어 성공비결은 단순하다. 채널 정체성을 뚜렷하게 드러내는 시그니처 콘텐츠를 지속적으로 만들 것."

유튜버 스타가 된 대도서관이 콕 집어 한 말이다.

여기서 중요한 게 있다. '실전 공략법'이니, 영업 비밀 하나를 공개해드린다.

정체성의 정의다. 이 정체성, 두리뭉실 정체성이 아니다. 현미경을 대고 째려봐야 할 정도로 '세밀한' 정체성이다. 쉽게 말하면 '다른' 한방을 가진 정체성이다.

예컨대 이런 식이다. '먹방'이 인기라고 무작정 '뭔가를 먹는 방송'이라고 생각하면 안 된다. 허구한 날 그냥 먹어댄다고 채널이 터지는 게, 클릭이 폭발하는 게 절대 아니다. 구독자 50만 명을 돌파한 '미자네 주막'을 보자. 개그우먼 미자는 그냥 먹지 않는다. '다른' 한방이 있다. 그게 술이다. "캬캬" 하며 연신 인상을 쓰고, 술맛을 제대로 느끼며 먹으니, 구독자들이 열광하는 거다.

이런 것도 가능하다. 먹방? 대한민국 최고로 비싼 것만 먹는 거다. '다른' 한방이다. 조금 더 다른 정체성으로 덮고 싶다면 '내 돈내산'으로만 가는 거다.

필자가 영상 팀장으로 겸임하고 있는 〈매일경제신문〉 공식 유튜브 '매경5F'의 매수르 꼭지가 대표적이다. 매수르는 '매경 만수르'의 줄임말이다. 대한민국 최고만 찾아가는 식이다. '한 대 20억 원, 대한민국에서 가장 비싼 수륙양용버스' 탑승기부터 '대한민국에서 최고로 비싼 호떡 시음'까지 진격해갔다.

또 하나 알아둬야 할 것. '다름'을 강조하고 있다는 점이다. 다른 한방을 갖춘 정체성을 강조하면, 'Better(더 나음)'의 경쟁으로 착각하는 분들이 꽤나 많다. 정체성에게 특별함을 선사하는 건, 다름Different이지, 더 나음Better이 아니다.

지금은 돌아가신 이어령 선생의 멋진 비유가 있다. 100m 달리기를 한다. 360명이 뛴다. 모두가 골인 지점만 보고 뛰면 1등부터 360등까지 좍, 등수가 나열된다. 이게 '베터'의 경쟁이다. 서로 더 빨리 뛰려니, 피똥 싼다. 반대로 360명 모두가 만약 다른 방향으로 뛰면 어떨까. 모두가 1등을 할 수 있다. 이게 '다른 정체성'의 핵심이다.

이쯤에서 '미스터 플랫폼'의 성정 하나를 더 알려줘야 할 것 같다. 미스터 플랫폼은 편식주의자이기도 하다. 철저히, 정체성,

즉 색깔이 강한 콘텐츠만 찾아다닌다. 밋밋하고 색깔이 없는, 어정쩡한 콘텐츠는 생선 가시 발라내듯, 얄밉게 뱉어낸다. 대신, 색깔이 있는 속살(콘텐츠)만 골라 먹는다. 100만 클릭을 만들고 싶으신가. 그렇다면 찾아내시라. 마법의 '다름'을. 당신만의 정체성을.

3. R : Real 솔직하라

FIRE의 R. Real이다. 솔직함의 계명이다.

블로그 포스트나 유튜브 공간에서 '솔직함'은 무조건 갖춰야 할 제1 덕목이다. 숱하게 봐왔지 않은가. 장애인이라 속인 유튜브의 몰락, 천사표 기부왕 뒤의 추악한 두 얼굴 채널들을.

'미스터 플랫폼'은 피도 눈물도 없다. 냉혹한 괴물. 심지어 눈치 100단이다.

속이려 들면, 바로 안다. 그 순간 외면이다. 당신이 블로그 하나를 꾸리든, 가벼운 유튜브 채널을 만들 건, 절대 명심해야 할 게 '솔직함Real'이다.

'레알'로만 승부해야만 한다. 정직함 속에 진심을 담아내시라. 열정을 부어넣으시라. 눈치 100단 냉혹한 괴물, 반드시 클릭을 보답해준다.

여기서 또 잠깐. 그렇다면 버려야 할 제1 덕목은? 당연하다. 거짓이다.

묘하게 거짓 덕목과 엮이는 게 '상업성'이다. 자주 논란이 되는 '뒷광고'를 떠올리면 된다.

이쯤에서 이렇게 반문하시는 분들도 있을 게다. 어차피 클릭 늘리려는 게 돈 벌 목적 아니냐고. 인정한다. 백번 맞는 말이다.

하지만 상업성에도 두 가지가 있다. 솔직한Real 상업성이 있고, 속이는(거짓) 상업성이 있다.

솔직한 상업성? 괜찮다. 유튜브 시청 전 광고(구독자 1,000명 이상, 시청시간 기준 연간 4,000시간 이상이면 공식적으로 광고를 심을 수 있다)가 흐를 수도 있고, 블로그 포스트 하단에 광고가 붙을 수도 있다. 협찬 문구로 표시한 영상, 흔하디흔하다. 물건 받아 쓴 블로그, 포스트 부지기수다. 뭐 어떤가. 당당히, 광고 표시하고 홍보용이라는 것, 알려드리는데.

주의해야 할 건 속이는 상업성이다. 예컨대 교묘한 PPL 같은 거다.

구독자, 모르게 이런 거짓 상업성을 심기는 게 문제다. 이건, 반칙이다. 솔직함에 반하는 일이다.

클릭 슬슬 늘다 보면 주변에서 유혹(?)이 온다. 스폰서를 해줄 테니, 은밀하게, 그리고 표 안 나게 콘텐츠를 노출해 달라는 요구다. PPL 요청이 들어올 정도가 되면, 제작자인 당신, 교만함이 치솟는다. '내 채널이 그 정도는 되니까. 내 실력으로 (상업적인 콘텐츠) 표 안 나게 녹일 수 있지, 왜냐? 대중은 어리석거든.'

천만에. 당신이 어리석다. 미스터 플랫폼에겐 천리안이 있다. '상업적인 콘텐츠' 만큼은 기가 막히게 알아낸다. 눈치 100단이라고 말하지 않았던가.

사실 신문이 점점 외면당하는 이유 중 하나도 은밀한 '애드버토리얼(광고성 글쓰기)'이다. '상업성'은 악순환으로 이어진다.

처음엔 순수한 마음으로 시작한다. 클릭이 슬슬 는다. 이게 돈이 된다. 그러면 돈독이 오른다. 슬슬, 애드버토리얼의 유혹에 빠진다. 이때부터 몰락의 징조가 보인다. 돈이 되는 것과 반대로, 콘텐츠의 질은 점점 낮아진다. 악순환의 고리다.

모를 것 같은가? 미스터 플랫폼은 당신이 '지난 여름에 한 일까지' 모두 알고 있다. 그리고 냉혹하다. 상업적 콘텐츠, 철저히 뭉갠다. 100만 클릭 실전 비법서를 읽고 서서히 클릭이 올라가고, PPL의 유혹이 시작되는 것 같다고? 그때다. 경계심을 품을 때다. 'FIRE'의 R계명(솔직하라)을 떠올리시라. 경계하시라.

4. E : Enjoy 즐겨라

'센 놈이 살아남는 게 아니라 살아남는 놈이 센 거야.'

〈하얀거탑〉에 나온 유명한 대사다. 인생에서도, 투자의 세계에서도, 플랫폼 세계에서도 마찬가지다. 기어이 살아남아야 한다.

플랫폼 세상에서 클릭은 '산소O_2'다. 숨 쉬려면, 생존하려면, 어쩔 수 없다. 무조건 쥐어짜내야 한다. 만들어내야 한다.

모름지기, 즐겨야 한다는 상식이다. 헌데, 왜 굳이 FIRE의 마지막 계명이 EEnjoy 즐겨라 일까.

즐김에는 두 가지가 있다. 능동적 즐김과 수동적 즐김이다.

이런 분들이 있다. 유튜브 즐기며 만드는데 도통 클릭은 나오지 않는다며 투덜거리는 분. 원인은 하나다. '수동적'으로 즐겨서다.

수동적 즐김은 필연적으로 자기 합리화로 이어진다. 돈을 벌려, 어쩔 수 없이 뇌즙을 짠다. 그렇게 영상이나 포스트 블로그를 만드는 게 수동적 즐김이다. 이때의 즐김은 자기합리화로 연결된다. '난 즐기면서 열심히 하는데, 미스터 플랫폼이, 그리고 구독자들이 몰라준다'는 핑계다.

FIRE의 E, 마지막 '즐기라'는 계명은 능동적 즐김이다.

뻘짓을 해도, 그걸 즐기며 하면, 클릭이 터진다. 유튜브 '슈뻘팬'이라는 채널에서는 영식이형과 동욱이형이라는 허접 캐릭터

형들 두 명이 매번 '뻘짓'을 하는데, 다들 열광한다. 구독자 50만 명을 찍었다.

수동적으로 즐기면, 금방 질려버린다. 오래 못 간다. 능동적으로 즐기실 것. 그래야, 존버도 된다. 오래 간다.

능동적 즐김 단계에 이르면 '악플'도 반갑다. 100만 클릭 이상 영상이나 텍스트가 터지면, 댓글은 기본 500~1,000개가 달린다. 선플도 있지만, 군데군데 악플이 섞인다. 어떤 때는 댓글러끼리 싸우기도 한다. 무플은 무관심이지만 '악플 = 관심'인 셈이다. 그러니, 받아들이시라. 악플 툭 튀어나오면, '오~ 그래, 이 귀여운 악플. 또 나왔니?' 하며 반갑게 맞아주는 극강의 능동적 즐김 단계에 접어드시라.

EX

"콘텐츠를 만드는 작업은 씨딩(Seeding, 씨 뿌리는 작업)이다. 여러 곳에 씨를 뿌려둔다. 이걸 관리하는 일이다. 어떤 건 죽는다. 어떤 건 자라다 만다. 수백 개 씨앗 중 거대한 나무가 되는 건(100만 클릭이 터지는 건), 여러 씨앗 중 한 두 개에 불과하다."

유튜브 스타 주언규(신사임당)의 말이다.

이 말의 핵심은 이거다. '지속 가능성.' 지속 가능하려면 결국 살아남아야 한다. 그러려면 즐겨야 한다. 수동적이 아니고 능동적으로!

2일 차

아직도 몰라?
글쓰기의 국룰
'SHORT' 공식

T

2일 차, 2레벨로 올라간다. 무조건 알아둬야 할 핵심, 글쓰기 '국룰' 파헤치기다. 글은 소통 수단이다. 소통수단인 글이 '말(구어)'이면 영상 기반의 유튜브 플랫폼으로 구현된다. 텍스트면 블로그 · 포스트 · 인스타그램 플랫폼의 세계로 간다. 2레벨 목표는 모든 글쓰기의 핵심 '국룰' 정복이다.

쉽다. 국룰, 두 가지다. 넘버원 법칙 쾅, 때려라. 넘버 투는 짧게, 끊어치라는 것. 쾅 때리기는 '기세'다. 다시 말해 '선빵 날리기'다. 영상이든, 텍스트건, 글쓰기는 구독자(독자)와의 심리전이다. 비트의 세계와 같다. 0과 1. 간택(1)받지 못하면 버려진다(0). 그러자면 초반, 한방에 눈길을 사로잡아야 한다. 그래서, 선빵(먼저 때리는 한방)이 중요하다. 그것도 뇌가 울리게, 쾅, 내려쳐야 한다. 이게 별것 아닌 듯해도, 선수(전문기자)들이 뛰는 필드(언론계)에선 월스트리트저널 공식WSJ Fomular이라 불린다. 필살기처럼 강력하다. 끊어치는 법은 《100만 클릭을 부르는 글쓰기》에 나온 '쇼트의 법칙'이다. 준비되셨으면 간다. 한방에 끝내버리자.

글쓰기 SHORT 필살기

- 필살기 1. 월스트리트저널 공식WSJ Fomular : '선빵'을 날려라
  - 가장 상징적인 예(에피소드 리드, Episodic Lead)를 무조건 첫 머리에 꺼내라
- 필살기 2. 글쓰기의 국룰 쇼트Short 법칙

  ① SHORT의 법칙 : 짧게 끊어쳐라

  ② R의 법칙 : Rhythm 리듬을 타라

  ③ R의 법칙 : Don't Repeat 반복을 피하라

  ④ T : 재미와 정보의 황금비율 파레토(2대8) 법칙

1 '기세'… 쾅, 때려라

"실전은 기세야… 기세."

영화 《기생충》에 나오는 대사. 시험이건, 글이건, 핵심 키는 '기세'다. 특히 요즘 글은 그렇다. 일단 도입부(리드)에서 '쾅' 쳐야 한다. 뇌가 울리고, 손끝까지 진동이 이어져야, 클릭이 쏟아진다.

퓰리처상(언론계 베스트 글쓰기 상)을 수상한, 대부분 작품이 이런 식이다. 이걸 정형화해, '글쓰기 틀'로 조련하는 곳이 〈월스트리트저널〉이다. 아예 '월스트리트저널 공식'으로 불린다.

일반 글쓰기뿐 아니라, 영상 포스트 블로그 등 플랫폼 글쓰기에 이르기까지, 국룰 '치트키' 넘버원으로 외워둬야 할 첫 번째 공식 이거다.

'쾅, 때려라.'

치트키 넘버원 '월스트리트저널 공식'이다.

월스트리트저널 공식

① Episodic Lead : 가장 상징적인 장면(내용). 핵심 바로 전개. 쾅 때리기

② Transition to the Theme : 주제로 돌아가기(전체 기사 5분의 1 지점)

③ Story Line : 이야기 줄거리 암시

④ Tease The Reader : 독자 애태우기(알려줄 듯 말 듯)

⑤ Provide Details : 세부 정보 제공

⑥ Closing : 수미쌍관. 리드의 에피소드로 회기

어떤 글이든 마찬가지다. 기선제압에 지면, 독자를 끌어가지 못한다. 쾅, 때려야 잡을 수 있는, 가장 강력한 한방부터 '선빵'을 날리는 게 핵심이다. 그게 '1. 에피소딕 리드Episodic Lead'다. 자칫 지루할 수 있는 '인터뷰 기사'라면 무조건 이 방식을 택해야 한다. 그 다음, 어떤 내용이 전개될 정리해주는 단계, '2. 주제로 돌아가기Transition to the Theme'다. 3번부터는 원래 글쓰기 방식대로 나열하면 된다.

이게 일반 글쓰기에만 해당될 것 같지만 아니다. 요즘 이 공식

을 가장 잘 따르는 플랫폼이 놀랍게도 유튜브다. 김작가 채널, 주언규 PD(신사임당)까지 핵심 인플루언서들의 영상을 잘 보시라. 플레이와 동시에 가장 '핵심적인 인터뷰 내용(에피소딕 리드)'부터 나온다. 그 다음이 주제로 컴백이다. 인터뷰이가 누군지, 어떤 내용을 다룰지(주제로의 문맥 전환) 비로소 알려준다.

핵심은 '선빵'이라는 것 잊지 마시라. 예문을 보자.

EX

■ **'돈서관' 다니세요? 책 3,000권 읽고 '장사의 신' 됐답니다**
개그맨 겸 베스트셀러 작가 고명환 인터뷰

"길어야 이틀입니다. 그것도 운이 좋으면…." 뼈 수백 군데가 부러졌다. 심장도 찢겨 나갔다. 그 시절 가장 잘나갔던 최수종·송일국 주연 드라마 〈해신〉의 핵심 조연. 탄탄대로였던 스타의 앞길. 모든 게 교통사고 한방에 날아갔다. 다행히 회복은 된다. 기적이었다. 무료한 시간엔 책만 읽었다. 하루하루 쌓인 3,000여 권의 내공. 월 1억 원, 연 매출 12억 원의 메밀국수 가게가 그렇게 탄생했다.
책에서 답을 찾은 스토리는 출간 한 달여 만에 10쇄를 찍는 초베스트셀러가 됐다. 죽음의 문턱에서 돌아온 장사의 신. 그 주인공은 놀랍게도 개그맨 고명환(50)이다.
기자를 보자마자 톡톡 튀는 인사말이 날아든다. "개그맨 겸 영화배우 겸 탤런트 겸 메밀국수와 돼지갈빗집 최고경영자(CEO) 겸 베스트셀러 작가 겸 강사를 하고 있는 고명환입니다. 반갑습니다." 역시다. 죽음의 문턱을 밟았고, 장사의 신으로 거듭났어도 개그 본능,

개그 DNA만은 그대로다.

– 교통사고 얘기를 안 들을 수 없다. 시한부 판정까지 받으셨다고.

잊을 수가 없다. 2005년 2월이다. 50부작의 대작, 드라마 〈해신〉 18부를 찍고 전남 완도에서 돌아오던 길이었다. 운전하던 매니저가 깜빡 졸았다. 시속 190㎞로 앞 트럭 후미를 그대로 받았다. 뇌출혈에 뼈 수백 군데가 부러졌다. 심장도 찢겼다. 손을 쓸 수 없을 정도였다. 수술을 끝낸 의사가 말했다. "고명환 씨. 길어야 이틀입니다. 그것도 운이 좋으면. 유언하시고, 신변 정리도 하시기 바랍니다." 그런데 기적이 일어났다. 놀랍게 회복이 된 거다. 주변에선 말한다. 지옥 같지 않았냐고. 나는 이렇게 말해준다. 진짜, 이 교통사고에 고맙다고.

〈매일경제신문〉 2022.11.18.

1. 실전! 에피소딕 리드 만들기 1

실전 예로 바로 들어가 보자. 필자가 쓴 개그맨 고명환 인터뷰다. 개그맨으로 승승장구하다, 교통사고 후 메밀국수집으로 대박을 터뜨리며 인생 2막을 살고 있는 고명환. 당연히 수많은 스토리와 곡절이 있을 수 있다.

고명환이 가진 에피소딕 스토리

① 승승장구 : 문천식과 와룡봉추 활동 인기 개그맨. KBS 드라마 〈해신〉 출연.
② 교통사고 : 터닝포인트. 뼈가 수백 조각 남. 길어야 이틀 생존.
③ 대박 : 가게 '메밀꽃이 피었습니다' 월 1억 매출 대박. 채널A 〈서민갑부〉 출연.
④ 책 베스트셀러 : 이것은 돈 버는 법에 관한 이야기 출간 즉시 10쇄.

인터뷰를 통해 뽑아낸 에피소딕 4개 장면이다. 다음은 리드 추리기. 이 중에서도 가장 상징적인 장면 하나(에피소딕 리드 대장)를 추려야 한다. 직접 찍어보시라. 어떤가. 쾅, 때릴 수 있는 한방, 찍으셨는가. 그 특별한 '한방'의 핵심은 '반응=표정'이다. 고명환 스토리 장면 4개 중 표정이 변할 정도의 씬Scene이 있는가. 기자가 찍은 '한방(에피소딕 리드)'은 교통사고 당시의 생생한 장면이다. 2번 픽Pick. 리드에 가져갈 땐, 살짝 덧칠이 필요하다. 그 장면의 윤색이다.

"길어야 이틀입니다. 그것도 운이 좋으면…." 의사의 말, 인용문을 그대로 옮겼다. 살벌한 사고 후의 느낌을 한방에 전달하기 위한 장치다. 독자 입장에선 당연히 궁금증이 든다. 얼마나 다쳤길래. 이럴 땐 화려한 초식(수식어나 설명)이 필요 없다. 강렬한 기선 제압. 단문으로 쳐야 한다.

EX

'뼈 수백 군데가 부러졌다. 심장도 찢겨 나갔다.'

무슨 말이 더 필요한가. 뼈가 부러져 조각난 게 수백 군데. 심장까지 찢겨나가 버렸는데.

여기까지가 리드다. 《100만 클릭을 부르는 글쓰기》 애독자 분들이나, 눈치 빠른 분들은 짐작하셨겠지만, 여기까지도 주어가 없다. 이게 도대체 누구 얘기야. 이 역시, 장치다. 월스트리트저널 공식의 4번 독자 애태우기Tease The Reader다.

에피소딕 리드가 길면, 안 된다. '인지 밀림현상(집중력 방해)'으로 오히려 독자들의 반감을 불러일으킬 수 있다.

바로 월스트리트저널 공식 2번 단계 '주제로 돌아가기'로 점프한다. 다음을 보시라.

EX

"그 시절 가장 잘나갔던 최수종·송일국 주연 드라마 〈해신〉의 핵심 조연. 탄탄대로였던 스타의 앞길. 모든 게 교통사고 한방에 날아갔다. 다행히 회복은 된다. 기적이었다. 무료한 시간엔 책만 읽었다. 하루하루 쌓인 3,000여 권의 내공. 월 1억 원, 연 매출 12억 원의 메밀국수 가게가 그렇게 탄생했다. 책에서 답을 찾은 스토리는 출간 한 달여 만에 10쇄를 찍는 초베스트셀러가 됐다. 죽음의 문턱에서 돌아온 장사의 신. 그 주인공은 놀랍게도 개그맨 고명환(50)이다."

이 지점에서 독자들의 의문이 비로소 풀린다. 아, 고명환 얘기구나. 빨려들기 시작이다.

2. 실전! 에피소딕 리드 만들기 2

다음은 유튜브 채널 터닝포인트의 영상 중 하나다. 제목은 '억만장자 멘토링 리세션을 이겨낸 마인드… "중산층은… ××이야…"'.

[*억만장자 멘토링] 리세션을 이겨 낸 마인드.. "중산층은.. XX이야.."
터닝포인트 - 위대한 성공의 시작점 조회수 3.7천회
중산층에서 '절대' 안주하면 안됩니다.. -그랜트 카돈 *구독과 좋아요는 영상 제작에 큰 힘이 됩니다 *긴 인터뷰를 단시간으로 줄이다 보니 ...

구독자 22만 명의 터닝포인트라는 채널이 만든 것으로, 억만장자 그랜트 카돈의 인터뷰 중 '중산층으로 살지 말라'는 내용이다. 영상 내내 수십 가지 뼈 때리는 내용들이 등장하지만, 이 채널이 '결정적 한방'으로 뽑은, 에피소딕 리드는 영상 시작부터 28초 사이에 다 담겨 있다.

EX

"중산층은 세계에서 가장 깊은 최면에 빠져있어. 가장 위험한 건 '안전을 느끼는 사람들'이거든. 난, 25살 때 내가 망한 것처럼 다시 파산하는 건 (전혀) 두렵지 않아. 중간에서 안주할까봐, 그게 두려운 거지."

쾅. 이 지점이다. 중산층으로 살 것인가. 부자로 살 것인가. 안정을 느끼며 그저 직장 생활에 안주하려 한 것은 아닌가. 뇌가 '쾅'하고 울리는 거다. 이게 기세다. 영상의 강렬한 한방이다. 기선 제압을 당한 구독자들의 뇌는, 바로 '구독 · 좋아요'로 이어진다.

에피소딕 리드 뒤는 다른 영상과 편집이 같다. 25세 파산 후 억만장자가 된 그랜트 카돈의 스토리 소개다. 하지만 어떤가. 에피소딕 리드 한방에, 독자들은 무장해제다. 클릭이다.

무조건 외워라! 글쓰기 SHORT 법칙 4계명

- 쇼트(SHORT · 끊어치기 · SHO(SHOrt)R(Rhthym · Repeat) T(파레토의 T))의 법칙

① SHOrt : 짧게 끊어쳐라

②~③ shoRt : 리듬을 타라(Rythym) · 반복 금지(Don't Repeat)

④ shorT 파레토의 법칙(pareTo's law) : 재미와 정보 황금비율 2대8

- 1계명 SHORT의 법칙 : 짧게 끊어쳐라
- 2계명 R의 법칙 : Rhythm 리듬을 타라
- 3계명 R의 법칙 : Don't Repeat 반복을 피하라
- 4계명 T : 재미와 정보의 황금비율 파레토(2대8) 법칙

리드를 정복했으니, 다음은 패턴 잡기. 어떤 글이든 통용되는, 그러니 죽었다 깨나도 잊으면 안 되는 글쓰기 일반 법칙 4가지다.

영상이건 텍스트건 마찬가지다. 목숨 걸고 지켜야 하는 4계명, 이거다.

끊어쳐라 · 리듬을 타라 · 반복 금지 · 황금비율(재미:정보 – 2:8)

지금부터 이 4계명, '쇼트(SHORT · 끊어치기 · SHO(SHORT) R(Rhythm · Repeat)T(파레토의 T)의 법칙'이라 명명한다. 암기법은 SHORT다. 자, 한번 따라 되뇌어보시라. 쇼트. 알파벳 앞 글자를 연결해, 연상법으로 'SHORT'라 외워두면 된다.

이게 모든 글쓰기 패턴의 핵심이다. 긴 문장은 살덩어리다. 기름기부터 걷어내야 한다. 짧게SHO: SHORT, 문장을 마디마디 절단하시라. 거기에 '리듬(R : Rhythm)'도 담아야 한다. 리듬을 만들 때 중요한 것이 반복 금지R: Don't Repeat. 여기에 파레토(T : 파레토의 'T' · 파레토 법칙 2대8의 Two)법칙까지 곁들이면 완성이다.

여기서 잠깐. 분명 이런 분들 있을 게다. '소설가 이문열처럼 유려한 만연체 문장으로, 감성을 울리는 글을 쓰고 싶은데' 하는 분들. 이런 분들은 이 책 덮으시라. 소설가 이문열도 철저히 외면받을 수 있는 게 플랫폼 세계다. 수려하고 유려한, 감각적인 문체는 천재들에게 주시라. 괜히 어쭙잖게 이런 글 흉내 내다간, 죽도

밥도 안 된다.

아예 포기하고 짧게, 가자.

글이란 게 그렇다. 드라이빙(차 운전)과 비슷하다. 글을 차로 생각해보자. 핸들 잡고, 운전자(글 쓰는 자신)가 끌고 가는 느낌이 들어야지, 반대로 차(글)가 자신을 끌고 가는 느낌이 들면 안 된다. 핸들 잡고, 바로 악셀 밟고 출발(짧게 끊어치기)해야지, 공회전(만연체 고민) 오래 하다간, 매연만 심해진다.

짧게 끊어치시라. 그래야, 쓰는 이도, 보는 이도 부담이 없다. 술술 써지고, 술술 읽힌다.

끊어치는 Short의 법칙은 그러니, 차를 끌고 가는 운전의 시작점이다.

글을 끊어치다 보면 놀랍게도 리듬이 만들어진다. 운율이나 라임 같은 개념이다. 3-4-3-4, 혹은 2-5-2-5 같은 단어들이 절묘하게 버무려진다. 이게 핸들링이다. 운전할 때를 생각해보시라. 원하는 대로 핸들링이 되면, 승차감이 부드러워진다. 부드러운 승차감, 이게 글의 리듬이다. 핸들링이 부드러울수록, 리듬도 부드러워진다. 핸들링에 익숙해지면 때론, 강렬하게, 때론 긴박하게, 리듬을 만들어내는, 극강의 단계에도 이를 수 있다.

리듬이, 보이기 시작하면 글을 가지고 노는 단계에 접어들었다, 봐도 된다. 비로소 문장에 지문이 새겨진다. 그, 리듬만 봐도 누구의 글인지, 단박에 알 수 있게 되는 셈이다.

최후의 계명은 황금비율 만들기다. 정보(팩트)와 재미를 어떻게 버무려야 가장 절묘한 양념이 나올까. 고민할 것 없다. 정보 8 재미 2다. 이걸 필자는 '문장의 파레토 법칙'이라 부른다. 자, 이제부터 하나하나 뜯어보자.

2 1계명 - SHOrt : 짧게 끊어쳐라

짧게, 끊어쳐라. 글 쓰는 기본, 모르는 사람 없다.

핵심은 이거다. '끊어치는 정도.' 과연, 어느 '정도'까지 끊어야 할까. 늘, 이게 고민이다. 여기서 잠깐. 누구나 하는 오해가 있다. 글쓰기 강의를 하다 보면 '끊어치기의 1계명'을 대부분 '1형식(주어 동사)'의 나열로 받아들인다. '주어 + 동사'까지를 끊어치는 '마디'로 여기는 오해다. 아니다. 요즘 글쓰기는 한 단계 뛰어넘는다. 아예 '문장, 인수분해' 수준이다. 주어? 날린다. 서술어, 나열로 문장을 끊어간다. 감탄사. 의태어. 의성어. 하나, 하나 끊는다. 그런데, 묘하다. 이 끊김에 탄력이 붙는다. 리듬이 일고, 속도가 난다. 예문을 보시라.

다음은 끊어치기 '바이블'처럼 쓰고 있는, 필자의 '여행기'다. 일본 아오모리현의 명물, 400년 묵은 남녀혼탕의 체험기다.

■ 은밀하게 화끈하게 '설탕' 투어

벗었다. 홀라당. 아니다. 수건으로 중요 부위는 가렸다. "괜찮겠어요?" 같이 온 기자가 다짐하듯 묻는다. "뭐, 어때요." 애써, 담담한 척이다. 맞다. 이럴 땐 방법이 없다. 뻔뻔해져야 한다. 심호흡. 드르륵. 문을 연다. 무려 40년. 그 기간 학수고대하며 기다려왔던 판도라 상자, '남녀혼탕'의 문. 그게 열린다. 아뿔싸. 그런데, 이게 뭐야. 뿌옇다. 탕 안도, 물 속도.

-日 아오모리 온천 '스카유'

350년 역사의 남녀혼탕 쓰카유. 아오모리현의 명물이다.
세상에. 속았다. 이건, 아니다. 얼마를 기다렸는데. 어떻게 왔는데. 순간, 왔던 길이 스쳐간다. 일본, 하고도 북도호쿠 지역 삼총사 현 중 으뜸인 아오모리. 그 중심에 있는 휴화산 하코다산 중턱을 넘어 해발 1,000m 넘는 곳까지 한달음에 왔다. 촉수는 오직 한 곳에만 쏠렸다. 남녀혼탕 스카유. 게다가, 역사, 무려 350년이다.
당연히, 보이는 게 없었다. 20만 년 전 화산 분화에 의해 만들어졌다는 해발 약 400m에 위치한 도와다호도 그냥 스쳐갔고, 지류로 14㎞를 뻗은 계곡, 오이라세 계류 앞에서는 "사진 좀 찍자"는 동료 기자들에게 "더, 멋진 게 있다. 날 믿으라"는 협박 반, 감언이설 반 회유책으로 통과했다.
"아" 하는 탄성이, 모두의 입에서 터져나온 건, 불만이 소형 버스 안을 가득 채울 무렵. 도로변, 앙증맞은 우윳빛 연못에서 김이 모락모

락 피어나오는 거였다. '지옥의 늪(지고쿠누마).' 화산 열기에 자연스럽게 데워져, 생명이 살 수 없는 뜨거운 온천으로 변한 곳이다.
잠깐 하차. 다들, 신기한 듯 술렁거린다. 그럴 만도 하다. 온양, 도고 온천 같은 탕이야 많이 봤겠지. 하지만 실제 온천수가 모인 늪은 처음인 게다.
지옥의 늪을 지나 5분쯤 더 가면 나오는 곳이 스카유다. 역사만 350년. 아오모리현에서 최고로 치는 남녀혼탕이다.

〈매일경제신문〉 2014. 1. 24.

작정하고 끊어치기 시험을 위해 만든 여행기다.

차근차근, 리드를 해부해보자. 첫 문장 보시라. 주어? 없다. '벗었다'로 끝. 다음 문장, '홀라당'이다. 의태어가 한 문장인 셈. 세 번째 문장에도 주어, 없다. '수건으로 중요 부위는 가렸다'라니. 굳이 누군지 알 필요 없으니, 덜어낸 거다. 사실, 이게 다 의도적이다. 끊어치며, 속도감을 높인 뒤, 궁금증을 유발한 것.

"괜찮겠어요?"의 네 번째 문장을 지나, 다섯 번째 문장에 가서야 주어 하나(같이 온 기자)가 비로소 등장한다. 그, 다음 또 주어가 없다. '애써, 담담한 척이다. 맞다'까지.

그리고 다음 문장들은 더 심하게 끊어, 쳤다. 심호흡(명사). 드르륵(의성어).

끊어치기에 숨 가쁘게 끌려온 독자들은, '… 남녀 혼탕의 문. 그게 열린다'에서 '쾅' 한 대 맞는다. 아, 남녀혼탕 여행기구나, 마침내 느낀다.

여기서 멈추면 안 된다. 반전으로 또 한 번 쐐기를 박는다. 남녀혼탕이면 누구나 맑은 물을 떠올릴 터. 천만에다. '아뿔싸. 그런데, 이거 뭐야. 뿌옇다. 탕 안도. 물 속도.' 마지막 문장 역시 끊어치기 향연이다.

느낌이 오는가. 내친김에 '끊어치기 신공 세부 스킬'까지 외고 가자. 최신판 '끊어치기 세부 스킬 3계명'이다.

끊어치기 세부 스킬 3가지

① 기계적으로, 끊어라

② 1형식도 자른다

③ 숲의 흐름은 놓치지 말 것

세부 스킬 1. 기계적으로, 끊어라.

이게, 끊어질까, 고민 따윈 버려라. 기계AI처럼 끊어쳐라. 짧게 쓰자, 정도의 인식으로도 안 된다. 기계적으로, '딱딱'이다. 끊어치기는 만병통치약이다. 멋진 글을 쓰고 싶은가. 잘라라. 100만 클릭을 부르는 글을 쓰고 싶은가. 끊어쳐라. 문맥? 흐름? 따질 것 없다. 그저, 끊어쳐라.

세부 스킬 2. 1형식도 잘라라

끊어치는 마디는 정하기 나름이다. 1형식(주어 + 동사)에 얽매이지 마라. 주어? 날려도 된다. 동사? 그 자체로 한 문장이 된다. 그저 끊어보시라. '아' 하는 감탄사 한 글자, '맞다'는 맞장구 단어까지, 모든 게 끊어질 수 있다. 기자가 쓴 남녀혼탕 예를 한 번 더 보고 가자.

EX

> 맞다. 이럴 땐 방법이 없다. 뻔뻔해져야 한다. 심호흡. 드르륵. 문을 연다. 무려 40년. 그 기간 학수고대하며 기다려왔던 판도라 상자, '남녀혼탕'의 문. 그게 열린다. 아뿔싸. 그런데, 이게 뭐야. 뿌옇다. 탕 안도, 물 속도.

이런 식이다. 서술어 · 의성어 · 감탄사가 한 문장이다. '주어 + 동사'의 1형식이 보이는가. 없다. 형식도 던져버려라. 나누고 나누는 인수분해를 떠올려라. 더 이상 줄일 수 없을, 극강의 끝에서 느낀다. 턱턱 끊기면서 문장이 막히는 게 아니라, 그제야 뻥 뚫리는 문장의 흐름을.

세부 스킬 3. 숲의 흐름은 놓치지 말 것

여기서 잠깐. 경고등이 켜진다. 끊어치기의 태생적 한계가 있다. 너무 끊어치다 보면 글 전체의 전개가 엉망이 될 수 있다는 것. 그러니, 끊어치면서도 숲(글 전체) 전체의 흐름만큼은 놓치지 말아야 한다. 전체 글의 흐름, 즉 숲의 형태는 무조건 잊지 마실 것.

3 2계명 - R : Rhythm 리듬을 타라

끊어치다 보면 자연스럽게 나오는 게 있다. 리듬이다. 필자는 이 리듬을 '문장의 지문'이라 부른다. 선수들(글쟁이)끼리는 척 보면 안다. 문장 2~3개만 봐도 누구의 글인지, 금방 알아차린다. 리듬 덕이다.

문장 리듬 넣기 세부 스킬

① 리듬 만들기 공식 : 짤짤이 신공(1-1-3-4-2 법칙)

② 리듬 연마법 : 의식적으로 느껴라

1. 리듬의 정석 : 짤짤이 법칙(1-1-3-4-2 법칙)

'짧게 - 짧게 - 조금 길게 - 길게 - 짧게'

음악 시간으로 돌아가보자. 물리도록 외웠던 '강 - 약 - 중강 - 약'의 리듬. 글에도 이런 리듬이 있다. 백 투 더 베이직. 가장 교과서적 리듬은 이렇다. '짧게 - 짧게 - 조금 길게 - 길게 - 다시 짧게.' 이번 《100만 클릭 터지는 독한 필살기》에서는 '짤짤이(짧게 - 짧게) 법칙'으로 외우자. 《100만 클릭을 부르는 글쓰기》에는 숫자의 길이로 직관화 '1(짧게) - 1(짧게) - 3(조금 길게) - 4(길게) - 2(다시 짧게)'로 나와 있다. 줌 강의를 하다 보니 어떤 의미인지 질문이 많아, 공식을 다듬은 것이다.

뒤는 사실 상관없다. '짧게, 짧게'가 핵심. 스타카토 식으로 톡톡, 끊어쳐 시작 짤짤이(짧게-짧게) 리듬(1-1)을 만들면, 나머지(3-4-2)는 절로 따라온다. 짤짤(짧게-짧게)이가 핵심이다. 여기서 잠깐. 마지막 엔딩에 짤짤이 신공을 가미해도 된다. 어디에나 먹히는 게 리듬이다.

EX

■ 日 규슈 올레 3코스 '올레 창시자' 서명숙과 걷다
- 신익수 여행전문기자

그런데 웬걸. 꼬닥꼬닥, 놀멍쉬멍 즐기라던 이사장의 젓가락이 초스피드로 오고간다. 그것도 맛있는 비계 부위만 '콕콕' 골라 집는다. 뭐, 영혼이 따라올 시간을 주라고? 천만에다. 밥 때만큼은 예외다. 진검승부. 서 이사장과 기자의 젓가락이 일본 규슈 올레길에서 살벌하게 부딪힌다. 째쟁.

〈매일경제신문〉 2014. 1. 3.

올레길을 만든 서명숙 이사장과 직접 일본 규슈 올레길(3코스)을 걸으며, 쓴 탐방기 마지막 엔딩 부분이다. '짧게 – 짧게 – 조금 길게 – 길게 – 다시 짧게'의 흐름이 보이시는가.

마지막 문장을 보시라. 짤짤이 신공부터 쳤다.

천만에다(짧게) – 밥 때만큼은 예외다(1. 짧게) – 진검승부(1. 짧게) – 서 이사장과 기자의 젓가락이 일본 규슈 올레길에서 살벌하게 부딪힌다(3. 조금 길게–4. 길게) – 째쟁(2. 다시 짧게).

■ **오픈톱 모노레일 타고 무등산 돌까, 럭셔리 모노레일 타고 화담숲 오를까 - 신익수 여행전문기자**

"사다리로 정하자."
전운이 감돈다. 요즘 핫한 모노레일 배틀트립. 선택지는 딱 두 개다. '신박템'으로 남도를 강타한 무등산 모노레일과 경기권 줌마들의 로망 곤지암 모노레일. 만추홍엽을 배경으로 직접 다녀온 체험기 배틀이다. 게다가 자존심을 건 여행 전문기자 두 명의 여행 맞대결, 심지어 성(性) 대결이다. 쓱쓱쓱. 볼펜이 지그재그를 그릴 때마다 심장이 쫄깃해진다. 휴~. 역시 신은 공평하다. 가까운 곤지암은 선배인 내 차지. 아쉽게 전라남도 무등산은 네이버여행 홍지연 기자가 맡았다(절대 강요가 없었음을 밝힌다). 그 아찔했던 모노레일 배틀 현장으로 가보자.

〈매일경제신문〉 2018. 11. 19.

기자가 쓴 여행기, 리드문이다. 어떤가. 첫 문장을 읽고, 딱 신익수의 글이라는 생각이 드는가. 이게 리듬이다. 짤짤이 신공, 역시나 발휘다.

"사다리로 정하자."(1. 짧게 - 인용문도 짧게) - 전운이 감돈다(1. 짧게) - 요즘 핫한 모노레일 배틀트립 (3. 조금 길게) - 선택지는 딱 두 개다. '신박템'으로 남도를 강타한 무등산 모노레일과 경기권 줌마들의 로망 곤지암 모노레일(4. 길게 - 두 문장의 연결) - 만추홍엽을 배경으로 직접 다녀온 체험기 배틀이다(2. 다시 짧게).

중요한 건, 짤짤이로 시작하는 흐름이다.

아, 잊을 뻔했다. 주의 사항. '짤짤이 신공'은 절대적으로 신익수 식이라는 것을 명심할 것. 나머지 흐름은 순전히 독자들의 몫이다. 멋진 리듬을 만들어보실 것.

2. 리듬 연마법 : 의식적으로 느껴라

리듬 만들기 두 번째. 공식을 알았으니, 익숙해지는 단계. 이때는 핵심이, '의식적으로'다. 영상을 보건, 블로그 포스트의 글을 보건, 의식적으로 '리듬'을 보는 노력을 기울이면 된다.

구독자 250만 명을 거느린 채널 슈카월드의 전석재. 가만히 영상을 들어보시라. 말에 '리듬'이 있다. 말투만 봐도 누군지 안다. 마찬가지다. 주언규 PD. 역시나, 그만의 리듬을 탄다.

리듬 익히기. 별것 없다. 의식적으로 이런 '리듬'을 째려보실 것.

마음속으로 짤짤이 신공을 떠올리며, '1-1-3-4-2' 이런 길이의 흐름을 느끼시면 된다. 단, 숫자에 대한 강박은 버리실 것. 똑 부러지게 글자 수를 맞춰야 한다. '짧 – 짧'인데, 왜 중간에 살짝 긴 문장이 끼었을까, 이런 강박관념은 가질 필요가 없다. 흐름만 느끼실 것.

EX

■ 쫄지 마! 실전 매뉴얼이 여기 있잖아 - 불심검문 대처법
- 안수찬 기자

늦었다. 뛰어간다. "신분증 좀 봅시다." 경찰이 막는다. 없다. 급하게 나오느라 주민등록증을 빠뜨렸다. 촛불집회가 열린단다. 나는 거기 안 간다.

〈한겨레〉 2009. 7. 5.

글자 수를 '의식적으로' 세어보시라. 3-4의 흐름이다. 어, '1-1이 아닌데?' 할 필요가 없다. 짤짤이(짧게 – 짧게) 신공이구나, 느끼면 된다. 글자 수로 굳이 구분해보면 이렇다. 3(늦었다) – 4(뛰어간다) – 7(신분증 좀 봅시다) – 6(경찰이 막는다) – 2(없다). 마치, 글을 가지고 노는 듯한 느낌. 기막힌 리듬이 느껴지시는가.

글을 쓸 때도 마찬가지다. 의식적으로 끊어치며, '마음속으로' 리듬의 숫자를 읽어가시라. 다음 글처럼.

EX

어떤가. 느껴지시는가(**짤짤이, 1-1**). 100만 클릭 고지가 코앞이다(3). 10일간, 미친 듯이, 외우시면, 누구나 점령 가능하다(4). 심장이 뛰지 않으시는가(2).

이런 식이다. 남의 글을 볼 때도, 나의 글을 쓸 때도, 의식적으로 리듬을 타면 된다. 처음엔 힘들다. 뇌에, 달라붙지 않는다. 하지만 익숙해진다. 끊어치고, (리듬에 따라) 어느 문장은 길게 이어가다 보면, 어느 순간 리듬이 생긴다. 글이 나를 끌고 가는 게 아니라 마침내 내가 글을 끌고 가는 느낌이 든다. 그 순간이다. 리듬 편, 정복이다.

4 3계명 - R : (Don't) Repeat 반복을 피하라

"넌, 그냥 눈에 거슬려."

영화《성난 변호사》에 등장한 악역 문지훈 회장의 대사다. 이런 존재다. 글에서 딱, '거슬리는 존재', 그게 반복이다.

반복Repeat은 잉여다. 지뢰다. 살덩어리다. 무조건 제거해야 한다. 이 지뢰, 꽤나 심각하다. 종류까지 많다. '명사의 반복, 조사의 반복, 목적어 부사의 반복, 서술어 반복까지.'

글을 쓰다 보니, '반복'이 계속 반복된다. 어떤가. 느껴지는가. '반복'이라는 단어만 띄어도, 열 받지 않으시는가. 이런 식이다.

반복이 나쁘다는 의미가 아니다. 틀린 것도 아니다. 거슬린다는 거다. 거슬린다는 건, 아마추어스럽다는 말이다.

다시 한번 외고 가자. 쇼트SHORT의 3계명 '반복 금지'. 그중에서도 가장 치명적인 게 '서술어 반복'이다. 이건, 발목 지뢰다. 밟는 순간 터진다. 목숨 걸고 제거하시라.

서술어 반복 솎아내는 세부 스킬

① 반복 솎아내기 : 서술어만 째려봐라

② 반복 피하기 : 서술어를 변주하라

1. 서술어만 째려봐라

서술어 반복 솎아내는 법, 간단하다. 글 전체를 딱 놓고 '서술어'만 째려보면 된다. 언론사 데스크들이 후배 기자들이 보내온 기사를 데스킹(문장 수정, 오탈자 교정)할 때 이 방법을 쓴다. 딴 건 안 본다. 무조건 서술어만 본다. 다음 예문을 보자.

EX

■ 원하는 만큼 휴가 가라… 무제한 휴가제 도입한 이 회사
- 이상규 기자

마이크로소프트(MS)가 휴가 일수 제한 없이 직원들이 자유롭게 휴가를 갈 수 있는 '무제한 휴가제'를 실시한다고 〈블룸버그통신〉이 11일(현지시간) 보도했다. MS는 이날 미국 내 정규직을 대상으로 오는 16일부터 '무제한 휴가제'를 도입한다고 발표했다. 이어 최근

몇 년간 더 유연한 근무환경을 마련하기 위해 이 제도 도입을 검토해왔다고 MS는 설명했다. '무제한 휴가제'는 온라인 동영상 서비스(OTT) 넷플릭스와 구인·구직 웹사이트 링크드인 등 일부 정보기술(IT) 기업들이 이미 시행하고 있다. 월가에서는 대형투자은행인 골드만삭스가 간부급만을 대상으로 실시 중이다. 다만 이 제도는 관리자들이 휴가를 선호하지 않을 경우 시행에 어려움을 겪을 수 있는 것으로 알려졌다. 이에 대해 MS 대변인은 그런 문제점 등을 고려해 결정한 것이라고 강조했다. 그러면서 직원들이 충분한 휴가를 보장받을 수 있을 것으로 기대한다고 덧붙였다. 이 제도는 회사측 입장에서도 장점이라며 관리자들의 관련 업무 부담을 덜어줄 뿐 아니라 퇴사하거나 해고당한 직원들에게 휴가 미사용분에 대해 보상할 필요가 없다고 〈블룸버그통신〉은 전했다.

〈매일경제신문〉 2023. 1. 12.

서술어만 나열해보자. '보도했다 - 발표했다 - 설명했다 - 시행하고 있다 - 실시 중이다 - 덧붙였다 - 전했다.' 어떤가. 중복이 있는가. 깔끔하다. '보도했다' 다음의 서술어 '발표했다'는 보도했다의 변주(다른 서술어로 변주)다. '시행하고 있다'와 '실시 중이다'도 중복을 피하기 위해 틀어 쓴 것이다. 의미는 같다. '설명했다' '덧붙였다'와 '전했다'도 마찬가지다. 의미는 같지만, 반복 지뢰를 교묘하게 피한 것이다. 세련된 느낌이다.

2. 서술어를 변주하라

눈치 빠른 분들은 이미 아셨을 게다. 서술어만 본 뒤, '반복' 지뢰를 제거하고, 변주를 하면 된다. 두 번째 세부 스킬의 핵심이, 변주다. 필자는 '서술어의 변주'라 부른다. 기사문에 가장 많이 등장하는 서술어 '말했다'를 입맛대로 변주해보자.

EX

'말했다'의 변주
: 말했다 - 전했다 - 강조했다 - 귀띔했다 - 볼멘소리다 - 털어놨다 - 내뱉었다 - 밝혔다

말했다, 하나로도 이렇게 다양한 변주가 가능하다. 글쓰기에 익숙해지면 스스로 반복을 알아챈다. 자신의 몸에 살덩어리가 잡히는 게 느껴지는 것과 같은 이치다. 글을 탈고(다시 훑어보기)할 때도 마찬가지다. 서술어 반복만 체크해도, 글이 세련돼 보인다. 어? 이미 서술어 반복을 보고 계신다고? 그렇다면 인정. 글쓰기 고수의 반열에 올랐음이 틀림없다.

4계명 - T : pareTo 재미와 정보의 황금비율 파레토

① 파레토 법칙(정보 8 : 재미 2)을 기억하라

② 재미 전달의 3계명(웃기려면 웃기지 마라 · 담담하게 · 유행어 사투리를 구사하라)

영상이든, 포스트 블로그건 마찬가지다. 두 가지 재료가 버무려져 글의 '맛'으로 이어진다. 글이 맛이 있느냐 없느냐는 이 '배합'의 황금비율에 달려있다.

이거 은근히 헷갈린다. 당연히, 정답은 없다. 본 기자처럼 재미를 추구하는 '재미파'는 재미 양념의 비중이 늘어난다. 반면, 팩트를 중시하는 '정보파' 글꾼들은 팩트의 나열, 즉 정보 제공에 목숨을 건다. 여기에 황금비율이 있을까.

1. 파레토의 법칙을 기억하라

이참에 딱 정해드린다. 정확히 2대8. 재미 2 : 정보 8의 비중으로 버무리면 된다. 필자가 만들어낸, '글쓰기 파레토 법칙pareTo's law'이다.

8과 2로 이어진 파레토 법칙에서 끌어온 것이다. 파레토 법칙은 경제학에서 통용되는 황금비다. 경제용어사전(한경 경제용어사전)의 정의를 보자.

파레토 법칙

소득분포에 관한 통계적 법칙으로서, 파레토가 유럽 제국의 조사에서 얻은 경험적 법칙으로 요즘 유행하는 '80:20 법칙'과 같은 말이다. 즉, 상위 20% 사람들이 전체 부(富)의 80%를 가지고 있다거나, 상위 20% 고객이 매출의 80%를 창출한다든가 하는 의미로 쓰이지만, 80과 20은 숫자 자체를 반드시 의미하는 것은 아니다. 전체 성과의 대부분(80)이 몇 가지 소수의 요소(20)에 의존한다는 의미이다.

세상사가 마찬가지다. 대부분 8과 2의 비율로 맞아떨어진다. 내 월급의 80%는, 집중해서 일하는 20%에서 나온다. 영업에서도 결국 매출 80%를 차지하는 건, 상위 20%의 고객이다.

'글 틀의 파레토 법칙'은 8(정보)과 2(재미)다.

재미가 없으면 글이 무미건조해진다. 정보가 없으면, 싱겁다. 맛깔스러운 글을 만들고 싶은가. 그렇다면, 파레토 법칙을 잊지 마시라.

2. 재미 전달의 3계명

정보를 나열하는 건 쉽다. 팩트, 확인 작업만 거치면 된다. 그러니 건드릴 게 없다. 그대로 두면 된다. 결국 핵심이 되는 건 '재미 만들기'다. 클릭을 부르는 양념도 재미다. 100만 클릭을 부르기 위해 핵심 역량을 집중해야 할 포인트는 역시 재미 영역이다. 재미 전달, 이게 쉬운 작업이 아니다. 개그맨들의 푸념, 알고 있지 않은가. '웃기는 게 가장 힘들다'고.

그래서 외워둬야 한다. 필자가 만든 '재미 전달의 3계명'이다. 새겨두시라.

재미 전달의 3계명

① 웃기려면, 웃기지 마라

② 담담하게 보여줘라

③ 유행어 · 사투리를 동원하라

1. 웃기려면, 웃기지 마라

'웃기려면 웃기지 마라.'

재미 전달 1계명이다. 진짜, 웃긴 개그맨들을 떠올려 보시라. 그들이 과연 웃기면서, 웃는가? 아니다. 오히려, 차분하다. 담담하다. 글의 재미를 전달할 때, 가장 경계해야 하는 게 '흥분'이다.

살짝 틀어볼까. 반대로 말하면 '독자의 심금을 울리려면, 울리지 말라'도 된다는 뜻이다.

〈한겨레〉 안수찬 기자가 《나는 어떻게 쓰는가(13인 공저)》라는 글쓰기 책을 썼다. 여기서 그가 심혈을 기울여 기사쓰기 원칙에서 철칙으로 강조한 것도 '처음부터 끝까지 담담하게 쓸 것'이다.

여기서 1계명이 나온다. '웃기려면, 웃기지 말 것 · 울리려면, 울리지 말 것.' 안 기자의 부연 설명이다.

글을 쓰는 저자가 먼저 감정을 드러내거나 감정이입을 부추기는 글을 의도적으로 쓰면, 독자는 울고 싶다가도 눈물을 거두고, 웃고 싶다가도 미소를 짓는다.

안 기자가 직접 쓴 글을 보자.

EX

■ 내 이름은 김순악, 일제에 짓밟힌 소나무 한 그루
- 안수찬 기자

내 이름은 김순악. 그런데 일본 군인들은 자꾸 다른 이름을 불렀다. 사다코, 데루코, 요시코, 또는 마쓰다케라고 불렀다. 요 한 장을 깔면 방이 꽉 찼다. 방문에 작은 구멍이 있었다. 주먹밥 서너 개를 넣어줬다. 틈틈이 먹으며 하루 종일 일본 군인을 상대했다. 내 나이 열여섯이었다. 나중엔 몸이 아팠다. 일본 군인들은 옷을 벗지 않고 지퍼만 내렸다. 허리에 매달린 칼집이 내 뱃살을 찔렀다. 생리 때도 상대했다. 가제나 솜을 구해 아래를 닦았다.

〈한겨레21〉 2010. 1. 13.

어떤가. 표현도 특별할 게 없다. 담담하게 보여주는데, 꽂힌다. 천벌을 받을 놈들. 슬슬, 열도 받는다. 이게 바로 1계명의 강렬함이다.

2. 담담하게 보여줘라

'담담하게 보여줄 것.'

2계명이다. 1계명의 연결선상이다. 다시 앞의 예문 김순악 스토리로 돌아가 보자. 여기에 '천인공노할, 천벌을 받을 (일본)' 같은 형용사가 있는가. 천만에다. 없다. 그저, 상황을 담담하게 보여줄 뿐이다. 그런데, 결과는? 오, 속에서 천불이 난다. 열, 제대로 받는다.

이런 식이다. 신문사에서도 수많은 글을 데스킹한다. 그중에서도 가장 오글거리는, 그래서 꺼리는 서술어가 '아름답다. 황홀하다' 류다. 왜, 굳이 독자의 감정을 자극하려 드는가. 이런 식이면 안 된다. 그게 '아름답고 황홀한 장면'이면, 그대로 보여주는 것에서 끝내야 한다.

해질녘, 노을이 아름답다 (×)

- 감정까지 제어. 아름답다는 강요로 비칠 수 있다. 공감력 떨어진다.

감 홍시가 터진 듯, 오렌지 빛으로 물들었다 (O)

- 그저, 담담하게 보여줄 뿐이다. 어라. 그런데 느낌, 좋다. 공감력 상승이다.

'기쁘다 · 슬프다'는 표현도 버리실 것. '그는 슬펐다' 대신 '(그는) 눈물을 흘렸다'로 수정해보실 것. 의식적으로 '보여주'려 노력해야 한다.

3. 유행어 · 사투리를 구사하라

유행어·사투리 구사 세부 스킬

① 제목에 대놓고 박아넣기(클릭 직접 효과)

② 내용에 녹이기(클릭 간접 효과)

* 주의사항 : 유행어, 사투리는 '조미료'다. 과용하면, 역효과다.

현장감, 증폭법이다. 혹자는 말한다. 글의 격이 떨어지니 '표

준어를 써라'고. 천만에다. 반대로 가자. 아예 통째 빌려오는데, 이게 먹힌다. 유행어, 사투리는 현장감 증폭 장치다. 다만 주의사항이 있다. 시의성이다. 유행하던 그때, 바로 써먹어야 한다. 타이밍 놓치면 말짱 도루묵. 아끼면 × 된다.

유행어 · 사투리 구사의 세부 스킬은 두 가지다. 첫 번째는 아예 대놓고 제목에 콱 박아넣는 법. '클릭' 직접 효과로 이어진다. 두 번째는 내용이 슬쩍 녹이는 법이다. 간접효과를 노린 장치다. 아, 주의사항. 유행어 · 사투리는 '조미료'다. 너무 많이 먹으면 몸 상한다. 역효과 난다.

[발성Tip]🔥킹받는 그놈의 "목에 힘...목에 힘...목에...힘...." 어쩌라는겁니까
조회수 396회 · 2일 전
[Gootube]보컬트레이너 정구영
고음 #발성 #정구영 ▷좋아요&구독 사랑하구영 ▷레슨,행사,축가 문의: 카톡(jgy9020)
새 동영상

올해 이렇게 킹받는 영상은 처음 #Shorts
조회수 424만회 · 1년 전
이슈KO
대한민국을 KO(Knockout)하는 채널 이슈KO 입니다! 구독+좋아요를 눌러주시면 호랑이 기운이 납니다. :)

유튜브 내 '킹받는' 유행어 검색 결과

유튜브 쇼츠 영상과 일반 영상물이다. 제목에 바로 '킹받는'이라는 유행어 장치를 박아 넣은 거다. 어떤가. 킹받는가. 뭐지? 하면서, 뇌자극도 킹, 바로 클릭을 누른다.

쉽다. 대신 주의할 것 한 가지. 유행어, 사투리는 조미료라는 점이다. 과용하면 역효과다. 글을 쓸 때, 리드문 정도에만 양념처럼 섞어 쓰시라.

다음, 기자가 쓴 부산 베네치아(장림동) 여행기를 참고해보자. 내용 전체를 부산 사투리로 갔다. 조미료를 많이 넣은 사례다. 다시 한번 강조한다. 가볍게 털어넣을 것.

EX

■ **자가격리 없는 베네치아가 있다고?… 라베니체 부네치아를 아시나요?**
- 신익수 기자

– 진짜 물의 도시 '부네치아'

니, 여(여기) 안 가봤으믄, 마, 말을 마라. 꼬질이 동네 장림, 여(여기)가 천지개벽했다 안카나. 갓난 아(애기) 때만 해도, 오뎅(어묵) 공장에 둘러싸여가꼬, 쳐다도 안 봤던 그 동네 장림이, '부네치아(부산 베네치아)'가 됐는기라. 머라카노(뭐라 그러더라), 거, SNS라는 데 있재. 거(거기)도, 여(여기)서, 사진 찍어가꼬, 막 올리고 난리라대.

오죽하면 부산관광공사가 이 동네 주변을 '서부산'으로, 딱 찍어놓고 여 근처를 '사하 선셋로드'라 부르겠능교. 표준말로는 '브랜드 네이밍'이라 카재. 니한테만 살짝 코스 알려주꾸마. 몰운대(다대포객사·정운공 순의비)~다대포해변공원~아미산전망대~홍티아트센터~포구(홍티·보덕·장림·하단)~노을나루길~낙동강하굿둑~을숙도문화회관~낙동강하구에코센터 구간의 15㎞ 낙조길. 여 함(한번) 왔다카믄(왔다 가면), 딴 데는 못 간다 안카요.

〈매일경제신문〉 2021. 9. 24.

본격적인 플랫폼 글쓰기 단계로 들어간다. 클릭이 터지는 스토리는 따로 있다. 수학 '근의 공식'보다 더 중요한 '클릭 유발 공식' 암기가 끝나면, 프로 클릭러들만 안다는, 유혹의 스토리 공식 'BTS'를 익힌다. 스토리 메이킹, 마지막 단계에서 써먹는 공식이 'SUN' 필살기다. 핵심편이 끝나면 자유자재로, 스토리를 만들어내는, 놀라운 현상을 경험하게 된다. 누구나 할 수 있다. 딱 3일만 투자하시라.

핵심편 Essential

무조건 터지는 '유혹의 스토리' 만들기

3일 차

기본 공식부터 외우자, 클릭 터지는 마법의 공식 (A+B)×C

2레벨까지 기본은 뗐다. 모든 글쓰기의 세부 스킬까지 마스터했으니, 지금부터 본격적인 레벨 업 단계다. 미리 경고부터 한다. 플랫폼 글쓰기는 차원이 다른, 게임이다. 지금까지 배워온 일반 글쓰기의 틀, 완전히 쓰레기통에 던져 버리시라. 《150년 하버드 글쓰기 비법》이니 《대통령의 글쓰기》, 《유시민의 글쓰기 특강》 같은, 서점가에 널린 책들도 제발 치워두시라.

'미스터 플랫폼'의 입맛, 까탈스럽다. 먹던 것만 골라 먹는다. 아무리 양념을 쳐도, 스타일과 다르면 바로 외면이다. 스토리 메이킹(주제잡기)부터 글쓰기 틀, 구성법, 형식까지 모든 게 업그레이드돼야 한다.

클릭의 간택을 받기 위한 첫 단계가 '주제잡기'다. 100만 클릭 글쓰기를 위한, 파운데이션이라고 보면 된다. 블로그, 포스트, 심지어 음성으로 '글'을 쓰는 유튜브에서도 가장 근간(파운데이션)을 이루는 게 주제잡기다.

책 좀 읽은 당신이 알고 있는 주제잡기 방식, 뻔하다. '책을 많이 읽을 것. 통합적 사고를 할 것. 인문학적 소양을 갖출 것' 등이다. 이런 것, 플랫폼에서 백날 해봐야 헛발질이다. 평생 배워온 좌뇌 기반 사고방식, 다, 버려라.

미스터 플랫폼은 아이 입맛이다. 자극적인 것에만 반응한다. 당신 뇌 속에 든, 평생 배워 온 글쓰기 틀, '리셋'부터 하시라. 까탈스러운 입맛을 사로잡을, 스토리 메이킹 레시피(요리법) 지금부터 공개한다. 얍삽하게 느껴지는가. 가벼우신가. 유치해 보여도, 클릭은 터진다. 째려보시라. 외워두시라.

플랫폼 스토리 메이킹 필살기 2가지

- **필살기 1. 100만 클릭을 부르는 스토리 메이킹 공식**
  - * (A + B) × C = (A : 스토리 + B : 가치) × C : 자극(클릭의 섬 자간도 공식)
  - * A + B : 콘텐츠, C는 기법(제목 달기의 기술)
    - A. 스토리 : 이성을 마비시키는 스토리 : 야 · 반 · 도 · 주 : 야함 + 반전 + 돈(Money : 명품) + 주(주인공 : 스타 · 연예인)
    - B. 가치 : 어떤 가치를 줄 것인가 = 문제 해결 : Solve
    - C. 자극 : 클릭의 섬 '자간도' 공식(자극하라 · 간지럽혀라 · 도발하라)

- 필살기 2. 주제 잡기 마인드셋 CES 공식

  ① 연결성(Connectivity) : 묻어갈 수 있는가

  ② 확장성(Expandibility) : '우라까이'할 수 있는가

  ③ 지속가능성(Sustainability) : 무한제작이 가능한가

1 '100만 클릭을 부르는 공식'부터 외워라

3,000만 원짜리 샤넬백이 놓여있다고 가정하고 사람들의 반응을 보자.

1. 만약 머릿속에 '가성비'가 떠오르고, '같은 가죽인데 그냥 싼(가성비 좋은) 다른 가죽 가방 사야지'라는 생각이 든다면, 그대는 좌뇌 기반의 이콘(합리적 인간, Econ)이다.

2. 한켠에는 또 다른 인간들이 있다. 우뇌 기반의 '이성이 마비'된 군중이다. 이들은 오직 감정적으로 움직일 뿐이다. '이번에 못 사면 또 3개월 이상은 기다려야 하는데. 한정판인데, 무조건 수집해야 하는데.' 심장이 뛴다. 합리적 소비를 해야 할 이성은 그야말로 급정지다. 오픈 런을 하고, 4~5시간씩 줄 서서 기어이 사고 만다. 제작비의 100배 이상을 주고 사는데, 오히려 행복한 감정이 든다.

이 지점이다. 우리가 노려야 할 대상, 바로 '이성이 마비'된 군중이다. 1레벨 미스터 플랫폼 씨의 속성(작동원리)을 복습 차원에서 떠올려 보자.

- 일반 글쓰기 : 자극 – (이성) – 반응
- (미스터 플랫폼) 플랫폼 글쓰기 : 자극 – 반응 – (이성)

플랫폼 세계에선 자극 다음에 바로 반응이 와야 한다. 합리적 이성이 작동하기 전에 '클릭'이 먼저 반응하도록 만들어야 한다. 본능적으로 자극을 받은 인간들이, 무심코, 손끝을 움직여, 쏟아내는 '클릭'을 흡수해야 한다.

당연히 핵심 프라이얼러티(우선 과제)는 두 가지다.

① 이성을 마비시킬 것 = 스토리
② 감정을 자극할 것 = 클릭의 섬, 자간도(자극하라 · 간지럽혀라 · 도발하라)

이성을 마비시키는 가장 효율적인 장치가, '스토리'다. 그러니, 일반 글쓰기의 스토리와, 플랫폼 글쓰기의 스토리, 태생적으로 다르다. 일반 글쓰기의 스토리가 이콘을 대상으로 한다면, 플랫폼 글쓰기의 스토리는 철저히 이성이 '마비'된 인간들을 노린다.

다시 말해, 이성이 작동하기 전에 본능(클릭)을 이끌어내는 스토리 만들기가 핵심 과제다.

고민할 것도 없다. 필자가 딱 정리해놓은, 이성 마비 스토리의 공식이 있다. 영업 비밀인데, 까 드린다. '야, 반, 도, 주.' 야한 스토리, 반전 스토리, 도(돈과 관련된 것. 연상법 암기를 위해 편의상 '도'라고 표기한다) 스토리, 주(주인공 : 스타) 스토리다.*

돈 스토리의 대표적인 예를 보자. 한정판(리미티드 에디션 : 돈 스토리), 웃돈(명품 프리미엄 : 돈 스토리), 샤테크(샤넬 재테크 : 돈 스토리)에 100년 역사의 맛집(스타가 다녀간 스토리. 주 : 주인공 스토리)까지.

이런 '야반도주' 스토리에 미스터 플랫폼은 열광한다. 클릭을 토해낸다. 이게, 100만 클릭을 부르는 스토리의 강력한 힘이다.

감정 자극법은 스토리의 영역이 아니라, 기법의 영역으로 보면 된다. 더 쉽다. 이후 등장할 상위 레벨 암기할 '클릭의 섬, 자간도(자극하라 · 간지럽혀라 · 도발하라)'에서 다양한 공략법을 공부

* 5일 차 야반도주 필살기에서 자세히 뜯어본다.

하게 된다.

여기서, 100만 클릭을 부르는 '클릭의 공식'을 도출해낼 수 있다. 수학으로 치면, 근의 공식과 견줄 수 있을 정도로 중요하다. 툭, 치면, 입에서 팍 튀어나올 정도로 외우고 또 되뇌이시라. 플랫폼에서 뛰어 놀 당신, 프로 클릭 유발자를 꿈꾼다면 무조건 암기하고 있어야 한다.

스토리 메이킹 공식 (A + B) × C

- (스토리 + 가치 : 문제 해결) × 자극(클릭의 섬 자간도 공식)
  - A. 스토리 : '이성을 마비시키는' 스토리 : 야 · 반 · 도 · 주 : 야함 + 반전 + 돈(Money : 명품) + 주(주인공 : 스타 · 연예인)
  - B. 가치 : 어떤 가치를 줄 것인가 = 문제 해결 : Solve
  - C. 자극 : 클릭의 섬 '자간도' 공식(자극하라 · 간지럽혀라 · 도발하라)
  - * 8일 차 '자간도'에서 좀 더 설명한다.

클릭 유발 공식, 지금부터 하나하나 해설해드린다. 이해가 안 되더라도 일단 보시라. 외우시라. 레벨 10의 단계까지 오르고 나면, 저절로 느껴지실 테니까.

유튜브 · 포스트 · 블로그의 콘텐츠 = A + B(스토리 + 가치 : 문제 해결)

공식의 앞부분 A + B는 콘텐츠의 영역이다. 플랫폼 세계의 모든 콘텐츠는 결국 스토리(이성마비 스토리: 야반도주)와 가치제공(문제 해결) 두 가지뿐이다.

클릭은 콘텐츠(스토리의 영향력과 가치(문제 해결)의 합)의 강도와 비례해서 증폭된다.

여기에 자극(곱하기 C)이 가세한다. 자극은 클릭 폭탄의 도화선이다. 여기에 불을 붙여야, 다시 말하면, 우뇌(본능)를 자극해야, 초대형 클릭 폭발로 이어진다.

주목해 볼 것은 기호 '곱하기'의 관계다. 콘텐츠 영역의 스토리와 가치는 합의 관계인데, 자극만큼은 곱의 관계다. 왜일까. 자극의 중요성 때문이다. 우뇌(본능)를 자극하는 촉매제(심지)가 전체 콘텐츠(스토리의 영향력 + 가치 : 문제 해결)의 질에 비례해 클릭을 '폭발'시킨다. '자극 = 제로(0)'면, 클릭도 제로다.

다시 정리하자면 이렇다. 디폴트로 깔고 가야 할 콘텐츠(영향력 있는 스토리 + 가치 : 문제 해결) 영역은 정비례 관계다. 콘텐츠가 좋으면, 클릭도 정비례해 늘어난다.

폭발적으로 클릭을 증폭시키는 기폭제는 '자극' 영역이다. 클릭 다이너마이트에 도화선, 즉 촉매제 역할을 하는 게 자극 영역의 기법들이다. 그만큼 플랫폼 글쓰기는 '자극'이 핵심이 된다는 의미다.

2 이성을 마비시키는 스토리가 핵심이다

다시 한번 강조한다. 클릭, 독하게 뽑아먹으려면, 구독자의 이성이 작동하면 안 된다. 구독자의 이성부터 마비시켜야 한다. 스토리 메이킹(주제 잡기)의 핵심? 볼 것 없다. 이성을 마비시키는 스토리다. 이성 마비 스토리의 핵심 키워드 암기법은 '야·반·도·주'다. 야(야한 것), 반(반전이 있는 것), 도(돈, 머니, 명품), 주(영화 드라마 시리즈물의 주인공, Star)의 4가지다. 이성이 작동하기 전에, 본능(감정)을 먼저 자극할 것. '왁' 하고 놀래키면 '움찍' 하고 몸이 먼저 반응하는 식이다. 결국 클릭 유발 글쓰기는 콘텐츠를 본 구독자가 이성적으로 느끼기 전에, 손끝(클릭)이 먼저 터치를 만드는 게임이다.

EX

- 샤넬백은 중고가 더 비싸다 = 샤테크 스토리 = 오픈 런
- 롤렉스 서브마리너 = 중고에 1,000만 원 정도 웃돈이 붙는다 = 오픈 런 = 6개월 대기

3,000만 원짜리 샤넬 백 사러, 줄을 선다는 게 (이성적으로) 말이 되는가. 시계의 역할이라는 건 단순하다. 시간만 정확하게 볼 수 있으면 된다. 그런데 오픈 런이라니. 그것도 3,000만 원을 훨씬 호가하는 롤렉스 서브마리너를 사기 위해 무려 6개월을 기다린다. 역시나 (이성적으로) 말도 안 된다.

이성으로 이해가 되지 않는, 이 장치, 그게 스토리다.

스토리에서 핵심은 '영향력'이다. BTS처럼 전 세계인들에게 영향력을 행사하는 이들의 스토리라면 클릭이 곱으로 증폭할 수밖에 없다. 영향력이 클수록 이성은 더 강력하게 마비된다. '내가 좋아하는 BTS야, RM의 이야기야?' 하며, 바로 클릭한다.

이성을 마비시키는 스토리 종류는 4가지, '야(야한 것) · 반(반전이 있는 것) · 도(돈, 머니, 명품) · 주(영화 드라마 시리즈물의 주인공, Star)'다. 이성마비에 야한 것 만한 게 있을까. 반전이 있는 스토리도, 클릭의 본성을 자극한다. 돈? 무조건이다.

샤넬, 디올 명품사서 얼마 벌었을까?후회하지 않는 이유! | 을 가격인상 | 샤넬 오픈런 I made money with Chanel bag

조회수 4.1천회 • 11개월 전

마이젠틀컬러

샤테크 #디올 #오픈런 중고가방도 섞여있어. 매물에 따라 정확한 차액이 아닐 수 있음을 미

EP137 – 에테크? 샤테크? 팔순까지 뽕 뽑는 명품백 총모음집 비통/디올/고야드/버킨/켈리/레이디백/생루이백/클래식백/

조회수 52만회 • 1년 전

푸하하 TV Fashion

쇼쇼TV #쇼쇼티비 #임세영 ✓본 영상에는 유료광고가 포함되어 있지 않습니다. 쇼쇼니들~

야반도주의 '반전' 예시

돈 앞에, 이성, 무장해제다. 3,000만 원짜리 샤넬 백 사러 오픈 런하는 뉴스, 왜 클릭이 터질까. 이게, 머니 스토리의 마법이요 힘이다. 스타의 힘이야, 말해 뭐할까. '돼지고기 맛집 꿉당'이라는 맛집 투어 여행기 앞에 'BTS가 다녀간'이라는 수식어가 붙었다면 어떨까. 그 순간 100만 클릭 바로 터진다.

1. 가치(문제 해결)와 클릭은 비례한다

이성을 마비시키는 스토리와 쌍으로 존재하는 게 '가치Value'

영역이다. 구독자에게 어떤 가치를 줄 것인가. 어떤 가치를 줘야, 클릭으로 이어질 것인가. 고민할 것 없다. 딱 정리해드린다. '문제 해결'이다. 문제 해결 콘텐츠 제조법은 'SUN 법칙'으로 곧 배우게 된다. 미리 하나만 엿보자면, '꿀팁' 류다. 유튜브 블로그 포스트 검색창에 '꿀팁'을 검색해보시라.

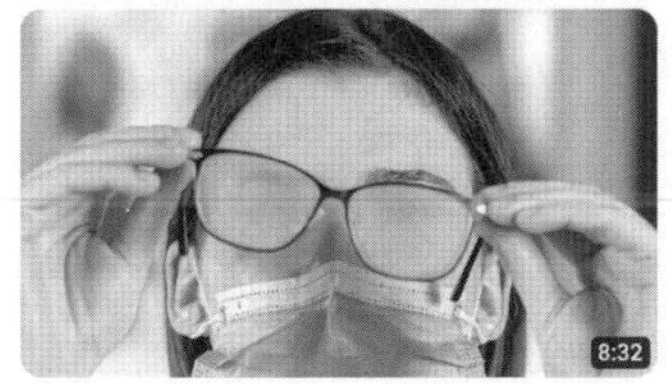

유튜브 내 '꿀팁' 검색 결과

유튜브 '밥 먹을 때 52가지 절대 뻔하지 않은 꿀팁들' 영상을 보시라. 무려 천만(964만 회) 클릭이 터졌다. 별것 없다. '늘 먹는 밥, 특별한 게 없을까' 하는 '문제'를 그저 해결(뻔하게 밥 먹지 않는) 꿀팁 52가지를 소개했을 뿐이다. 다음의 11만 회가 터진 영상도 마찬가지다. 일상에서 불편했던 '문제'를 28가지 팁으로 해결해준 것이다. 가치(문제 해결)는 곧 클릭이다.

3 감정을 자극하라…
클릭의 섬 '자간도'

'감정을 자극할 것.'

프로 클릭 유발자가 되기로 하셨다면 가슴에 새겨둬야 할 계명이다. 이성이 아니다. 감정을 자극할 것. 이성을 자극하는 순간, 클릭 사라진다. '에이, 말도 안 되는 콘텐츠잖아' 하는 순간, 버려진다. 안 된다.

감정을 자극하는 가장 좋은 방법은 '심통'을 자극하는 것이다. 후반부 레벨 올리기 공식에 등장하는 클릭의 섬(클릭이 쏟아지는 섬)이 있다. 그 섬의 이름, 자간도다.

8레벨 자간도 필살기에서 자세하게 분석한다. 여기선 개념만 알면 된다. 조금만 기다리시라.

자간도 : 자극하라, 간지럽혀라, 도발하라

플랫폼 글쓰기 세계에선 사실 자극이 전부다. 클릭 유발 공식을 다시 되뇌어보자.

클릭 공식 : (A + B) × C = (스토리 + 가치 : 문제 해결) × 자극

스토리의 영향력에 문제 해결까지 완벽하게 구성해 100만, 아니 1억 클릭이 쏟아질 콘텐츠를 만들었다고 치자. 등식 뒤의 곱하기 관계인 자극이 제로라면. '1억 × 0(자극)'은 결국 0이다. 콘텐츠를 구성하는 '영향력과 가치(문제 해결)'가 제아무리 좋아도 소용없다. 곱의 관계인 자극이 제로(0)면, 클릭도 제로다.

주제 잡기 마인드셋 CES 공식

① 연결성(Connectivity) : 묻어갈 수 있는가
② 확장성(Expandibility) : '우라까이'할 수 있는가
③ 지속가능성(Sustainability) : 무한제작이 가능한가

스토리 메이킹(주제 잡기)에도 마인드셋이 필요하다. 앞 장에서

배운 '이성을 마비시킬 것'과 '감정 자극'이 기술이라면, 역시나 그보다 중요한 심법心法 정도로 보면 되겠다. 연상법으로 CES라고 외워두실 것(매년 초에 라스베이거스에서 열리는 세계적인 기술 전시회가 CES다).

연결성 · 확장성 · 지속가능성은 '삼형제'다. 어느 것 하나 따로 떼어 생각할 수 없다.

당신이 유튜브나 포스트 블로그에 자신만의 채널을 만든다고 치자. 가장 먼저 할 일은? 주제 정하기다. 채널의 정체성을 보여줄, 일관성 있는 주제부터 찾아야 한다.

이때, 가장 먼저 떠올려야 하는 키워드가 'CES'다. 묻어갈 수 있는가. 우라까이(우려먹기)가 가능한가. 1,000개 이상 제작이 가능할 것인가.

말하자면 '무한생산'이다. 이 무한생산이 채널 유지의 핵심이다. 55만 명 구독자를 거느린 발명! 쓰레기걸 채널을 보자.

놀랍게 핵심 주제가 '쓰레기'다. 더럽다고? 여기서 클릭 부자와 클릭 빈자의 경계가 갈린다. 쓰레기면 어떤가. 클릭 부자의 마인드셋은 '연결성 · 확장성 · 지속가능성'에 꽂혀 있다. 쓰레기? 이보다 더 '무한리필' 가능한 소재가 있는가. 아닌 게 아니라, 쓰레기걸의 정체성은 '쓰레기 재활용'이다. 주변에 널브러진 수많은 폐자재. 그것을 활용해, 콘텐츠를 연결하고 확장한다. 무한리필한다.

완전빡치는 물건만 들어있는 쓰레기 뽑기만들기 (친구한테 절교당함)
조회수 670만회 • 2년 전

미용실 대머리로 도시락통 만들기
조회수 320만회 • 2년 전

쓰레기집 모양 과자집 만들기 (친구에게 먹임)
조회수 507만회 • 2년 전

500만 클릭이 터진 쓰레기집 모양 과자집 만들기 영상은 애교스럽다. 이게 '미용실 대머리로 도시락통 만들기'로 연결된다. 320만 클릭이 터진다. 무한확장. 조금 엽기를 가미한 영상으로 확장된 게 '완전 빡치는 물건만 들어있는 쓰레기 뽑기 만들기(친구한테 절교당함)' 영상이다. 빡치는 쓰레기만 해도 열 받는데(심통자극), 여기에 '친구한테 절교당한다'고? 따블로 심통이 자극되니, 와. 670만 클릭 핵폭탄이 터진 것이다.

이 고지서 날아왔을때 제발 호구처럼 싸다고 낚이지마세요.
조회수 238만회 • 2년 전
1분미만
위반고지서 #신호위반 #자동차 #보험료할증 #과태료 #범칙금.
4K

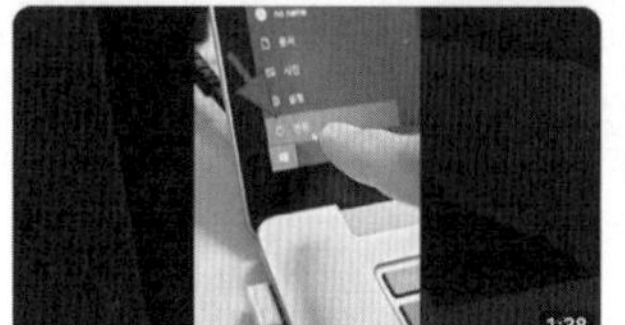

와.. 지금까지 이거 눌러서 껐다면 무조건 보세요 (느려지는다)
조회수 373만회 • 7개월 전
1분미만
노트북 #데스크탑 #전원버튼 #종료 #완전종료 #절전모드 #종료버튼 #컴퓨터 #꿀팁 #1

유튜브 채널 1분 미만이다. 키워드는 '1분'이다. 1분이라니? 맞다. 60초로 환산되는 그 1분이다. 세상, 모든 것, 1분 안에 핵심만 담을 수 있다. 무슨 팁이든, 1분 안에 정리할 수 있다. 이 1분만큼 CES 마인드셋에 적합한 게 있을 수 있겠는가. 심지어, 딱 1분에 정리해주니, 바쁜 일상의 구독자들 열광한다. 180만 명이 애독 중이다. 조회 수 대부분 100만 클릭을 웃돈다.

CES 마인드셋을 장착하고 주변을 째려보시라. 눈길도 안 주던 '쓰레기'가 55만 구독자를 만들고, 그저 흘러갈 뿐인 '1분'이라는 시간이, 100만, 아니 1,000만 클릭을 쏟아내고 있다.

4일 차

BTS 인기보다 폭발적인 스토리 필살기 'BTS'

① 하늘 아래 새로운 주제는 없다… 낯설게 하라!

② 낯설게 하기 3초식 'BTS'

초식 1 : 비(B)틀기

초식 2 : T(The) – 커넥팅 더 닷츠(Connecting The Dots)

초식 3 : 습관 바꾸기(습-S의 습)

4레벨 '스토리 업그레이드 편'이다. 막강 실전편이라 보면 된다. 4레벨에선 뻔한 스토리를 '펀Fun'하게, 다듬는 스킬을 익힌다. 그 필살기가 BTS다.

콘텐츠 제작은 속도전이다. 유튜브뿐만 아니다. 포스트 블로그도 아예 데일리로 라이브 영상이나 글을 포스팅하는 시대다. 어설프게 일주일에 한두 개씩 포스팅하다간, 그 채널, 순식간에 버려진다. '클릭 = 산소'나 마찬가지인 세계, 살벌할 수밖에 없다.

일단, 무조건 버려야 할 착각 두 가지부터 보자. 왕초보 제작자들이 누구나 하게 되는 '순진한' 착각이다.

EX

① 난 우아하고 현란한 문체로 구독자를 사로잡을 거야.
② 세상에 없던 스토리로 독자를 홀릴 거야.

말짱 오해다. 착각이다. 무조건 버리시라. 속도전인 모바일 세계, 현란한 문체의 초식 따윈 구사할 시간조차 없다. 그저, 핵심을 찌르는 필살기만 요긴하다. 세상에 없던 스토리를 만들겠다고? 역시나, 순진한 생각이다. 그거 찾는 시간에, 다른 채널에선 100만 클릭짜리 콘텐츠가 하루에 2~3개씩 팍팍 올라간다.

그래서, 필요한 게 BTS 필살기다. 화려하진 않지만, 급소만 치는 기술이다. B는 '비B틀기', T는 특별함의 정관사 'The', S는 '습관 바꾸기' 습관의 'S'다. 지금부터 실전 연마에 들어간다. 공식, 한 번 더 외치고 간다. BTS.

1 하늘 아래 새로운 스토리는 없다

영업 비밀부터 까 드린다. 플랫폼 세계의 스토리를 대하는 '절대 원칙'이다.

> There is noting new under the Sun.
> (하늘 아래 새로운 스토리는 없다.)

이게, 핵심이다. 이 한 문장이 플랫폼 세계 스토리 제작의 모든 것을 함축하고 있다. 하늘 다음, 새로운 스토리(주제)는 없다.

세상에 단 하나뿐인 콘텐츠를 만들었다고? 손모가지 건다. 필히, 누가 만든 거다. 진짜다. 찾아보면 다 있다. 오죽하면 곱슬머리 김정운 교수가 《에디톨로지Editology》란 책을 썼겠는가. 이 책의 내용, 한마디로 이렇다. 창조? 개소리다. 모든 창조의 영역은 그저, '편집'일 뿐이라는 주장이다.(물론 로또 확률로 천재가 출몰할 순 있다. 만드는 족족, 새로운 것인, 미친 뇌력의 능력자도 있을 수 있다. 이런 분들 따라 하려다간 정말이지 피똥 싼다.)

심통꾸러기 '미스터 플랫폼'에게서 클릭을 뽑아내려면 사고방식부터 싹 개조해야 한다. 쉽게 가자. 다시 한번 우리의 목표부터 상기하자.

1. 천재적인 콘텐츠 제작?
2. 화려하고 우아한 문체?

1과 2, 절대 아니다. 100만 클릭을 올리는 스토리를, 손쉽게 만들어내려면 접근법부터 달라져야 한다. 다시 절대 원칙으로 돌아가 보자. 하늘 아래 새로운 스토리가 없다면? 맞다. 우리의 미션, 뻔하다. 원래 있던 기발한 스토리, 우려먹으면(우라까이) 된다.

이때 중요한 게 있다. 클릭커블한 주제, 한 번 더 재탕해먹을 때의 핵심 키다. 우려먹되 'The(특별함)'의 양념을 쳐야 한다는 거다. 우려먹되, 새롭게The 보이게 하기. 우리의 목표는 이거다. 전문용어를 쓰자면, '낯설게 하기'다.

여기서 잠깐. '특별함'을 가미하는 건 알겠는데, 그렇다면 어떻게 특별함을 만들어야 할까. 어렵게 생각할 것 없다. 특별함의 신공, 그냥 외우자.

특별함의 필살기

∘ 낯익은 것 → (특별함The) → 낯설게 하기

* 특별함 만들기 – Better(×) Different(O)

앞의 필살기 표를 잠깐 보시라. 특별함을 가미할 때 누구나 떠올리는 오해가 '특별함을 더 나음Better'으로 착각한다는 거다. 절대적 오해다. 그렇다면? 특별함을 만드는 핵심, 다름Different이다. 예컨대, 이런 식. 떡볶이 집을 창업한다고 치자. 당신이 백종원보다 맛나게 만들 수 있는가. 절대, 없다. 맛으로 더 나음Better의 경쟁을 한다면, 절대 이길 수 없다. 그렇다면? 초록색 떡볶이를 만드는 거다. 다름으로 승부수를 던지는 식이다.

초록이든 빨강이든 둘 다 떡볶이다. 하늘 아래 새로운 떡볶이는 있을 수 없다. 하지만 어떤가. 초록과 빨강. 색이 다르다. 낯설게 하기 신공이다. 이게, 다름의 힘이다.

콘텐츠 제작도 마찬가지다. 당신이 김작가보다 더 나은 콘텐츠를 만들 수 있을 것 같은가. 물론 더 많은 리소스를 쓰면 이길 수는 있다. 하지만 피똥 싼다. 더 나음은 다름의 과정보다 100배, 1,000배, 1만 배 힘든 길이다. 반면 다름은 어떤가. 김작가가, 재테크 전문가 인터뷰로 밀고 있을 때, 당신은 아예 파이어족(2030 일찍 은퇴한 젊은 부자)으로 세분화해, 이들을 인터뷰하는 거다. 빨강 떡볶이가 아닌, 초록의 승부다. 이러면, 쉽게 갈 수 있다. 다를 게 없는 인터뷰 채널인데, 달라 보인다. 낯설게 하기다.

어떤가. 영향력 있는 재테크 명사 인터뷰로는 대한민국 넘버원 채널인 김작가 TV다. 당신이 김작가보다 나은 섭외력과 영향력을 만들 수 있는가. Better의 경쟁으로 김작가를 따라잡을 수 없다. 피똥 싼다. 그렇다면? 살짝 틀어가면 된다. 곧 나올 비틀기 신공이다. 그게 다름의 핵심이다. 아예 2030 싱글 파이어족의 인

터뷰와 통찰력에 포커싱을 한 채널, 싱글파이어 식이다.

싱글파이어
@singlefire
구독자 15.8만명

홈 동영상 SHORTS 실시간 재생목록 커뮤니티 채널

싱글파이어(SINGLE FIRE)
[싱글파이어]일본이 한국보다 월세 높고 대출 금리는 낮습니다
싱글파이어 조회수 5.3천회 • 4일 전
#싱글파이어 #파이어족 #경제적자유 #백승작가 #일본부동산 '서울을 팔고 도쿄를 샀습니다'의 백승 이야기입니다. 해외 부동산 투자라고...

2 낯설게 하기 3초식 'BTS'

낯설게 하기 3초식 'BTS'

- 초식 1 : 비(B)틀기
- 초식 2 : T(The) – 커넥팅 더 닷츠(Connecting The Dots)
- 초식 3 : 습관 바꾸기(습-S의 습)

하늘 아래 새로운 콘텐츠는 없다. 좋다. 이 절대 원칙하에, 우리가 미쳐야 할 것, '낯설게 하기' 기법 익히기다. 낯설게 하기의 핵심은 바로 앞에서 배웠다. 다름. 더 나음Better이 아닌, '다름Different'이다. 지금부터는 이 다름을 만드는 실전 필살기를 연마한다. 서점가에 널린, 일반 글쓰기 책에도 이런 노하우가 제법 있다. 다독을 해야 하고, 통찰적 사고를 해야 한다는 등이다. 다 버리시라. 이런 식으로 가다간 날 샌다. 클릭이 쏟아지는 핵심 부위를 바로 후벼파는, 실전 필살기는 딱 3가지다. 이름하여 BTS 공식이다.

3 B - 비틀기

첫 번째, 비틀기 초식이다. 비틀기, 어려울 것 없다. 원래 있던 내용이나 제목을 비틀면 된다. 비틀기 대상은 두 가지다.

- A. 제목 비틀기
- B. 내용 비틀기

굳이 중요도를 따지자면 A 〉 B다. '내용 비틀기' 신공은 효과를 보려면 한세월 걸린다. 뇌를 쾅 때리고, 클릭이 쏟아지게 하는 비틀기 신공, '제목 비틀기'다. 일단 '낚자'는 의미다. 클릭으로 낚여야, 내용을 본다. 내용 비틀기는 경험의 단계다. 경험이 풍부할수록, 맛깔스런 리터치가 가능하다. 반대로 제목 비틀기는, 기법이 좌우한다. 몇 가지만 익혀두면, 누구나 써먹을 수 있다.

낚는다는 단어를, 조금 고상하게 비튼다면 '후크Hook'다. 제목 비틀기라는 작업 자체가 '후킹'이 되는 셈이다. 그야말로 낚기다.

디지털 플랫폼에서 쏟아지는 메시지 수는 하루 평균 600억 개다. 이 과정에서 최대 1만 개의 광고에 노출된다. 브렌던 케인이 쓴 《후크 포인트: 3초의 세계에서 승리하는 법》에는 플랫폼 시대, 구독자들이 내 콘텐츠에 반응하는 시간을 '3초'라 단정한다. 이 시간에, 클릭을 붙잡는 법, 그게 후크 포인트다.

비틀기, 핵심 QNA다. 역시나 필자가 만든 용어다. 비틀되, 클릭을 확 사로잡을 수 있는 키워드다. 필살기 여러 장에서 언급될 핵심 키워드다. 새겨두자.

- Q(Quotation) : 반전의 쿼트를 써라
- N(Numbers) : 숫자를 삽입하라
- A(Angry) : 심통을 자극하라

비트는 핵심, 쿼트(인용부호)다. 같은 제목이라도, 인용문을 쓰면 묘하게 끌린다. 이때 중요한 게 있다. 그냥 인용문은 안 된다.

반전의 내용이 들어간 '반전 쿼트'를 써야 한다는 점이다. 제목을 비틀고 싶으신가. 그렇다면 볼 것 없다. 반전 쿼트를 쓰시라.

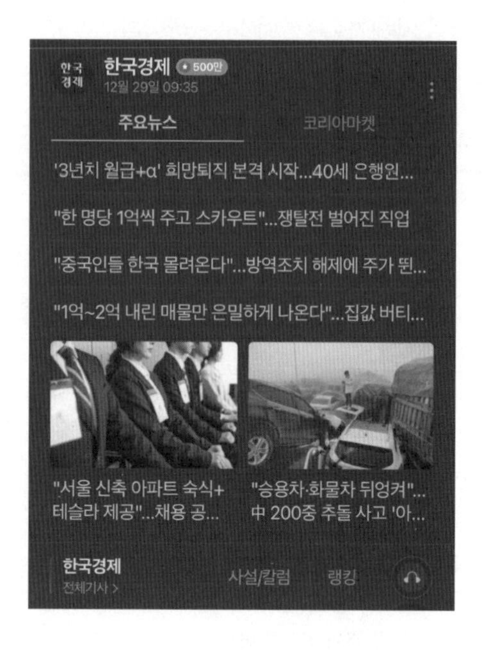

〈한국경제신문〉 네이버 메인 페이지다. 보시라. 메인 페이지로 노출된 6개의 뉴스 콘텐츠, 전체가 쿼트문이다. 쿼트 아닌 제목, 제로다. 인용문의 힘이 실감되시는가. 그렇다면 반전의 힘은 어떻게 조합이 될까. 상식을 뒤집는 내용, 그것을 쿼트로 따면 된다.

순위	기사 제목	조회수
1	"아예 대놓고 사진찍었네"...'월드컵 그녀' 뒤늦게 알려진 '반전 장면'	706,861
2	"롱패딩 집어넣어야 되나"...올겨울은 짧고 빛나는 패딩 유행	470,859
3	"뻔할거라 예상했는데"...'재벌집 막내아들' 3단계 성공방정식 [홍키자의 빅테크]	453,260

〈매일경제신문〉 네이버 메인페이지 뉴스 일일 랭킹이다. 70만 클릭의 1위 '아예 대놓고 사진찍었네' 기사를 보시라. 반전의 인용문이다. 월드컵 그녀가 아예 대놓고, 사진을 찍은 '반전 장면'을 제목에 쑤셔 넣었다. 결과는? 하루 70만 클릭이 쏟아졌다. 보통 2일치 정도가 합산 되는 점을 감안하면 24시간, 100만, 기본은 먹고 갔다.

2위 47만 클릭의 기사 역시 마찬가지다. 원래, 맹추위 겨울 하면 롱패딩 아닌가. 그런데, 영하 20도를 넘나든 겨울, 묘하게 숏패딩이 유행을 끌었다고? 이럴 때, 그냥 제목을 '숏패딩 인기 끈 반전의 겨울' 정도로 뽑았다면 어땠을까. 1만~2만 클릭으로 끝날 수준이다.

헌데, 마법의 비틀기 필살기 '반전 쿼트'가 딱 들어가 버렸다. '롱패딩 집어넣어야 되나'는 제목이 꽂히는 순간, 뭐지? 하며 독자들의 손끝이 폭발하기 시작한다. 수십만 클릭, 그냥 쏟아진다.

N(숫자) 역시 묘하게 손끝을 자극한다. 희한하다. 문자 텍스트엔, 꼼짝도 않던 손가락 끝이, 숫자만 보면 움직인다. 클릭하고 싶어진다. 〈매일경제신문〉이 네이버 메인 페이지에 노출한 상위권 클릭 랭킹이다. 보시라. 1위 '1,669억 원 메시 재산' 기사부터 '2위 콩 했는데 900만 원 물어주다' '3위 1억 연봉자 엄살인가' 기사까지 전부 '넘버스'가 들어있다.

순위	기사 제목	조회수
1	1669억 메시, 7번째 호텔 오픈…"재산 천문학적 규모 달할 것"	641,031
2	"'콩' 했는데 900만원 넘게 물어줬어요"…새해 차보험 약관 '확' 바뀐다	372,936
3	"관리비 내기도 버거워요" 1억 연봉자 진짜 엄살인가? [매부리TV]	361,285
4	바퀴를 왜 꺾었나 했더니…'주차 알박기' 고인물 등장에 누리꾼 시끌	350,472
5	"롱패딩 집어넣어야 되나"…올겨울은 짧고 빛나는 패딩 유행	343,724
6	"제2의 파리의 연인"…모든 게 꿈, '재벌집 막내아들' 결말 시끌	327,457

A(심통자극) 비틀기는 아예 '마법' 수준이다. 미스터 플랫폼은 심통꾸러기다. 그 심통을 콕콕 자극만 해도 클릭을 퍼다 준다. 위의 랭킹 리스트, 4번 기사를 보자. '바퀴를 왜 꺾나 했더니… 주차 알박기 고인물 등장에 누리꾼 시끌' 기사, 이건 심통의 제곱이 폭발하고도 남을 내용이다. 교묘하게, 차바퀴를 틀어, 옆 차를 못

대게 하는 주차 알박기 진상이 있다고? 심통 자극으로 열 받은 Angry 독자, 클릭 폭발이다.

4 T(The) - 커넥팅 더 닷츠Connecting The Dots

두 번째 낯설게 하기 필살기, '커넥팅 더 닷츠Connecting The Dots' 신공이다. 커넥팅 더 닷츠의 C가 아니라 'T'라는 알파벳을 공식으로 쓴 건, 특별함의 의미 The를 강조하기 위해서다.

커넥팅 더 닷츠는 최근 명언처럼 떠오르기 시작한 문장이다. 사실 이 말을 처음 꺼낸 이는 스티브 잡스다. 모바일 혁명의 시발점인 아이폰 창시자가 이 말을 꺼낸 이유는 이렇다. '아이폰은 전혀 새로운 기술이 아니다. 원래 있던 기술들Dots을, 특별하게The, 연결했을 뿐Connecting'이라는 것.

어려워 보여도 의미는 한 가지다. 원래 있던 것, 연결해서 새롭게 보이게 했다는 것. 결국 낯설게 하기인 셈이다. 여기서 기자가 주목한 단어는 'The'다. 왜, 커넥팅 닷츠가 아니라, 커넥팅 더 The 닷츠라고 표현했을까, 하는 점. 그제서야, 쾅 하고 The(특별함)라는 단어가 와 닿았다.

콘텐츠 제작에 커넥팅 더 닷츠의 계명을 가장 잘 써먹는 이가 나영석 PD다. 나 피디는 유튜브 영상 강의에서 '커넥팅 더 닷츠' 라는 잡스의 문장을 직접 언급하면서 〈꽃보다 할배〉 프로그램을 예로 든다. 꽃할배는 배낭여행을 주제로, 그가 만든 TV 프로그램이다. 상식적으로 생각해보자. '해외 배낭여행' 하면 어울리는 출연자는 아이돌이다. 그런데, 나 피디는 할배군단(신구, 백일섭 등)을 출연시킨다.

- **할배 출연자 + (The 특별함 : 할배들이 만든 좌충우돌 여행기) + 해외 배낭여행지Dots**

  → The 특별함('할배들'의 배낭여행)의 '스파크' =〉 시청률

예상을 뛰어넘는 할배들의 좌충우돌 특별한The 여행스토리Dots의 연결Connecting이 특별한 스파크(시청률)를 만들어낸 셈이다.

요즘은 이 필살기(커넥팅 더 닷츠), 《믹스》(안성은, 2022)나 《조인트 사고》(사토 후미아키 · 고지마 미키토 저, 2021)라는 전문용어로 쓰기도 한다. 쉬운 용어를 두고, 굳이 기자가 커넥팅 더 닷츠를 쓴 이유? 그놈의 더(특별함) 때문이다. 그냥, 믹스하거나 조인트하면 자칫 '특별함'의 존재를 잊어버릴 수 있다. 클릭을 폭발시키고 싶은가. 그렇다면 섞어라. 더 특별하게.

< 여행전문기자의 여행 주제잡기 >

'100만 클릭' 필살기인 만큼 본 기자의 주제잡기 과정을 보여드린다. 느낌만 알면 된다. 차근차근 따라오시라.

◦ 기획 단계

가을 드라이브 코스를 여행기로 쓴다고 해보자. '단풍 가득한 드라이브 명소' 식이면, 클릭이 터질까. 천만에다. 바로 외면이다. 하루 특별한 한방이 없다. 전국의 여행작가나 여행기자, 여기에 여행 인플루언서 숫자까지 합치면 2만 명이 넘는다. 하루 쏟아지는 여행기만 수십 개다. 이런 밋밋한 콘텐츠 바로 죽음이다. 뻔한 가을 드라이브. 어떻게 낯설게 보이게 할까.

◦ 스토리 마사지

다시 한번 강조한다. 하늘 아래 새로운 스토리(드라이브 코스)는 없다. 뭐, 이름만 붙이면 죄다 드라이브 코스 아닌가. 어떻게 흥미로운 주제를 뽑아낼까. 원래 있던 뻔한 드라이브 코스를 낯설게 할까. 스토리 낯설게 하기 심화 단계(커넥팅 더 닷츠) 실전이다.

1. Dots를 만들어라(Dot 모으기)

커넥팅 더 닷츠의 '닷 모음'이 첫 번째 단계다. 쉽게 말해 연결할 소재나, 지점(스팟)을 찾는 과정이다. 드라이브 코스를 쓰고 싶다면, 전국 드라이브 도로 전체가 Dots가 된다. 수십만 곳에 이를 전국의 도로와 드라이브 코스. 어떻게 커넥팅할까. 그 다음 단계로 넘어가 보자.

2. 특별한 'The'를 만들어라

두 번째 단계는 특별함The 만들기다. 그냥 믹스나 조인트로는 의미가 없다고 했다. 특별하게 연결하는 게 핵심이다. 정관사 The라는 게 그렇다. 특별한 것, 세상에 하나밖에 없는 것, 그래서 정관사라는 이름으로 불리는 것이다. 특별한 드라이브 코스로 연결을 해야 한다. 가을 드라이브. 거기에 특별함을 부여하려면?

3. 특별함에 대한 고민

특별함에 대한 고민이다. 드라이브에 특별함을 준다? 그렇게 나온 예시다.

A. 뱀 똬리 : 드라이브에 절묘함을 더하는 문양, S자다. 이름하여 '곡도'다. 전국에 곡도가 꽤 있다. 대표적인 게 부산 해운대 옆, 송정 고개다. 이곳이 15번 굽어진다고 15곡도라 불린다. 단풍이 가득한 가을. 뱀 똬리 모양의 S자 곡도를 지닌 곳이라면? 대박이다. 절경에, 드라이브하는 맛까지 품을 수 있다.

B. 최고 고도 : 드라이브 코스 중에 높은 곳만 간다면? 오, 이것도 멋지다. 가을 절경, 그 형형색색 단풍의 풍광을 최고 전망대 높이에서 내려다보는 거다.

4. 특별한 'The 닷츠'를 연결하라(커넥팅 단계)

마지막 단계 커넥팅이다. 이렇게 만들어진 The Dots를 연결하면 끝. 기자는 뱀 따리 드라이브를 택했다. 최고 고도 드라이브는 다음번에 또 써먹으면 된다. 그러면 최종 주제의 완성, 이렇게 된다.

EX

■ [신익수 기자의 총알여행]
삶이란 굽이진 길… 가을이 눈부시게 우릴 위로하네

매일경제 PiCK | A18면 TOP | 2022.11.04. | 네이버뉴스
[신익수기자의 총알여행] 삶이란 굽이진 길 ... 가을이 눈부시게 ...
메카 ◆ 신익수 기자의 총알여행 ◆ 늦가을 여행 레시피(요리법), 볼 것 없다. 홧홧한 메인요리 만추홍엽... 함양에 지안재가 있다면, 단양엔 보발재가 있다. 묘하게 ...

- 기사 리드 전문

늦가을 여행 레시피(요리법), 볼 것 없다. 홧홧한 메인요리 만추홍엽(晩秋紅葉). 여기에 '드라이브' 양념 한 큰술이면 된다. 너무 밋밋

> 하다고? 이럴 땐 짭짤한, 굵은소금 '뱀 똬리'를 톡톡 털어넣으면 끝. 이름하여 '만추홍엽 뱀 드라이브' 한상차림이다. 단풍 지는 것 찰나다. 도로 한복판이시라고? 당장 핸들 꺾으시라. 달려가시라.

어떤가. 처음 기획단계의 아이디어 '가을 드라이브'와 '세상에 없던, 뱀 똬리 가을 드라이브'의 느낌이. 당신 같으면 어떤 콘텐츠를 클릭하고 싶은가.

5 S -
습관 바꾸기

낯설게 하기 3초식, 습관 바꾸는 장치를 활용하는 단계다. 뻔한 스토리, 클릭이 쏟아지는 게, 바꾸는 마법, 습관을 바꿔주면 된다. 대박 난 앱을 보면 공통점이 있다. 죄다 습관을 바꾼 것들이다.

- **아이폰 : 전화 습관을 바꿈**
- **쿠팡이츠 : 배달 습관을 바꿈**
- **카카오T : 택시 잡는 습관을 바꿈**

어떤가. 《100만 클릭을 부르는 글쓰기》가 독자들의 사랑을 받은 것도, 글 쓰는 습관을 바꾼 덕이다. 서점가의 대부분 책들이 일반 글쓰기 기법을 논할 때, 아예 플랫폼 글쓰기 바이블을 지향

하며 간 것이다.

클릭을 원하는가. 그렇다면 그냥 뻔한 스토리를 찾지 마시라. 습관을 바꾼 스토리가 있는지, 째려보시라. 두 가지 비교 예를 보자.

EX

■ **예시 1**

연간 60만 명 다녀간 기록의 테마파크를 아세요? VS 발렛 되는 테마파크가 있다고?

■ **예시 2**

코로나 때 90% 투숙율 기록한 발칙한 호텔 VS 방마다 수영장 있는 호텔, 정체가?

어떤가. '예시 1'을 보자. 연간 60만 명 다녀간 기록의 테마파크, 물론 클리커블한 제목이다. 그 옆의 제목은 어떤가. 발렛 되는 호텔이 아니라, 발렛 되는 테마파크라니? 주차 습관을 바꾼, 테마파크라니. 무조건 클릭이다. 그 아래 '예시 2'도 마찬가지다. 코로나 창궐 때는 시내 특급호텔들이 죽쑤던 위기 상황이 이어졌을 때다. 그때도 90% 투숙율을 기록했다니. 물론 궁금하긴 하다. 그 옆의 VS 예시를 보시라. 세상에. 호텔 방마다 수영장이 있다고? 도대체 어디길래.

방의 용도, 즉 방의 습관을 바꾼 놀라운 호텔이다. 둘 다 서울 남산 반얀트리 호텔에 대한 스토리인데, 두 내용을 놓고 비교해 본다면, 손끝(클릭)은 먼저, 습관을 바꾼 쪽으로 향한다. 낯설게 하기, S의 자석 같은 (클릭)끌림이다.

5일 차

태양보다 중요한 'SUN' 법칙

T

축하한다. 뻔한 스토리에, 클릭이 쏟아지는 '펀Fun'함을 더하는 'BTS 필살기'까지 마쳤다. 최강 내공을 연마하는 '스토리 다듬기'의 마지막 관문이 눈앞에 있다. BTS 필살기로 스토리에 펀한 매력을 주입했으니, 지금부터는 실전 '타깃 공략법'이다. 클릭 과녁을 세밀하게 정조준하는 단계다. 어려울 것 없다. 딱 정해드린다. 이 스토리 범주 내에서 독자들의 마음에 드는, 소재거리만 찾으면 된다. 그야말로, 클릭 쏟아지는 '스토리 필살기'다. 볼 것 없다. 외우시라.

무조건 터지는 스토리 필살기

- **필살기 1. 이 주제만 잡으면 무조건 100만 클릭 : 야반도주**

  *** 야(야한 것), 반(반전), 도(돈, 머니), 주(주인공 스타)**

① 야함 : 은밀. 오붓. 쉿. 몰래

② 반전 : ~데(했는데, 갔는데), … (말줄임표)

③ 돈(머니) : 숫자(Numbers), 대박, 가성비갑, 뽕 뽑는

④ 주인공(스타) : (스타) 다녀간, (스타) 줄 서는, (스타)만 아는

- **필살기 2. 태양보다 중요한 'SUN' 법칙**

  * SUN 법칙 S : 스타(별)에 묻어가라

  * SUN 법칙 U : 이기심 말고 이타심을 만족시켜라

  * SUN 법칙 N : 넛지가 있는가

1 이 주제만 잡으면 무조건 100만 클릭

필살기 1, 야반도주 공식이다. 복습하고 가자. 3레벨 필살기 '100만 클릭을 부르는 글쓰기 공식'에서 콘텐츠(A : 스토리 + B : 가치)를 구성하는 두 가지 줄기의 한 축인 A영역의 구성 요소가 '야반도주'다. 가치를 던져주는 실용의 콘텐츠 영역이 B라면, A영역은 재미와 흥미를 맡게 되는 스토리 영역이다. 연상법 키워드인 '야반도주'라 외워두면 평생 뇌리에 남는다. 뭔가 특별한 콘텐츠를 생산하고 싶다고? 고민 마시라. 그저 야반도주 범주면 된다.

《100만 클릭 터지는 독한 필살기》에서는 야반도주 스토리에 기름을 붓는, 클릭 키워드를 함께 익힌다. 야반도주, 4개의 테마에 맞게, 클릭을 증폭시키는 핵심 키워드가 있다. 야반도주 필살기를 썼는데, 잠잠하다고? 이때다. 비밀 병기, 부스터 키워드(클릭 증폭 키워드)를 쏘면 된다.

1. 야한 것

야한 콘텐츠는 터진다. 볼 것도 없다. 무조건이다. 문제는 '정도'다. 어느 정도까지 보여주느냐가 기술이다. 정도에 대한 정확한 정의는 없다. 알고리즘의 신神 마음대로다. 그래서 딱 정해드린다. 아마추어는 대놓고 야함을 들이민다. 거부감 증폭이다. 오히려 클릭을 해친다. 프로는 '은근함'으로 깐다. 그 야함을 드러내지 않는다. 이게 핵심이다. 야한 것을 보여주고 싶은가. 그렇다면, 야하지 않게 가라. 야함의 스토리의 클릭을 증폭시키는 키워드도 함께 알아둬야 한다. 빈출 수식어 딱 4개다. '은밀, 오붓, 쉿, 몰래'이다. '쉿.' 이건 너무 중요하니깐, 우리끼리만, '몰래', '은밀'하게 외워두자.

M 문화일보 PiCK 12시간 전 네이버뉴스

러 군인 6500여명,4개월간 우크라 '**투항용 핫라인**'에 항복 전화했...

英 가디언 보도... '나는 살고싶다' **핫라인**에 투항 밝혀 지난해 9월 개설 후 매일 50~100건의 러 군인 문의 6500명 이상의 러시아 군인들이 우크라이나 '**투항용 핫**...

매일경제 PiCK 1시간 전 네이버뉴스

"러시아군 밤이면 **몰래** 나와"...우크라 콜센터 女직원 '충격증언'

앞서 지난해 11월 익명을 요구한 콜센터측의 여직원은 "저녁 시간대가 가장 바쁜데 군인들이 부대에서 **몰래** 빠져나와 전화할 수 있기 때문"이라고 말했다. 이 여...

야함 클릭 증폭 키워드 '은밀, 오붓, 쉿, 몰래' 예시

첫 번째와 두 번째 캡처 기사를 보시라. 같은 기사다. 클릭은 어디로 향하겠는가. 〈매경닷컴〉 이상규 기자는 사내에서도 '클릭의 신'으로 통한다. '女직원 충격증언'으로 뭔가 은밀한 '야한 스토리'가 있음을 간접적으로 내세우며 후킹한다. 그리고 앞에 쿼트(인용문)로 쐐기를 박는다. '러시아군'이 그냥 나오는 것도 아니고, '밤에', 그것도 '몰래' 나온다고? 이쯤 되면 클릭 안 할 재간이 있겠는가. 밋밋한 〈문화일보〉 기사, 필패다.

2. 반전

반전은 괴물이다. 클릭 먹는 하마다. 반전은 글의 콘텐츠 '내용과 제목' 두 곳에 모두 삽입되어야 한다. 아예 '반전' 스토리만 모은 채널을 만들어도 된다. '1분 반전.' 어떤가. 확 끌리지 않는가. 제목에 '반전' 스토리를 심을 땐, '흑과 백'처럼 극과 극을 배치하는 게 최강 효과를 만들어낸다. 심지어, 극(A)과 극(B)의 제목 배치에서, B를 아예 생략해도 된다. '생략 = 티싱(간지럽히기)'이다. 반전 스토리의 클릭을 증폭시키는 핵심 키워드는 2가지만 알아두자. 하나는 글자 그대로 '반전'을 쓰면 된다. 또 다른 하나가 마법의 반전 증폭 단어 '~데'다. '갔는데, 했는데' 같이, '데'로 끝내주고 상반되는 내용을 이어가거나, '생략(…)' 하면 된다.

SBS Biz PiCK 23시간 전 네이버뉴스

야근 밥 먹듯 **했는데** 공짜?... 직장인 3명 중 1명 '공짜 야근'

직장인 3명 가운데 1명은 초과근무를 하고서도 수당을 제대로 받지 못한다는 조사 결과가 나왔습니다. 시민단체 직장갑질119는 지난달 7~14일 직장인 1천명을 대...

조선일보 PiCK 1일 전 네이버뉴스

"혼인신고부터 **했는데** 남편 2억 빚, 다른 여자까지"...혼인무효 가...

결혼식을 앞두고 혼인신고를 먼저 마친 한 여성이 예비신랑의 숨겨둔 빚과 여자관계를 최근에 알게 됐다며 법률 조언을 구하고 나섰다. 27일 YTN라디오 '양소영 ...

반전 클릭 증폭 키워드 '~데(갔는데, 했는데), 생략(말줄임표…), 반전' 예시

내친김에, 반전의 힘, 하나 더 보여드린다. 다음 캡처는 〈매일경제신문〉 네이버 메인 페이지 일일 랭킹 리스트 중 하나다. 1위부터 3위까지 클릭을 삼킨, 리스트를 보시라. 반전 아닌 게 있는가. 74만이 터진 1위 기사를 보자. 서울대 합격한 딸 스토리다. 영향력의 대명사, 사람으로 치면 스타나 마찬가지인 '서울대'가 벌써 손끝을 움직이게 한다. 게다가 그 힘든 서울대에 합격한 딸이라니. 대박이다. 그런데, 제목 뒤에 바로 반전이 있다. 앞에서 배웠던 '반전 쿼트'다. "엄마, 저 등록 안 할래요." 기가 막힌다. 바로, 클릭이다.

순위	기사 제목	조회수
1	우리 딸 서울대 합격해 크게 한턱 쐈는데…"엄마, 저 등록 안 할래요" [스물스물]	749,826
2	오바마 부인 '충격고백' "두 딸 키우는 동안 대통령 남편은…"	608,165
3	호스트바 에이스인 남친…"오빠 원래 이런일하는 사람 아니야" [씨네프레소]	375,298

3. 도(돈, 머니)

연상법 암기를 위해, '도'라고 표기는 하지만 실은 '도(온) = 돈'이다. 머니와 관련된 스토리는 역시나 먹힌다. 단, 머니 스토리를 클릭으로 연결하는 건 다른 문제다. 프로 클릭러 반열에 오르려면 머니 스토리 변환법(치환법)을 알고 있어야 한다. 진상 스토리건, BTS 같은 스타(주인공)의 스토리건, 대부분, 머리만 좀 쓰면 머니 스토리로 변주가 가능하다. 당연히, 제목으로도 강렬한 '돈'의 단어를 뽑아낼 수 있어야 한다. 제목으로 돈 얘기를 뽑아낼 때 핵심 키워드는 숫자다. 아예, 숫자로 액수를 '쾅' 하고 박아버리면 된다. 다른 제목 키워드들은 이 책이 끝날 때까지 수십 번 반복할 테니, 눈으로만 익혀두시라. 백설說이 불여일견見. 예시를 보며 경험치를 늘리자.

뉴스1 | 1시간 전 | 네이버뉴스

"차로 장난질했지?" **발길질** 퍽...주차선 지킨 옆차에 화풀이한 남...

최대한 벽에 바짝 붙어 주차선을 지켜 주차한 차량에 분노한 남성이 **발길질**했다가 **135만원**을 물어주게 됐다. 누리꾼들은 "분노조절만 했어도"라며 혀를 내둘렀다. ...

동아일보 PiCK | 2시간 전 | 네이버뉴스

135만원짜리 **발길질**...새벽 주차시비 이웃 "다 부숴버릴 것"(영상)

한 남성이 주차장에서 차량 보닛에 **발길질**하는 영상이 공개됐다. 교통사고 전문 변호사는 기분이 나쁘다는... A 씨는 "수리비 100만 원, 대차료 35만 원 해서 총 **135**...

머니 클릭 키워드 '숫자, 대박, 가성비 갑, 뽕 뽑는, 핵가성비' 예시

첫 번째와 두 번째 캡처 기사 모두 '주차장 진상'에 대한 얘기다. QNA 공식으로 익힌 것처럼 진상 스토리는 AAnger와 연결되니 당연히 클릭이 터진다. 여기에 야반도주의 '돈'을 더한다면 어떨까. 당연히 증폭될 수밖에 없다. 아래 위 기사를 비교해보자. '차로 장난질 했지?… 발길질 퍽'의 〈뉴스1〉 기사는 진상에 초점을 맞춘다. 〈동아일보〉는 어떤가. 숫자 키워드를 동원해 제목에 아예 '135만 원짜리 발길질'로 쾅 하고 박아버린다. 세다. 강렬하다. 손끝, 절로 간다. 〈뉴스1〉, 의문의 1패다.

4. 주(주인공, 스타)

야반도주 필살기의 주, 주인공 스토리다. 스토리를 만들 때, 핵심이다. 무조건 스타를 동원할 것. 스타가 잠깐 스쳐간 곳도 괜찮다. 그래도, 터진다. 소원 명당으로 자주 등장하는 '강화도 보문사' 여행기 콘텐츠를 제작한다고 치자. 다음, 두 가지 예시를 비교해보자.

① 2023년, 소망 이루세요… 서울 근교 소원 명당 강화도 보문사
② 2023년, 소망 이루세요… BTS도 다녀간 소원 명당 강화도 보문사

볼 것 없다. 두 번째를 클릭하고 만다. 'BTS가 다녀간'이라는 수식어만, 초강력이다. 이게 스타의 힘이다. 스타의 영향력이 강력할수록, 클릭은 비례해 증폭된다. 스타 스토리의 클릭을 증폭시키는 제목 키워드까지 알아두면 좋다. 핫플레이스일 경우는 '(그 스타가) 다녀간' '(그 스타)만 아는'이다. 맛집 콘텐츠라면 '(그 스타도) 줄 서는', '(그 스타)만 아는' 두 가지다. 나중에 배울 '네가티클(Negative + Article)' 필살기를 섞는다면, '(그 스타)도 못 가본' 핫플레이스와 맛집으로 제목을 뽑아도 된다. 세상에. 김연아만

알고, 박찬호가 다녀갔으며, BTS도 줄서는, 게다가 신동엽도 못 가본 '맛집'이나 '핫플레이스'라면 어떤가. 자동, 클릭 폭발이다.

BTS도 못 가봤다는데. 도대체 어디지? 궁금해서 못 참는다. 클릭, 쏟아진다.

스타 '클릭 증폭' 제목 키워드

(스타) 다녀간, (스타) 줄 서는, (스타)만 아는, (스타)도 못 가본, (스타)도 모르는

2 S.
스타(별)에 묻어가라

'야반도주' 스토리의 심화 응용편이다. 태양SUN은 꺼지지 않는다. 유튜브, 포스트, 블로그 등 플랫폼이라는 매체가 존재하는 한, 이 법칙도 영원히 간다. 죽은 플랫폼도 살려낸다는, 이른바 'SUN'의 법칙이다.

야반도주 필살기 '주인공' 스킬과 한 줄기다. 다음 캡처를 보자. 2023년 1월 28일자 〈매일경제신문〉 네이버 메인 페이지 일일 클릭 랭킹이다. 부동산 경기 침체로, 인천 송도 아파트 값 급락한 내용이야, 어제 오늘 일이 아니다. 그런데 보시라. 1위에 오르며 55만 클릭을 찍었다. '12억 원짜리 송도 대장 아파트가 반토막' 난 것까진 별것 없다. 이 별것 없는 뉴스, 다음 날(29일) 50만 클릭까지 합치면, 무려 100만 클릭이 터졌다. 왜? 배우 광규형 때문이다. 반 토막 난 아파트, 영끌족도 아니고, 푸근한 인상의 스타, 배우 광규형(김광규)이 소유한 그 아파트여서다.

순위	기사 제목	조회수
1	'황당하네' 13시간 비행했는데 내려보니 출발지, 무슨 일이	551,939
2	"집 얘기 그만하자" 광규형 절규...12억 송도 대장 아파트, 반토막	550,164
3	한강다리 난간에 앉아 눈물 흘리던 20대女...이상하게 여긴 시민들이 구했다	464,238

이 기사는 조성신 〈매경닷컴〉 기자가 쓴 글이다. 기사 내용은 뻔하다. 인천 청라 · 송도 아파트 값이 반 토막 수준으로 급락했다는 내용이 핵심이다. 그냥 쓰면 클릭이 나올 리 없다. 이때, 조 기자의 머릿속이 팽팽 돌아간다. '스타의 영향력 = 클릭'이라는 셈법이 작용했고, 여기에 MBC 예능 〈구해줘! 홈즈〉에서 광규형이 했던 넋두리가 떠오른 것이다. "집 얘기 그만하자."

기사 구성도 별것 없다. 반 토막 시황 기사 앞에, 배우 김광규의 넋두리 한 줄을 넣고, '스타'를 동원해 제목을 만든다. 결과는? 100만 클릭, 댓글만 무려 1,193개가 달렸다. 밋밋한 시황 기사를 '폭발적인 클릭의 기사'로 둔갑시킨, 스타의 힘이다.

EX

"집 얘기 그만하자" 광규형 절규… 12억 송도 대장 아파트, 반 토막
(좋아요 561, 댓글 1,193)

3 U.
이기심 말고 이타심을 만족시켜라

SUN의 UYou다. U는 You다. 왜 I가 아니고 You일까. 이 관점의 차이가 '대박 클릭'을 만든다.

왕초보 클릭러는 자기 관심사I로 콘텐츠를 만든다. "야, 이거 너무 궁금한데?" 그 호기심이 콘텐츠 제작으로 이어진다. 프로 클릭러는 정반대다. 남You이 궁금해하는 콘텐츠를 만든다. 이 지점이다. 여기서 '클릭'이 갈린다.

플랫폼 공간에서 채널을 운영하다 보면, 자꾸 I(내가 궁금한 것)로 관점이 넘어온다. 위기 상황이다. 이때, SUN의 UYou를 떠올리실 것. 다시 한번 강조한다. 남들이 궁금해하는 것을 찾아 그 호기심을 풀어줘야(가치를 제공해야) 살아남을 수 있다.

1레벨 플랫폼 글쓰기 마인드셋 FIRE의 법칙에서 첫 번째가 F, Follow Clicks(터진 클릭을 따라가라)다. 남들이 관심을 가진, 남들이 그래서 누른, 콘텐츠를 따라가면, 또 클릭이 터지는 세계가 플랫폼이다. 반대로 나의 호기심 따위엔 관심조차 없는, 냉혹한 세계가 또 플랫폼이다.

클릭을 터뜨리려면? 간단하다. 내I가 아닌, 남You의 호기심(문제나 불만)을 해결해주면 된다. (나의) 이기심이 아니라, (남의) 이타심을 만족시키면 클릭은 절로 따라온다.

클릭이 터지는 콘텐츠

- (You의) 불만을 해결하라
  * 나의 (×) 불만 → 남의 (O) 불만

1. 일상 속 (남의) 불만을 해결하라

무조건 터지는 아이템, 간단하다. 일상 속 (남의) 불만을 해결해주면 된다. 엠제이 드마코는 그의 저서 《부의 추월차선》에서 성공을 부르는 아이템을 '불만'이라고 정의한다. 성공을 부르는 《부의 추월차선》 사업 아이템으로 '불만 해결의 7가지 아이템'을 꼽는다. 터지는 콘텐츠도 원리는 같다. '일상 속 불만', 그 지점을 찾아, 그 해결책을 던져주는 콘텐츠를 만들면 된다. 건투를 빈다.

1. "나는 …가 정말 싫어"

– 무엇이 정말 싫은가. 그 지점을 해결하는 것이 '당신의 · 사업의 · 100만 클릭을 부르는 글쓰기 주제의' 개방도로다.

• 해법 콘텐츠

회사가 싫어질 때(불만), 떠나는 힐링 여행지 5곳(해결) : 회사가 싫어지는 이들You의 불만에 착안한다. 해결법은 힐링 여행지 5곳이다.

2. "나는 …를 안 좋아해"

– 무엇이 안 좋은가? 그것을 없애는 것이 '당신의 · 사업의 · 주제의' 개방도로다.

• 해법 콘텐츠

층간소음(불만) 보복하는 · 이색 전동기구 4가지 : 층간소음 싫은 이들You, 그들에게 복수(해결)를 할 수 있는 기구가 온라인 공간에서 판매되고 있다. 이 기구들을 소개하는 콘텐츠다. 다음 '층간소음 리벤지 패키지' 포스트 콘텐츠는 3만 클릭 이상이 터졌다.

땅집고 2020.09.09.

우퍼 스피커 달고 쿵쿵...**층간소음 보복**했다 "3000만원 배상"

A씨 부부는 "별 다른 소음을 내지 않았는데 보복당했다"고 항변했다. 심지어 A씨 부부가 집에 없었는데도 B씨는 **층간** 소음이 심하다며 신고하기도 했다. B씨 부부는 ...

비주얼다이브 2020.02.09.

층간소음 OUT! 윗집리벤저스 패키지

소음은 소음으로 막는다 **층간소음** 리벤저스 패키지 눈에는 눈, 소음엔 소음. **층간소음** 리벤저스 아이템들을 살펴보자 *플레이리스트: 음악보다 유튜브에서 발자국, ...

3. "…가 짜증나"

– 무엇이 짜증나는가? 그 짜증을 제거하는 것이 '당신의 · 사업의 · 주제의' 개방도로다.

• 해법 콘텐츠

해외여행 못 가 짜증 날 때 · 대리만족하는 여행지 BEST4 : 코로나 시기를 겪으며 해외여행을 못 가, 폭파 직전까지 간 분들이 많다(불만). 대리만족 여행지로 해결법을 찾는다.

4. "왜 이렇게밖에 안 되지?"

– 글쎄, 왜 그런 것일까. 그 '왜'를 제거하는 것이 '당신의 · 사업의 · 주제의' 개방도로다.

• 해법 콘텐츠

왜 못할까 의아했었는데(궁금증), 뒤집어진 중국 축구판

[자막뉴스] '왜 못 할까' 의아했었는데...뒤집어진 중국 축구판
조회수 83만회 • 1개월 전
KBS News
라오닝성 선양 중심가에 있는 체육 공원입니다. 작업자들이 한 동상의 밑동을 한창 파내고

83만 클릭이 터진 콘텐츠다. 교과서에 충실하다. 왜, 이렇게밖에 안 될까, 하는 의문과 불만을 해결한 것이다. 중국 축구 왜, 못 할까 의아하다. 과연 왜? 그리고 해결책을 주는 제목이 뒤를 잇는다. '뒤집어진 중국 축구판.' 어떻게 뒤집어졌길래. 궁금하면 눌러보시라. 책 쓰며 캡처 뜨고 있는 기자도 또 궁금하다. 클릭하고 만다. 이게 불만 해결의 힘이다.

5. "…하는 게 소원이야"

- 그 소원은 무엇인가? 당신이 원하면 다른 사람도 원한다. 그 소원을 이루어 주는 것이 '당신의 · 사업의 · 주제의' 개방도로다.

• 해법 콘텐츠

소원이 궁금하다고?(궁금증), 0.1초 만에 확인하는 전국 소원 명당

[정철진의 목돈연구소] 주식의 등락여부 0.1초만에 알려주는 소원명당
조회수 162회 • 1년 전
SBS 시사교양 라디오 - 시교라
2021년 3월 14일 (일) 주식의 등락여부 0.1초만에 알려주는 소원명당 머니투어 (출연 : 투어 가이드 매일경제 신익수

6. "그만 좀 …했으면 좋겠어"

- 무엇을 그만했으면 좋겠는가? 이것을 해결하는 것이 '당신의 · 사업의 · 주제의' 개방도로다.

집에서 유산소 운동을 할 때 늘 걱정되는 것 한 가지. 층간소음이다. 제목에 '층간소음 없는 유산소 운동법.' 그만 좀 소리(층간소음)가 났으면 좋겠는데, 이걸 해결해주는 운동법이니, 솔깃 안 할 리가 있는가.

7. "…는 형편없어"

- 무엇이 형편없는가? 형편없음을 제거하거나 줄이는 것이 '당신의 · 사업의 · 주제의' 개방도로다.

• 해법 콘텐츠

형편없는 인스타?!, 단박에 클릭 폭발하게 만드는 인스타 촬영법 6

어떤가. 클릭을 부르는 무한리필 주제를 찾고 싶은가. 그렇다면, 관점을 바꿔라. 당신의 관심사가 아닌, 남의 불만과 궁금증을 해결하면 된다.

엠제이 드마코는 여기서 한걸음 더 나아간다. 남의 욕구를 좇으라면서, 다음 9가지 중 무엇이라도 100만 명에게 제공할 수 있다면, '100만 달러의 자산을 가질 수 있다'고 단언한다.

① 기분을 좋게 해줘라

② 문제를 해결해줘라

③ 교육해 줘라

④ 외모를 발전시켜라(건강, 영양, 옷, 화장)

⑤ 안전을 제공하라(주거지, 안전예방책, 건강)

⑥ 긍정적인 정서를 유발하라(사랑, 행복, 웃음, 자신감)

⑦ 기본적인 욕구(음식)부터 외설적인 욕구(성욕)까지 충족시켜라

⑧ 삶을 편하게 해주어라

⑨ 꿈과 희망을 고취하라

100만 클릭을 부르는 글쓰기의 달인이 되고 싶으신가. 100만 달러, 아니, 100만 클릭을 벌고 싶으신가. 단언컨대 위의 9가지,

욕구를 충족시키는 콘텐츠를 만들면 된다. 이 9가지 스토리(주제), 어디선가 본 것 같지 않으신가. 맞다. 복잡하게 나열해서, 그렇지, 한마디로 '야반도주'다. 절묘하지 않은가.

4 N. 넛지가 있는가

'넛지Nudge.' 노벨경제학상을 수상한 리차드 탈러 덕에 유명세를 탄 단어가 '넛지'다. 글자 그대로 해석하자면, 팔꿈치로 '쿡' 찌르는 행동이다. 스토리(주제) 선정에서 무조건 고려해야 할 사안이 바로 이 '넛지'다. '스토리의 심장'이라고 보면 된다. 넛지가 없으면, 스토리가 축 처진다. 결국 죽는다.

반대로 다 죽어가는 플랫폼, 넛지 하나 잘 삽입하면, 회생한다. 쿵쾅쿵쾅 클릭이 뛰고, 심장도 박동하기 시작한다. BTS 필살기에 나온 스티브 잡스 식으로 표현한다면 'Connecting The Dots(커넥팅 더 닷츠)'의 그 'The' 특별함이다. 특별함을 만들어내는 바로 그 '쿡(찌름)'이다.

'넛지 신공' 3가지

① 똥파리를 찾아라

② 뒤집어라

③ 묻고 더블로 가

일반 글쓰기도, 플랫폼 글쓰기도 마찬가지다. 스토리(주제) 곳곳에 '넛지'라는 장치를 잘 배합하느냐의 승부다. 밋밋한 주제에 '넛지' 장치를 심는, 넛지 신공 3가지다. 요긴하다. 익혀두시라.

1. 똥파리를 찾아라

남자 화장실 소변기 한복판엔 흔하게 볼 수 있는 그림 하나가 있다. 엄지손톱만 한 똥파리 그림이다. 사실 넛지 하면 떠오르는 게 똥파리다. 남성 소변기 한복판에 그려진 똥파리 하나, 이게 혁명적인 변화를 일으킨다. 서서 볼 일을 보는 남자들은 안다. 소변을 보려는 순간, 똥파리가 보이면 '어?' 하고 무의식중에 이 녀석을 맞추려 힘을 주게 된다. 그러니, 소변 줄기, 밖으로 떨어지지 않는다. 똥파리 그림 하나가 만들어낸 '청결함' 혁명이다.

아예 '게임기 넛지'로 쏠쏠한 효과를 본 화장실도 있다. 영동고속도로 라인의 덕평 휴게소다. 남자 화장실의 소변기 위에 게임기 모니터를 달아 놓았던 거다. 볼 일(?)을 보고 있으면 게임 모니터 속 캐릭터가 코에서 물을 뿜는다. 실시간으로 볼 일을 보고 있는 그 사람의 세기와 강도를 측정해 발사한다. 캐릭터는 두 명이다. 캐릭터는 코에서 나오는 물로 물싸움을 붙는다.

덕평 휴게소 남자 화장실

앞선 손님과 뒷손님의 소변 강도를 측정, 캐릭터 콧물로 즉시 반영되고, 물의 세기(강도)가 변한다. 남자들에겐 이 세기, 자존심이다. 절로 힘이 들어간다. 자존심 싸움인데.

소변기에는 축구 골대와 축구공이 달려있는 곳도 있다. 공을 맞춰, 골인을 시키려는 심리를 이용한 거다.

스토리(주제) 속에는 이런 '넛지'가 포진해야 한다. 정확한 소변의 강도가 아니라, '강렬한 클릭'을 집중시킬 수 있는 넛지들이다.

[목돈연구소] 머니투어 with 매일경제 **신익수** 기자-반전여행지! 전국 **화장실 트립**
SBS 시사교양 라디오 - 시교라
Youtube · 9개월 전

여행전문기자인 필자는 당연히 여행기에 '넛지'를 대놓고 쓴다. 아예, 덕평 같은 '넛지 화장실' 투어를 여행기로 쓴 적도 있다. 경기도 남양주에 가면 '피아노 폭포'가 있다. 가로 세로 10m가 넘는 이 초대형 피아노, 이게 통째로 화장실이다. 경북 군위에는 대추 모양의 화장실이 유명하고, 경주에는 신라시대 벌칙 주사위로 유명한 주렴구 화장실이 있다.

이런 넛지 화장실만 묶어 '화장실 투어' 콘셉트를 탄생시킨 거다. 그러니 기억할 것. 100만 클릭을 불러오는 스토리를 만들고 싶으신가. 그렇다면 당신만의 파랑새, 아니 똥파리를 찾으시라.

2. 뒤집어라(ft. 극과 극은 통한다)

반전 스토리. 그 자체가 넛지다. 단순한 반전 정도로는 안 된다. 극과 극의 놀라운 반전을 담은 스토리(주제)를 찾아야 한다. 이름하여, 뒤집기 신공이다.

이 스토리에 적합한 게 안동(경북)의 합격사과다. 경상북도 안동. 한때 우박이 내려 사과농사, 쫄딱 망한 적이 있다. 망연자실, 눌러앉았다면 그냥 망하고 말았을 테지만 주민들, 반전을 시도한다. 그냥 시장에 내놓으면 팔리지도 않을 흠집 난 사과. 여기에 '브랜드' 하나를 그럴싸하게 붙인다. 그게 '합격사과'다.

뭐야, 우박 맞은 사과에 합격사과라는 브랜드라니. 말하자면 이런 뜻이다. 우박까지 맞았지만, 꿋꿋이 견뎌냈다, 그러니 역경에도 분투하는 합격의 기운을 준다는 거다. 그러고 기적이 일어난다. 안동 합격사과를 사러, 전국 수험생들의 가족들이 몰려온 거다. 쪽박의 우박 사과, 대박 '합격사과'로의 반전이다.

얼마나 히트를 쳤던지, 이듬해 경기도 홍천에서 안동 합격사과를 벤치마킹한다. 역시나 수험생들 사이에 꽤나 유명세를 떨쳤던 '홍천 합격사과'의 탄생 배경이다.

사실 합격사과의 원조는 일본이다. 북도호쿠 3현(이와테, 아키타, 아오모리) 중 최북단인 아오모리. 이곳은 해풍이 세다. 여름이면 태풍까지 덮치니 사과농사 잘될 리 없다. 매번 땅에 떨어진 채 흠집이 나 뒹군다. 역시나 망연자실. 하지만 아오모리 주민들, 여기에 반전의 이름을 붙인다. '합격사과.' 태풍이 불어도, 해풍이 몰아쳐도 이 역경을 이겨내고 사과 열매를 맺었으니, 그 분투의 기개로 합격을 이룰 수 있다는 의미를 살짝 녹여낸 거다. 아, 그랬더니 대박.

이런 식이다. 누구나 예상 가능한 콘텐츠의 주제로는 먹히지 않는 게 이 세계다. 뒤집을 것. 그것도 극과 극, 혁명적으로 뒤집을 것. 그게 '넛지 신공 2', 뒤집기 기술이다.

---

www.kbsm.net › news

`안동합격사과`먹고 수능 대박 빵 터져라 - 경북신문

안동시는 2018년도 대입수능을 맞아 수능 준비에 지친 수험생들을 응원하기 위해 9일부터 **`안동합격사과`**를 나누어주기 행사를 열고 있다. 이번 행사는 올해 세 차례의 우박에도 불구하고 꿋꿋하게 견디며 결실을 맺은 ..

---

3. 묻고 더블로 가

"묻고 더블로 가!"

영화 《타짜》의 유명한 대사다. 넛지 신공 넘버 쓰리, '특별함

의 더블로 가라'다. 특별한 주제로도 안 된다. 더The 특별할 것. 투뿔 '더The' 같은 식이다. 이해하기 쉽게 예를 들어준다.

여행지 중에서 '소원 명당' 그럴싸하다. 여행도 하고 소원도 이뤄주는 핫스폿이라니. 이런 게 1차원적인 특별함, 더The다. 100만 클릭을 부르는 주제라면, 여기서 또 하나의 특별함, 즉 2차적인 더The를 추가로 덮어씌워야 한다. 예컨대 이런 식. '1초 만에 소원이 이뤄질지 아닐지 알려주는' 같은 특별함이다.

보기 쉽게 정리해보자.

- **1차적 특별한 주제 : 전국 소원 명당 톱 3**
- **2차적 '투뿔' 단계의 더 특별한 주제 : '초고속'으로 소원 비는 소원 명당 톱 4**

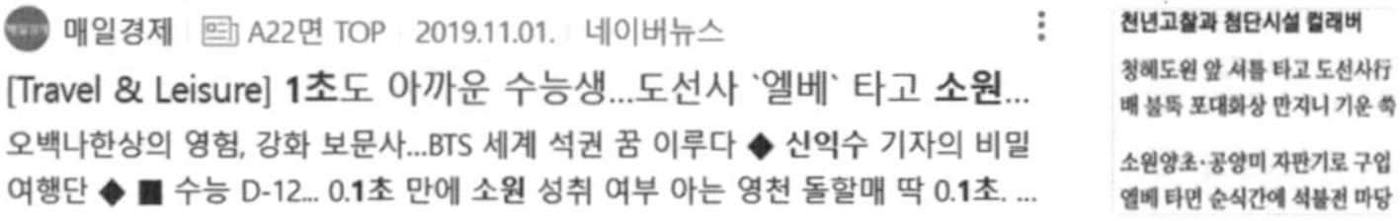

매일경제 | A22면 TOP | 2019.11.01. | 네이버뉴스

[Travel & Leisure] **1초**도 아까운 수능생...도선사 `엘베` 타고 **소원**...

오백나한상의 영험, 강화 보문사...BTS 세계 석권 꿈 이루다 ◆ 신익수 기자의 비밀 여행단 ◆ ■ 수능 D-12... 0.**1초** 만에 **소원** 성취 여부 아는 영천 돌할매 딱 0.**1초**. ...

천년고찰과 첨단시설 컬래버
청혜도원 앞 서틀 타고 도선사行
배 불뚝 포대화상 만지니 기운 쑥
소원양초·공양미 자판기로 구입
엘베 타면 순식간에 석불전 마당

어떤가. '투뿔 더'의 소원 명당이 더 더 더, 클릭하고 싶지 않은가. 이런 곳 있다. 서울 북한산 도선사는 소원 명당으로 유명하다. 수능 시즌엔 웨이팅만 30여 분씩 된다. 이곳이 유명세를 탄

건 순전히 엘리베이터 덕이다. 세로 4m짜리 부조 형태의 석불전이 소원 핫플레이스인데, 이곳을 갈 때, 통유리 엘리베이터를 타고 오른다. 단 1~2초 만에 소원 명당 직행이다. 성질 급한 수험생들의 소원 성취를 위해, 심지어 소원 자판기까지 운영한다. 소원 양초, 시주 쌀도 자판기에 지폐만 투입하면, 1초 만에 쏟아져 나온다.

BTS가 찾아 인기가 폭발한 강화도 보문사에도 초고속 명당이 있다. 500 나한상이다. 간절함을 담아 3,000배를 하면, 반나절은 족히 걸린다. 500 나한상 앞에선 6배만 하면 된다. 500 곱하기 6은 3,000이다. 경북 영천에 가면 0.1초 만에 소원 성취 여부를 알려주는 '돌할매'가 명물이다. 10kg 정도 되는 지름 30cm의 이 돌, 소원을 빌고 들어본다. 번쩍 들리면 실패, 묵직하게 느껴져 안 들리면 성공이다. 얼마나 신기한가.

믿거나 말거나 무작정 기다려야 하는, 일차원적인 특별함의 '전국 소원 명당 톱 3' 같은 곳보다, 이런 2차원적인 투뿔 특별함이 있는 '0.1초 확인 소원 명당 빅 3'가 훨씬 클릭하고 싶을 수밖에 없다. 특별한 주제로는 안 된다. 특별함도 묻고 더블로 가실 것.

플랫폼 글쓰기 최고의 단계, '제목 달기' 편이다. 영어 5형식만큼이나 중요한, '플랫폼 글쓰기 5형식'부터 잡는다. 특히, 독한 필살기 편에서 역점을 둔 게 5형식 변환법이다. 이 5형식만 자유자재로 다루면, 정말이지 딱 1분 만에 채널 하나를 뚝딱 만들어낼 수 있는 최고급 필살기다. 시간이 없다면, '클릭 유발 키워드 사전'만큼은 달달 외우시라. 사전에 나온 단어만 제목에 넣으면, 그냥 10만 클릭 이상 먹고 들어간다. 단어 하나하나까지 잘근잘근 씹어 내 것으로 만드시라. 써먹으시라.

필살기편 Master

100만 클릭 터지는 마법의 제목 달기

6일 차

클릭 월척을 낚는 글쓰기 5형식 'SMILE'

T

76초. 구독자들이 네이버 모바일 메인페이지 주제판에 머무는 시간이다. 선수들끼리는 '듀레이션 타임Duration time'이라 부른다. 살벌하지 않은가. 하루 3억 뷰가 넘게 쏟아지는 네이버 모바일 메인페이지. 연예, 스포츠, 경제M 같은 주제판에, 머무는 시간이 고작 1분여라니.

기자나 네이버 여행판을 운영할 때, 하루 14줄의 콘텐츠를 노출한다. 직접 제작한 콘텐츠와, 인플루언서들의 블로그, 포스트를 배합한 숫자다. 한 줄에 2개씩이니, 총 28개의 콘텐츠가 매일 매일 손끝의 간택을 기다리는 셈이다.

76초. 얼마나 짧은지 아는가. 제일 많이 터지는 라인이 맨 위, 1라인이다. 이게 하루 50만에서 많게는 100만 클릭까지 나온다. 일평균 1라인 클릭 수를 중간값 76만으로 놓고, 듀레이션 타임을 76초를 할당하면, 초당 10,000개의 클릭이 순식간에 쏟아지는 셈이다.

그러니, 한방에 '확' 낚지 못하면 사장이다. 곧바로, 버려진다.

사실 1라인~2라인을 뺀, 나머지 라인의 콘텐츠는 구색 갖추기나 다름없다. 클릭도 전멸 수준이다.

당연히, 최우선 과제는 낚기(후킹)다. 그것도 '제목으로 낚기.' 물론 양질의 콘텐츠는 디폴트 값으로 깔고 가야 한다. 일단 낚는 게 핵심이다.

제아무리 글 잘 쓰는 강원국이라도, 소설가 김영하라도, 그럴싸한 제목으로 클릭의 간택을 받지 못하면 버려진다.

지금부터 벨트 단단히 매시라. 본격적인 구독자와의 맞짱이다. 클릭이냐 순삭이냐. 동귀어진同歸於盡(같이 죽는다는 필살각오)의 각오, 제목 필살기로 단박에 제압해야 한다.

장담한다. 이 5형식만 글의 본문과 제목에 자유자재로 써먹어도, 100만 클릭 무조건 찍는다고.

1 영어도 아닌데…
플랫폼 글쓰기에도 5형식이 있다

영어는 5형식이다. 국어는 하나 적다. 4형식이다. 놀랍게, 플랫폼 글쓰기에도 형식이 있다. 《100만 클릭을 부르는 글쓰기》에선 10형식으로 분류했지만, 시대가 변했다. 과감하게 절반을 덜어냈다. 그렇게 나온 게 5형식이다. 이 5형식은 제목에도, 스토리에도 양방으로 써먹는다. '핵클릭 5형식'으로 쉽게 외우라고, 연상법 알려드린다. SMILE. 클릭이 쏟아지니 웃음이 나온다는 의미다. S는 스타클이다. M은 미라클, L은 가장 기본형인 리스트클, E는 이코노미클이다. I는 SMILE 연상법을 위해 끼워넣은 거다. 네가티클만 따로 외워두면 된다.

블로그 포스트는 물론 유튜브 제작에서도 무조건 이 5형식 필히 지켜야 한다. 이외수식 '글쓰기 공중부양' 기법을 써도, '대통령의 글쓰기' 노하우로 구독자들의 마음을 울려도 죄다 무용지물이다. 모바일 세계에선 이 5형식을 벗어나는 순간, 필패다. 그러니 100만 클릭을 부르는 클릭 월척 5형식, 무조건 외워두시라.

클릭 월척 글쓰기 5형식 'SMILE'

스마일 SMILE 공식 = S(스타클) + M(미라클) + I + L(리스티클) + E(이코노미클)

- 1형식 기본형 리스티클(List + Article)
  : 증폭 키워드 = 최고 · 최악, BEST · WORST, 무조건 · 반드시
- 2형식 네가티클(Negative + Article)
  : 증폭 키워드 = 절대(절대로) · 무조건
- 3형식 스타클(Star + Article)
  : 증폭 키워드 = 조사 '만 · 도', 스타클의 확장(스타가 사물 => 삼성전자 등 주주 숫자 많은 종목 뉴스)
- 4형식 미라클(Miracle + Article)
  : 증폭 키워드 = 황당, 충격, 엽기, 상상초월
  * 미라클 소재 = 증폭 소재 : 밀폐 공간, 키워드 : 비행기, 크루즈, 호텔, 엘리베이터, 화장실
- 5형식 이코노미클(Economy + Article)
  : 증폭 키워드 = 공짜, 무료, 호갱, 뒤통수치는, 뽕 뽑는, (핵)가성비(갑), 킹받는

2 1형식
리스티클(리스트List + 아티클)

플랫폼 글쓰기의 가장 기본형, 1형식. 리스티클이다. 리스트List와 문장Article을 합친 조어다. 한마디로 나열식이다.

리스티클을 '기본형'이라고 정의한 건 이유가 있다. 여기서 나머지 4형식이 파생한다. 2형식 네가티클은 리스티클의 부정형이다. '해야 하는' 대신 '하지 말아야 할 것(Do not)'을 강조한 것이다. 스타클은 유명인을 동원해, 그들의 맛집, 그들이 가는 핫플레이스를 나열식(리스티클)으로 정리한 것이다. 4형식 미라클과 5형식 이코노미클도 마찬가지다. 기록의 콘텐츠를 나열한 게 미라클, 돈과 관련된 것의 핵심을 리스트로 보여주는 게 5형식, 이코노미클이다.

그냥 줄줄 쓰면 되지, 왜 굳이 1번, 2번, 3번 순서대로 써가는 리스티클 형식이 필요할까. 패턴에 열광하는 '인간의 심리' 때문이다. 우리의 심리는 복합한 것, 싫어한다. 질서가 없으면 불안하다. 미스터 마켓이라 불리는 증시에서도 차트의 패턴을 그려내는 게 인간 아닌가.

매사 마찬가지다. 정리된 패턴이 있어야 마음이 편해진다. 받아들인다. 일종의 '패턴 만들기 편향'이다. 물론 나열한 것 외에도 수많은 경우의 수가 있을 수 있다. '일반화의 오류' 위험에도 리스티클은 강렬함을 발휘한다. 한눈에 콱 박힌다.

'톱 5', 'BEST 5', '핵심 5가지' 같은 유형이 대표적이다. 다른 경우의 수도 패턴에 묻힌다. 나열식에 빨려든다. 구독자들도 말려들고 만다. 패턴을 바라고 정리를 바라는 심리, '아, 이게 핵심 5가지구나', '핵심 10가지구나' 하고 기꺼이 받아들이고 만다.

요즘은 일반 글쓰기에서도 '리스티클'을 서서히 차용하고 있다. '가야 할 곳 5스폿' '외워야 할 것 4가지' 하고 딱딱 정해놓아야, 눈길이 가서다.

1형식 리스티클에는 《100만 클릭을 부르는 글쓰기》에 나온 '핵클릭 10형식' 중 △워너클(원하는 것 Want + 아티클) △타임리클(시의성 Timely + 아티클) △크레디클(신뢰감 있는 매체 Credit + 아티클)이 모두 포함된다.

광의의 리스티클(1형식 리스티클) 〉 협의의 리스티클(워너클 + 타임리클 + 크레디클)

협의의 리스티클 3가지

- **워너클 : (남들이) 원하는 것을 리스트화**
  * 예) 휴가철 무조건 가야 하는 휴가족 핫플레이스 8곳
- **타임리클: 시의성 있는 사건들의 나열**
  * 예) 비행기 사고 발생 → 비행기 사고 때 생존확률 높은 기내 좌석 3곳
- **크레디클 : 여행의 〈론리플래닛〉이나, 〈CNN〉 같은 신뢰감 있는 매체의 발표 내용을 리스트화**
  * 예) 〈CNN〉 선정, 아시아에서 가장 힐링하기 좋은 호텔 4곳

스토리 전개의 형식에서뿐만이 아니다. 제목에서도 리스티클은 훌륭한 클릭 생성 장치다. 일단 제목에서 완벽하게 정리된 '패턴'을 보여주면, 구독자들이 확 문다. 스낵 콘텐츠라는 말이 그냥 생겼겠는가. 핵심 5가지라고? 뭐지? 하며 클릭한다. 대놓고 '리스티클'이라고 달고 콘텐츠를 생산하는 곳도 있다. 제목에 리스

티클을 써먹을 땐, 클릭을 증폭시키는 마법의 단어들이 있다. 이름하여 리스티클 제목 넛지 단어다. 직접 해보면 안다. 이 단어만 넣었을 뿐인데, 원래 콘텐츠 대비 클릭이 5만~10만 이상 늘어난다. 무조건 외워두시라.

리스티클 제목 클릭 증폭 키워드

최고 · 최악, BEST · WORST, 무조건(모든 형식에 적용되는 범용 증폭 키워드)

대표적인 리스티클 제목 넛지 키워드, '최악 · 최고, BSET(최고의) · WORST(최악의)'다. 그냥 '○○○○ 5가지'로 가면 재미가 없다. '○○○○ 최악 5가지'는 어떤가. 그저 최악 단어만 넣었을 뿐인데, 어라, 손끝이 움직인다. '○○○○ 5가지' 느낌은? 역시나 밋밋하다. '○○○○ BEST(톱) 5가지'라면? 한층 더 강렬하다. 광클의 손가락 꿈틀거림. 느껴지지 않는가.

국민연금 조기수령 무조건 신청해야 하는 이유
조회수 62만회 • 1개월 전
뉴스보는TV
국민연금은 만 65세 이상부터 탈 수 있다고 막연하게 알고 계신 분들이 많습니다.

62만 회 클릭이 나온 영상물이다. 별 거 없다. 썸네일도 평범하다. 65세부터 받는 줄 알았던 국민연금, 조기 신청해야 하는 이유라고? 그것도 '무조건?' 미치고 팔짝 뛴다. 이러니, 클릭 안 하고 배기겠는가.

기자가 네이버 메인에 노출했던 기사문이다. '세계에서 가장 안전한 여행지 빅 3.' 전형적인 리스티클이다. 100만에 육박하는 클릭이 터졌다.

3 2형식
네가티클(네가티브Negative + 아티클)

질문 하나.

1. 여름에 꼭 가봐야 할 최고의 여행지 3곳

2. 여름에 절대 가면 안 되는 최악의 여행지 3곳

어떤가. 1번과 2번 어떤 콘텐츠를 더 클릭하고 싶은가. 볼 것 없다. 2번이다.

2형식, 네가티클이다. 부정적인 의미의 네가티브와 문장 아티클을 합성한 말이다. '하지 말아야 할 것'의 나열식 콘텐츠다.

심리란 게 묘하다. '꼭 해야 할 것'보다 '절대 하지 말아야 할 것'에 눈길이 더 쏠린다. SUN 필살기 넛지 편에서 '뒤집기'와 같은 방식이다. 100만 클릭을 부르는 글쓰기를 원한다면 '해야 할 것 리스티클'을 만들 게 아니라, 반대로 뒤집어야 한다. '하지 말

아야 할 것' 네가티클이 훨씬 더 잘 먹힌다.

왜 네가티클에 클릭이 쏠릴까. 이것을 제대로 분석한 학자는 없다. 클릭 지존인 본 기자가 이참에 딱 정리해드린다. 행동경제학에서 말하는 위험회피 심리 탓이다. 노벨경제학상을 받은 심리학자 대니얼 카너먼Daniel Kahneman 교수가 진행했던 실험이 있다. 피실험자 집단에게 '당신은 150만 원을 딸 확률이 50%, 100만 원을 잃을 확률이 50%인 내기를 하겠는가?' 하고 물었더니 실험자가 거의 없었다. 이 경우 기대 이익은 25만 원이다(150만 원 × 0.5 - 100만 원 × 0.5 = 25만 원). 25만 원을 딸 가능성이 있음에도 위험을 떠안으려 하지 않은 셈이다.

투자에서는 손절의 아픔이 '이익의 즐거움' 대비 2배라는 계량치도 있다. 원시 본능에서 야생의 위험에 촉각을 곤두세운 것처럼, 인간 본성에는 위험을 피하고픈 심리가 늘 도사리고 있는 셈이다.

네가티클에 이를 단순 적용하면 이렇다. 리스티클 대비 네가티클의 클릭 예상치는 네가티클이 2배 이상 나온다는 결론이다. 꼭 해야 할 것 콘텐츠를 고민하시는가. 그렇다면 뒤집어라. 하지 말아야 할 것'을 찾아야, 클릭이 터진다.

글 본문에도 하지 말아야 할 것, 네가티클 구성이 먹히는 것처럼, 제목에서의 네가티클 효과도 초강력이다. 당연히 외워둬야 할 네가티클 제목 클릭 증폭 단어가 있다. '절대(절대로) · 무조건'이다. 네이버 여행판을 운영하던 시절엔, 아예 키워드 '절대로'를 검색해, 클리커블한 콘텐츠를 직접 찾았으니 말 다했다. 효과, 기가 막힌다. 지금 당장 유튜브 검색창에 '절대로'를 검색해 보시라. 그리고, 조회 클릭 수를 보시라. 입이 쩍 벌어지실 게다. 절대로, 키워드 '절대로'를 잊지 마시라. 무조건, 써먹으시라.

네가티클 제목 클릭 증폭 키워드

절대(절대로) · 무조건(모든 형식에 적용되는 범용 증폭 키워드)

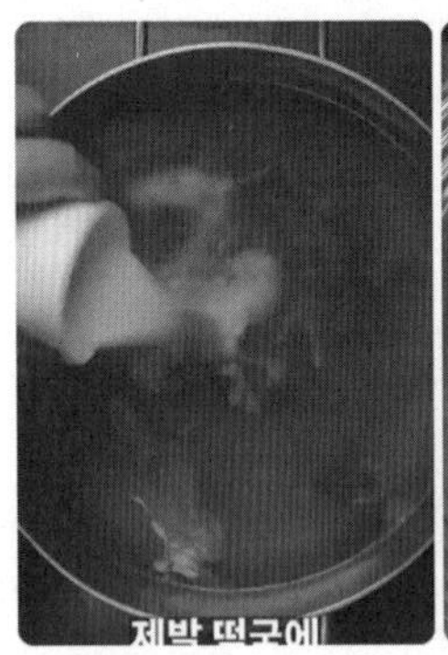

절대로 평범하지 않은 최고급 떡국 비밀 레시피
조회수 1182만회

떡국은 이렇게 끓여보세요
떡이 쫀득하고 불지 않아요
조회수 55만회

육수가 없어도 간편하게 맛있는 떡국 만들기
조회수 282만회

'절대로 평범하지 않은 떡국 비밀 레시피' 영상

미쳤다. 유튜브 쇼츠 영상인데, 조회 수가 1160만 회다. '절대로'와 네가티클의 절묘한 조합이다.

비행기 창가 자리에 앉으면 안 되는 이유?
조회수 101만회 • 5년 전
영알남YAN
Hi bros and sis 여러분 안녕하세요! 제가 드디어 다이나믹한 C

'비행기 창가 자리에 앉으면 안 되는 이유' 영상

조회 수 101만 회다. 역시나 네가티클이다. 멋진 뷰의 창가석인데. 왜 앉으면 안 되는 걸까. 클릭 쏟아진다. 아, 여기서 잠깐. 이 클릭을 2배 이상 증폭하려면? 마법의 키워드 '절대로'만 넣으면 된다. 아쉽다. '영알남' 유튜버가 《100만 클릭 터지는 독한 필살기》만 봤더라도 200만 클릭, 터졌을 텐데. 다시 한번 강조한다. 네가티클, 무조건 '절대로'와 함께 쓰시라.

4 3형식 스타클(스타Star + 아티클)

또 퀴즈. 같은 내용이다. 제목만 다르다. 어떤 것에 눈이 가는가.

1. 기본 30분 웨이팅… 미슐랭 돼지 맛집 가봤습니다

2. BTS도 30분 줄 섰다는… 미슐랭 돼지 맛집 가봤습니다

어떤가. 똑같은 내용이라면, 분명 2번에 클릭 몰표다. 스타클. 스타를 동원한 리스티클이라는 의미다. 앞선 레벨에서도 귀에 못이 박히도록 듣지 않았는가. 스타를 끌어온 콘텐츠는 무조건 먹힌다. 블로그건 포스트건, 유튜브건 상관없다. '스타 ○○○이… 찍은 곳, 먹은 것, 들고 다니는 것, 입은 것'이라고 제목만 뽑으면 무조건 클릭 폭발이다.

어떤 수식어보다 강렬한 넛지가 '스타'다. 스타가 다녀간 곳? 스타가 샀던 아이템? 스타만 아는 카페? 볼 것 없다. 무조건 그

스타를 제목에 뽑으시라. 무조건 그 스타를 내용에 넣으시라. 죽은 채널도 살리는, 스타클의 마법이다.

스타클은 왜 먹힐까. '영향력의 법칙' 때문이다. 캐나다에서 뛰고 있는 류현진의 연봉은 100억 원이 넘는다. 공만 던질 뿐인데 왜? 간단하다. 영향력의 법칙이 작용해서다. 류현진이 한 번 스트라이크를 꽂아넣을 때마다 수백, 수천만 관중들은 열광한다. 수백, 수천만 관중을 즐겁게 해주는 대신 수백만 달러를 벌어들이는 셈이다.

스타클은 이런 '영향력의 법칙'을 빌어오는 전략이다.

영향력은 또 하나의 놀라운 기능을 해낸다. '이성 마비'다. 생각할 틈을 주지 않고 반응(클릭)을 이끌어낸다. BTS RM이 마신다는 콤부차? 그 순간 바로 온라인 몰에서 그 콤부차 상품을 클릭하고 만다. 스타 덕에 클릭이 몰리고, 그 클릭은 돈으로 둔갑한다. 우리가 할 일? 끌어다 쓰면 된다. 뒤에서 배울, '묻어가기 신공'이다.

스타를 동원한 스타클 제목에 클릭을 증폭하는 키워드, 다양하다.

스타클 제목 클릭 증폭 키워드

마법의 조사 '만 · 도' + 네가티클(뒤집기), 무조건(모든 형식에 적용되는 범용 증폭 키워드)

① 핫플레이스 : ○○○… 다녀간 · 방문한 · 열광한

② 맛집 : ○○○도… 줄 서는 · 모르는 (VS ○○○만 아는)

③ 상품 : ○○○도 쓰는 · 하고 다니는 · 착용한

* 절대 원칙 : 스타의 이름은 제목 서두에 무조건!

절대 원칙이 있다. 스타클은 제목 서두에 무조건 스타의 이름을 노출시킬 것. 일단 후킹부터다. 스타클 효과를 배가 시키는 강렬한 넛지 키워드는 '한 글자' 조사다. '무조건 터지는 제목 키워드' 편에서 또 암기하겠지만, '만 · 도'를 쓰면 된다. 여기에 추가할 게 있다. 조사 '만'은 긍정의 리스티클과, 조사 '도'는 부정의 네가티클과 믹스해야, 클릭 효과가 증폭된다는 점이다. 예컨대 이런 식. '백종원이 찍은 서울 시내 맛집 톱 5'라는 포스트(블로그)가 있다고 치자. 교과서적인 스타클이다. 전 세계적으로 핫한 BTS 덕에 이 스타클은, 당연히 클릭 터진다. 여기에 조금 더 '클

릭 증폭' 양념을 치고 싶다면? 조사 '도'를 배합해준 뒤, 네가티클 뒤집기 기법을 쓰면 된다. 말하자면 3형식(스타클)과 2형식(네가티클)의 결합이다. 최종 완성본을 보자.

EX

① 백종원도 모르는 서울 시내 맛집 톱 5

: 맛집 킹, 백종원도 모른다고? 어디야, 하며 클릭 쏟아낸다.

② 백종원도 못 가본 서울 시내 맛집 톱 5

: 말이 돼? 백종원도 못 가봤다고? 도대체 이 5곳의 정체는 뭐야. 클릭 폭발이다.

한국경제 PiCK | 7일 전 | 네이버뉴스

들기만 하면 '품절'...**김건희**·한동훈 **가방**의 '놀라운 공통점' [이슈+]

'**김건희**가 든 **가방**', '한동훈이 쓴 안경' 등 제품에 의미를 부여하고 이야기를 덧붙일 수 있어 소비자 입장에서 소비가 더욱 즐거워진다는 것이다. 이 교수는 "소비...

윤석열 대통령 UAE 순방 관련 기사다. 순방과 경제적 뉴스에 초점을 맞춘다면 클릭이 터질까. 천만에다. 매번 같은 기사 내용, 풀로 쏟아질 테니, 어림없다. 〈한국경제〉 팀은 아예 방향을 튼다. 함께 출장을 간 김건희 여사와 한동훈 장관의 '가방'에 현미경을 들이댄 거다. 셀럽들이 든 가방이라니. 공통점은 또 뭐야. 스타클에 티싱(간지럽히기) 신공까지? 이러니, 클릭 폭발이다. 100여 개

가 넘는 순방 성과 기사가 쏟아졌는데 모두 순삭, 클릭의 버림을 받은 반면 스타클과 티싱을 절묘하게 구사한 이 기사는 클릭 몰이를 한다. 100만 클릭 돌파야 기본, 좋아요만 1,476개, 댓글은 무려 1,683개가 달렸던, '많이 읽은 기사'다.

영업 비밀 하나를 더 까드린다. '스타클의 확장'이다. '스타클'에서의 스타가 꼭 사람(인간)이 아니어도 된다. 재테크 채널의 경우는 '주식 종목'의 스타를 동원하면 된다. 〈매경닷컴〉 온라인 뉴스팀에서의 매뉴얼 한 가지를 살짝 알려드린다. 종목 뉴스를 쓸 때, 삼성전자 · 카카오 등 주주가 많은 종목 뉴스만 픽해서 쓴다. 당연히, 수십, 수백만 명의 개미들이 클릭을 하게 된다.

EX

상장사 1120곳 신저가… 3일 만에 시총 120조 증발
→ "개미들 곡소리 나네"… 삼성전자 등 1120개 종목 신저가

5 4형식 미라클(미라클Miracle + 아티클)

4형식 미라클이다. 글자 그대로 기적 같은 스토리를 담은 구성이다. 당연히 쉽다. 언빌리버블한 콘텐츠만 보여주면 된다. 미라클 제목 구성도 마찬가지다. '믿기지 않는 제목'이면 다 된다. 핵심은 미라클 확장이다. '미라클 = 기적' 정도로는 안 된다. '황당, 충격, 엽기'적인 미라클, 상상초월 미라클 같은 '극강의 기적' 스토리와 '극강의 제목'만 먹힌다. 클릭 증폭 키워드도 극강 일색이다. 아, 미라클이 무조건 먹히는 '공간'도 알아두실 것. 밀폐된 공간이다. 비행기는 무조건 터진다. 호텔이나 엘리베이터 내의 엽기적인 상황도, 클릭, 빨아먹는다.

미라클 제목 클릭 증폭 키워드

- 황당, 충격, 엽기, 상상초월
- 무조건 미라클이 먹히는 장소 : 밀폐 공간

  * 예) 비행기, 크루즈, 호텔, 엘리베이터, 주차장

고도 200M 비행 중, 갑자기 날개에서 나타난 길고양이
조회수 592만회 • 1년 전
포크포크
로메인 씨는 여느 때처럼 승객을 태우고 비행 중이었다. 이륙 전 기체도 꼼꼼하게 정비를

고도 200m로 비행 중이다. 그런데, 날개에 갑자기 길고양이가 나타난다. 볼 것 있나. 밀폐된 공간 비행기. 여기에 엽기적인 장면. 제목도 보시라. '고도 200m 비행 중, 갑자기 날개에서 나타난 길고양이.' 클릭 몰표다.

[ENG sub]역대급!! 엘리베이터안에서 방구 깜짝카메라 Farting on people in elevator !!!!
조회수 1410만회 • 5년 전
엔조이커플enjoycouple
엔조이커플 인스타그램 enjoycouple instargram ▷https://www.instagram.com/en
자막

1,410만이 터진, 유튜브 영상이다. 한마디로 미친 클릭이다. 미라클 어김이 없다. 장소, 역시나 밀폐공간 엘리베이터. 제목, '역대급!! 엘리베이터 안에서 방구 몰래카메라'다. 밀폐된 공간에서의 방구라니. 이건 볼 것도 없다. 광클 제대로다.

6 5형식 이코노미클(이코노미Economy + 아티클)

5형식, 이코노미클도 요긴하다. 만병통치약이다. 어떤 상황에서건, 어떤 형식의 미디어에서건 먹힌다. 이코노미클에서 놓치지 말아야 할 포인트가 있다. 짠내뿐만 아니라, 정반대 초고가 콘텐츠도 함께 터진다는 점이다. 왜일까. 초저가는 바로 써먹는 '실용' 차원, 반대로 초고가는 '대리만족' 심리 때문이다.

100만 클릭을 부르는 이코노미클 필살기에서의 클릭 증폭 세부 스킬은 3가지 유형이다.

이코노미클 제목 클릭 증폭 키워드

① 초고가 · 초저가 : 대놓고 보여주기

② 가격비교 : 같은 상품인데, 왜 A와 B 판매가가 다르지?

③ 먹히는 키워드 : 공짜, 무료, 호갱, 뒤통수치는, 뽕 뽑는, (핵)가성비(갑), 킹받는

1번 스킬은 보여주기. 초저가, 초고가의 가격을 그대로 보여주는 거다. 여기에 주의사항. 무조건, 극강을 보여주라는 거다. 예컨대 이런 식이다. 300만 넘게 터진 영상 '돌아온 KCM, 40억 람보르기니 플렉스'를 보시라. 뭐야, 40억. 그냥, 클릭도 플렉스다.

가격비교, 이것도 쏠쏠하게 먹힌다. 이때 중요한 게 있다. 같은 상품인데, 다르게 팔리는 곳의 가격비교다. 대표적으로 터졌던 게 과자 홈런볼이다. 유독 다이소에서만 쌌던 것. 왜일까. 글을 쓰다 보니 나도 궁금하다. 3번 스킬은 뻔하다. 키워드만 넣으면 된다. 특히 뒤통수를 치는, 심통 자극 '호갱' 콘텐츠라면 대박이다. 잘나가는 '호갱구조대' 채널, 기억하시는가. 호갱 콘텐츠 한우물만 팠는데, 구독자만 100만 명이 넘는다. 사기꾼 저격, 결

국 이런 게 짠내 소비와 연결되는 이코노미클의 핵심이다.

다나와에서 가장 싼 컴퓨터를 맞춰봅시다... [2부]
조회수 88만회 · 1년 전
뻘짓연구소
지난 샵다나와에서 가장 싼 컴퓨터를 맞춰보는 영상에 이어, 실제 조립된 제품이
4K

88만 클릭이 터졌다. 별것 없다. 제목도 별것 없다. '다나와에서 가장 싼 컴퓨터 맞춰봅시다.' 초저가, 그저 보여준 것인데, 터진다. 이코노미클의 마법이다.

다이소의 과자가 싼 충격적인 이유... 과자가 덜 들어있다....?! 진짜루?
조회수 101만회 · 4년 전
빅민 TV
다이소에 과자가 싼이유는.... 알고계셨습니까..? 좋아요, 구독하기버튼 꾸욱~! 종모양 알림받기 꾹꾹~!

가격비교 기법이다. 같은 홈런볼. 그런데 왜 다이소 건 쌀까. 이유가? 이거 대박이다. 클릭 안 터질 리 있는가. 101만 회가 터진 영상이다. 제목 끝에 또 다른 '티싱' 양념 보시라. '이유… 과자가 덜 들어있다. 진짜루?' 아, 손가락이 100개였다면 100개 다 클릭이다.

에어컨 모르고 구매하시면 100만원 비싸게 삽니다.
조회수 75만회 • 9개월 전
호갱구조대
광고&제보 문의 : hogang1199@gmail.com 여러분들의 소중한 시간과 돈을

75만 클릭이 터진, 호갱 관련 이코노미클 영상이다. '에어컨 모르고 구매하시면 100만 원 비싸게 삽니다'라니. 이런 경을 칠, 사기꾼 장사치들이 있는가. 이런 제목은 아예 캡처 떠 두시고 다음번에 그대로, 써먹으시면 된다. 어떻게. 금액만 다르게. 만약 여름용 호갱 콘텐츠를 만든다면 이렇게 우려먹으시라. '선풍기, 모르고 사시면 20만 원 비싸게 삽니다'라고.

7 플랫폼 5형식 실전 심화편 : '멀티클' 신공을 펼쳐라

5형식 실전 심화편이다. 5형식은 알겠다. 문제는 실전에 써먹기다. 이때 핵심이 '멀티클(Multicle · 융합Multi + 아티클)'이다. 초보 클릭러라면 일단 1형식, 2형식, 형식별로 하나씩 구사하는 연습부터 해야 한다. 아니다, 난 프로급은 되는 것 같다, 이런 분들은, 무조건 멀티클이다. 자유자재로 섞어 써야 한다.

형식을 가지고 노는 '하이브리드(짬뽕)' 단계에 접어들면, 10만 정도의 클릭 효과는, 멀티클로 가뿐히 만들어낼 수 있다.

1. 멀티클 신공… 믹스Mix하라

방법은 쉽다. 1형식에 3형식을 버무리고, 2형식과 5형식을 결합하는 식이다. 형식의 믹스Mix는 클릭의 증폭 효과를 만들어낸다. 덮어쓰고, 뭉쳐 쓰는 만큼 클릭은 제곱근으로 늘어난다. 멀티클 믹스 기본형은 네가티클이다. 일종의 심통을 자극해, 클릭을 끌어내는 기법이다. 어떤 형식이든, 믹스 기초는 네가티클이다. 응급처방, 10만 클릭만 딱 더하고 싶은가. 그렇다면 볼 것 없다. 네가티클로 버무려라.

절대 가면 안된다! 지구 최악의 장소 Top 10
조회수 64만회 • 2년 전
지식스쿨
지구 최악의 장소는 어디일까? 사람이 살아가기가 힘든 곳을 알아봤는데, 1

보시라. 느끼시라. '무조건 가야 된다, 지구 최고의 장소 10'이라는 제목으로 리스티클을 만들었대도, 클릭이 폭발할 텐데, 이걸 네가티클로 믹스한다. '절대 가면 안 된다. 지구 최악의 장소 10곳'이라니. 더 끌린다. 네가티클을 기반으로 한, 멀티클의 힘이다. 64만 클릭 터졌다.

세계에서 가장 위험한 스포츠 기네스 TOP9
조회수 614만회 • 2년 전
비오는날
400만뷰가 넘었던 이 영상이 사고장면이 혐오스럽다는 이유로 삭제되었습니다.
자막

멀티클의 정석이다. '기네스 톱 9'의 미라클(리스티클)에 네가티클(세계에서 가장 위험한 = 하면 안 되는)을 결합한 것이다. 614만 클릭을 기록한다. 심통을 자극하는 멀티클은 클릭이 제곱근으로 튄다.

2. 형식 히든카드… 마법의 별종 H(Human + Health) 아티클

형식의 히든 카드다. 말하자면 조커다. 5형식 외 마법의 별종(번외) 형식이다. 필자는 H 아티클(휴머니클 · 헬스클)이라고 명명한다.

H 아티클 2가지

① 휴머니클(Human + 아티클) : 인간 스토리

② 헬스클(Health + 아티클) : 건강 스토리

1. 휴머니클 - 휴머니즘Humanism + 아티클

《100만 클릭을 부르는 글쓰기》에서는 10형식 중 8형식이 휴머니클이다. 인간 스토리, 된다는 건 다 안다. 그런데 왜 클릭이 안 터질까. 실전에 쓸 줄 몰라서다. 휴머니클은 단독으로 쓰면 절대 안 된다. 무조건 멀티클, 믹스로 버무려야 한다. 실전 필살기 편인만큼 아예, 버무릴 대상도 딱 정해드린다. 육회 비빔밥, 돌솥 비빔밥처럼, '스타클'과 '미라클' 비빔밥 두 가지다. 아무나 감동 스토리 버무린다고 클릭, 터지는 게 아니다. 스타의, 영향력이 있는 셀럽들의 휴먼 스토리를 믹스해야 한다. 유튜브 채널, 70만 명 구독자의 근황 올림픽을 떠올리면 된다. 미라클도 같은 맥락이다. 놀라운 기록, 그 보유자의 스토리가 무조건 들어가야 한다. SBS 〈생활의 달인〉 같은 류다.

예외는 있다. 클릭 터지는 '아무나'가 가능한 경우, 둘 중 하나다. 시민영웅의 스토리, 티싱(숨기기) 기법 제목의 반전 스토리. 감이 안온다고? 예를 통해 경험치를 키워드린다. 째려보시라.

휴머니클 실전 활용법 2가지

- 멀티클 1 : 스타클(3형식) + 휴머니클
- 멀티클 2 : 미라클(4형식) + 휴머니클

  * 예외 : 시민영웅, 반전 스토리Teasing

알렛츠 ALLETS 2020.01.26.

스타 결혼식의 레전드 **주례사**들

나더라"면서 박력 넘치는 '모팔모 **주례사**'를 선보였다. 이어 "신부가 깜짝 놀랐다. 난리가 났다"고 말해 웃음을 자아냈다. 이들이 미스코리아와 **결혼**할 수 있었던 이유...

스타클을 활용한 인간 스토리의, 완벽한 조합이다. 일단 스타가 나온다. 게다가 그들의 결혼식이다. 이것만 해도 클릭 기본은 깔고 가는데, 여기에 레전드 주례사를 리스티클 형태로 정리한 네이버 포스트다. 7만 팔로워의 채널이지만 3,500회 정도의 클릭이 나왔으니, 선방한 셈이다.

김연아에 대해 몰랐던 재밌는 사실들
조회수 463만회 • 1년 전
캐릭터필름
김연아#피겨스케이팅#올림픽 피겨 스케이팅 선수 김연아에

스타 김연아 님의 인간 스토리다. 게다가 기록적인 사실들만 리스티클 형태로 열거하는 영상. 볼 것 없다. 463만 회. 클릭 폭발이다.

4살 아이 목 낚아챈 괴한, 이내 쓰러진 까닭은 / SBS
조회수 135만회 • 2년 전
SBS 뉴스
남아공에서는 식당으로 들어온 유괴범이 4살 아이를 덮쳤습니다. 그런데 마침
자막

예외 예시다. 일반인의 스토리다. 100만 클릭이 넘게 터졌다. 이런 것도 먹힌다. 대신 뭐라고? 제목에 티싱(감추기) 기법을 버무려야 한다. '4살 아이 목 낚아챈 괴한, 이내 쓰러진 까닭은'이라는 제목이다. 가장 중요한 '쓰러진 까닭'을 티싱 기법으로 감춘 것이다. 그 까닭은 원래 이렇다. 아이 아빠가 태권도 4단이었던

거다. 다음, 두 경우를 비교해보시라.

> **A.** 4살 아이 목 낚아챈 괴한, 태권도 4단 아빠한테 맞아 쓰러졌다
>
> **B.** 4살 아이 목 낚아챈 괴한, 이내 쓰러진 까닭은?

볼 것도 없다. 무조건 B 클릭이다. 티싱을 버무린, 시민영웅의 스토리는 늘 먹힌다. 내친김에 다음, 캡처 하나 더 보고가자. 시민영웅 스토리의 '100만 클릭', 놀랍지 않은가.

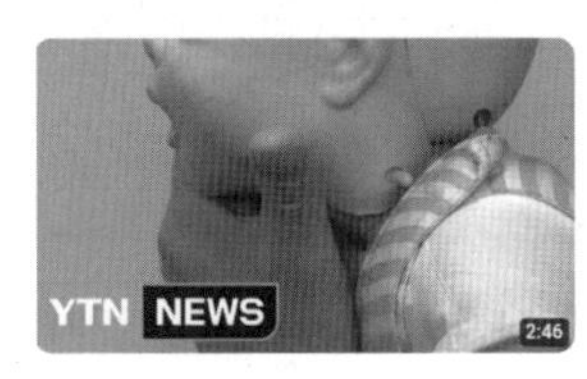

아이 목에 걸린 사탕 간단하게 빼낸 주부...응급처치법은? / YTN
조회수 137만회 • 5년 전
YTN
[앵커] 최근 부산에서 목에 사탕이 걸려 위험에 빠진 아이를 주부가 구한 일이 있었습니다. 귀한 목숨을 살린

2. 헬스클(Health + 아티클)

《100만 클릭을 부르는 글쓰기》 때만 해도, 그러려니 했는데, 불과 3년 새, 헬스클, 전성시대가 돼버렸다. 전 세계적으로 코로나 폭격을 거치면서 '건강의 중요성'이 확 부각된 탓일 터. 심지어, 다양한 플랫폼으로 영상 텍스트물들이 소화되면서 공식 매

체, 혹은 공중파에서는 다루지 않는 '은밀한' 건강 상식들에, 손끝이 쏠리고 있다. 심지어 100세 시대, 코앞이다. 앞으로 더 '클릭 밭'이 무성해질 게 헬스클이다.

헬스클, 증폭 키워드는 '야반도주'의 '야(야한 것)'다. 본 기자도 눈 벌게서 보는 게 '꽈추형' 콘텐츠다. 눈치 볼 것도 없다. 폰으로 혼자 보는 건데. 구독자 타깃을 1020에 맞추고 계신가. 그렇다면 볼 것 없다. 야반도주와 헬스클을 버무린 채널만 운영하시라. 폭발적인 클릭의 힘을 보실 게다.

본인 보다 큰 아이를 본 꽈추형
조회수 272만회

남자의 크기와 강직도 (feat. 꽈추형)
조회수 642만회

꽈추형이 알려주는 나의 역대급 길이
조회수 299만회

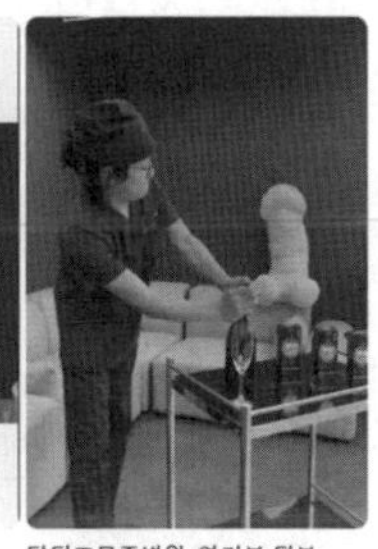

닥터조물주병원, 여러분 덕분에 목표에 달성했습니다ㅎ
조회수 14만회

유튜브 쇼츠 영상이다. 기본이 200만~300만 클릭이다. 죄다 꽈추형 관련이다. 플랫폼 마인드셋 편의 FIRE 신공 기억하시는지. 가장 중요한 게 F, Follow Clicks(클릭을 따라가라)다. 터진 클릭, 살짝만 비틀어서 따라가면 된다. 기가 차지 않은가. 편식주의자 미스터 플랫폼은, 보는 것만 본다.

굳이, 야하지 않아도 된다. 건강 관련이면 무조건 터진다. 〈매일경제신문〉에도 '클릭 왕'이 있다. 이병문 의료전문기자다. 온라인에 노출하는 족족, 터진다. 이틀 치 합치면 기본 50만~60만 클릭 먹고 가시는, 클릭 도사다. 그의 비법? 별거 없다. 헬스클이다. 다음은 2023년 1월 〈매일경제신문〉 네이버 메인페이지 노출 콘텐츠의 일일 랭킹이다. 보시라. 48만이 터진 랭킹 2위의 '오십 넘으면 절반이 앓는다는 그 병… 화장실 5분 넘기면 악성 치질 됩니다' 기사다. 핵스타 송중기도 움찔했다. 겨우 몇 만 차이로 1등을 했으니, 말이다.

순위	기사 제목	조회수
1	국제 결혼한 송중기도 받는다...다문화가정 혜택 뭐길래	532,771
2	오십 넘으면 절반이 앓는다는 '그 병'...화장실 5분 넘기면 악성 치질 됩니다	480,039
3	"오빠, 뒤차가 우리 따라오는 것 같아"...수상했던 차의 정체는	473,790

7일 차

야너두! 1분에 뚝딱 채널 하나 만들기 5형식 변환법

T

역시나 《100만 클릭을 부르는 글쓰기》에선 공개하지 않았던, 영업 비밀 한 가지. 플랫폼 글쓰기 5형식의 실전 활용법이다. 이름하여 극강의 5형식 변환법이다. 5형식이 강력한 게, 실전에 바로 써먹을 수 있다는 것. 쉽다. 그냥, 형식에 맞춰, 테마에 따라, 채널을 만들면 된다. 이건 진짜 5형식의 히든카드다.

장담한다. 7레벨 5형식 변환 필살기만 잘 써먹어도, 책값의 10배는 뽑는다. 채널 오픈도 딱 1분 만에 끝낼 수 있다. 믿기 힘들다고? 두고 보시라. 채널 정체성 고민되시는가. 어떤 채널을 만들까, 채널 전체의 아이템으로 머리를 썩히고 계시는가. 고민 붙들어 매시라. 5형식 변환의 탄지신공을 날리시라.

1 리스티클만 나열해도 채널이 된다?

리스티클의 상징적인 유형이, 랭킹이다. 얼마나 쉽나. 1위, 2위… 나열만 하면 끝이다. 이걸로 먹고 사는 채널이 있다. 구독자 84만 명의 유튜브 랭킹스쿨이다. 다음, 클릭 수를 세어보시라. 미쳤다. 300만~400만 사이를 오간다.

그렇다고 랭킹스쿨을 따라할 순 없다. 살짝 비틀어 우려먹고 싶다면? 랭킹을 세분화하면 된다. 이미 나온 아류도 있다. 유튜브 '랭킹왕'이다. 구독자 3,000명 수준이다. 이렇게 응용하시라. '삼삼(33)한 랭킹(뭐든 3위까지만 보여주는 랭킹)', 혹은 '1분 랭킹(1분간 랭킹만 보여주는 콘텐츠)' 등으로 구체화하는 거다. 도전해보시라.

- 리스티클 채널화 = 랭킹 콘텐츠 → 랭킹의 세분화

  * 예) 폭망 랭킹, 여자만 관심 있는 랭킹, 초딩 관심 랭킹, 유튜브 채널 랭킹

알고보니 너무 위험해서 판매금지된 과자 TOP3
조회수 407만회 • 3년 전

먹는걸로 장난질하던 업체 참교육시켜버린 유튜버 TOP3
조회수 383만회 • 1년 전

모두가 안된다고 했지만 유일하게 한국만 성공한 일 TOP3
조회수 378만회 • 3년 전

2 하지 말라는 것만 모아라

리스티클에 부정적인 내용만, 골라 집어넣으면 끝이다. 채널명? 어려울 것 없다. 앞의 랭킹왕을 본따 '폭망왕'이나 '살려주십시오' 같은 문패를 달아도 된다.

네가티클 형태의 '챌린지'를 독자를 자극하는 채널도 절묘하게 먹힌다.

네가티클 자체가 부정적 심통을 자극하는데, 거기에 챌린지까지 가세하면 도전 의식까지 더블로 자극한다. 예컨대, 이런 심리다. '야, 너는 이런 거 못 하지, 이게 되겠니?' 하며 심통을 자극하는 것이다. 심지어 이런 콘텐츠만 묶은 채널까지 있다.

대표적인 네가티클 채널 '다나트'다. 구독자는 20만 명 수준인데, 클릭 조회 수가 넘사벽이다. 다나트의 50% 이상이 썸네일 제목에 '이 영상을 보면서…'로 시작한다. 그리고, 뒷부분. 항상 '이 영상을 보면서… 웃으면 안 됩니다, 절대 위를 보면 안 됩니다, '으' 소리를 내면 안 됩니다'는 식으로 클릭을 자극한다.

다음 캡처를 보자. 조회 수 112만이 터진 영상물이다. '이 영상을 보면서…' 도대체, 눈을 뜨면 안 된다는 거다. 이러니, '욱' 한다. 왜, 눈을 뜨면 안 되는 거지? 뭔, 영상물이지? 하며 심통, 쿡쿡 쑤신다. 클릭이다.

이 영상을 보면서 눈을 뜨면 안됩니다 (챌린지
조회수 112만회 • 9개월 전
다나트
눈을 뜨고 다시 봐도 재밌다는데...

네가티클을 반대의 경우로 뒤집어도 훌륭한 채널이 된다. 아예 네가티클한 사례, 거기서 독자들을 구해주는 '회생' 채널이다. 호갱구조대가 대표적이다. 효과? 한마디로, 미쳤다.

뭐든, 써먹으시라.

- 네가티클 직접 채널화 : 주변 망한 것만 랭킹으로 구성

  * 예) 폭망 랭킹, 살려주십시오 등

- 네가티클 + 챌린지 : 이게, 되겠어? 형식

  * 예) 다나트 '이 영상을 보면서…'

- 네가티클 회생 채널화 : 뒤통수치는 사기꾼 잡는 노하우만 리스트업

  * 예) 호갱 구조대

원조 그대로 베껴놓고 업계 장악해버린 짝퉁 식품 TOP3

조회수 307만회 • 3년 전

이제 더이상 탈 수 없는 에버랜드 놀이기구 top5

조회수 303만회 • 3년 전

너도나도 베끼다가 다같이 망한 프랜차이즈 TOP4

조회수 302만회 • 3년 전

3 스타의 스토리만 엮어라

직접적인 스타클과 간접적인 스타클 2가지 유형이 있다. 첫 번째는 간접적 스타클. 셀럽들의 동향만 골라, 소개한다. 영향력의 법칙에 가장 충실한 써먹기다. 왕년의 스타들, 근황을 소개하는 유튜브 '근황올림픽'이 대표적이다. 구독자 70만 명 찍었다. 이건, 사실 필자가 써먹은 적이 있다. 〈매일경제신문〉 공식 유튜브 채널 매경5F에서 기자가 가끔 진행하는 '근황이 알고 싶다'(역시나, 〈그것이 알고 싶다〉의 제목을 비튼 것)다. 직접적 스타클은 아예 셀럽이나 스타들이 직접 채널을 운영하는 경우다. 개그우먼 미자(장윤희)가 운영하는 먹방채널 미자네 주막이나, 개그맨 김대희가 꾸려가는 꼰대희, 김구라의 구라철 같은 유형이다. 이건, 협찬까지 은밀하게 이어지니, 효과 부러울 뿐이다.

- 간접적 스타클 채널 : 셀럽 동향 소개

  * 예) 근황올림픽

- 직접적 스타클 채널 : 연예인이 직접 채널 운영

  * 예) 미자네 주막, 꼰대희, 구라철, 홍인규 골프TV

  * 넓은 범주의 직접 스타클에는 언론사(영향력) 운영 채널이 포함됨

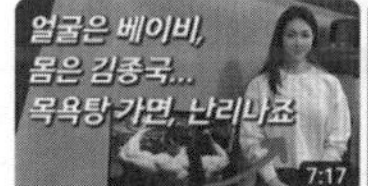

[14인치 근육녀를 만나다] 3대 470 치던 여자 김종국, '스타...

조회수 684만회 • 1년 전

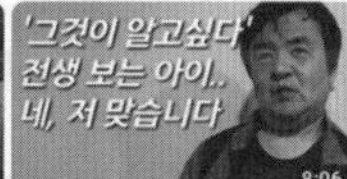

[전생소년을 만나다] '그알' 후 26년..부산 집 방문+ 20개 국...

조회수 662만회 • 3년 전

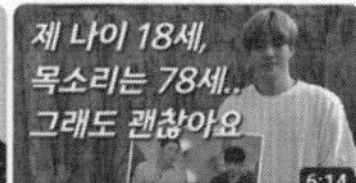

[목소리 고민남을 만나다] 3년 전, KBS '안녕하세요' 출연... ...

조회수 657만회 • 2년 전

[윤동환을 만나다] 절에 들어간 서울대 출신 주연배우

조회수 651만회 • 3년 전

간접적 스타클의 예 '근황올림픽'

영화배우 아버지와 개그우먼 딸의 위험한 식사 (ft. 이번엔.. 진짜 한우냐?)

조회수 107만회 • 3주 전

럭셔리한 루프탑에서 즐기는 고오급 조개구이🔥 (ft. 개그맨남편 참교육)

조회수 52만회 • 1개월 전

개그맨18호부부. 남편이 술먹고 정신줄을 놓았습니다.. (ft. 끝까지 보세요)

조회수 73만회 • 1개월 전

직접적 스타클의 예 '미자네 주막'

4 기네스북 콘텐츠면 예외 없이 100만 클릭

리스티클과 유사하다. 기록적인 것만 추가하면 된다. 채널명 '기네스 랭킹'이나 '최강 랭킹' 정도면 좋을 듯하다. 반대로 '워스트'로 가도 된다. 네가티클과 미라클의 하이브리드다. 증폭 효과, 이미 아실 듯하다. 미라클 채널, 뜯어보면 은근히 많다. 먹방 채널도 여기에 속한다. 대부분 제목을 '기록'으로 간다. 먹방 채널을 만든 뒤, 아예 영상으로 그 '기록(하루에 3,000개 파는 호떡, 일 매출 억 찍는 곰탕집 조리법)'을 낱낱이 보여주는 식이다.

〈매일경제신문〉에서 만든 영상 중에도 한국콘텐츠진흥원 영상물 대상을 받은 놀라운 콘텐츠가 있다. '이렇게 만들죠' 시리즈다.

역시나, 기록적인 과자, 음료, 물건, 제품 등의 제작 과정을 1~3분 사이로 그냥 보여주는 시리즈물이다. 보너스도 있다. 협찬이다. 이거, 잘만 하다 보면, 협찬 쏟아진다.

[이렇게 만들죠] 더블비얀코(컵 아이스크림) | How to make Korean Cup Icecream(Double Bianco)

조회수 144만회 • 4년 전

매경 월가월부

캡을 열면 콘이 되었다 컵으로 들고 먹는 그것. 달콤하게 시작해서 상큼하게 마무리되는 그 맛. '컵 아이스크림'은

있던 스토리, 1분짜리로 재구성했더니 월억 채널!

돈으로 하는 건 뭐든지 먹히는 공간이 플랫폼이다. 짠내든, 비싼 거든, 다 된다. 사실, 돈과 관련이 없는 콘텐츠라는 건 있을 수 없다. 경제 채널을 싹쓸이해버린 삼프로가 가장 성공작이다. 언론사들이 운영하는 부릿지, 자이앤트TV, 매부리 등 다양한 채널이 전부 이코노미클이라 보면 된다. 사실, 내용으로는 차별화할 수 없는 게 현실이다. 그렇다면? 영업 비밀, 하나 더 까 드린다. 이코노미클을 채널화할 때 핵심은 '시간'이다. 얼마의 길이로, 돈 되는 정보를 전달할 것인가, 이게 알파요, 오메가다. 이 책을 산 독자라면, 누구나 구독하고 있을, 유튜브 채널 '1분 미만' '1분만' 등이 대표적이다.

심지어 음악을 짧고 굵게, '경제적'으로 듣는 채널도 있다. 1분만 딱 음악을 듣는(네이버 뮤직에선 1분까지가 무료다), 구독자 10만 수준의 '1분 음악(1mm)'이다. 아예 쇼츠로 구성해, 몰입도를 높인다.

- 이코노미클 채널화 = 콘텐츠 차별화는 레드오션 → 정보 습득 시간으로 세분화할 것

  * 예) 1분 미만, 1분만, 쇼츠

1분 교통 ▶ 모두 재생

필수 교통정보 핵심압축

빡쳐서 올립니다 이런 전동킥보드는 절대 용서하지 마세...

1분미만

이 고지서 날아왔을때 제발 호구처럼 싸다고 낚이지마세요...

1분미만

택시기사들만 아는 주차딱지, 주차단속 피하는 법 (이건 꼭...

1분미만

노란불엔 안찍힌다고?ㅋ 이영상 하나로 이제 신호단속 걸...

1분미만

1분 음악 [1mm]의 최신 Shorts 동영상

씨야 리즈시절 다시 재결합 했으면 좋겠다

박진주는 진짜 가수 해야함

조회수 2.7만회

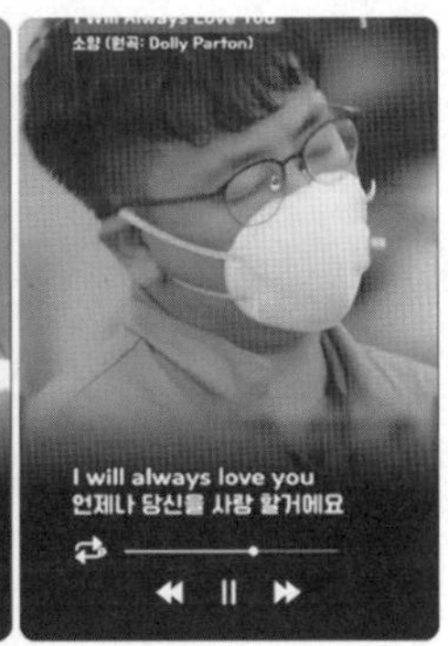

찢었다..

조회수 1.2만회

8일 차

클릭을 부르는 마법의 섬 '자간도'

단언한다. 제목을 가지고 노는 자, 클릭의 세계를 지배한다. 프로 클릭 유발자, 극강의 단계다. 물론, 디폴트로 깔아둬야 할 건 있다. 콘텐츠의 질이다. 제목에 낚여 클릭을 했는데, 콘텐츠까지 좋다면? 바로 찐팬, 열성 구독자 등록으로 이어진다.

제목 달기 필살기는 간결하지만 막강하다. 그야말로 일격필살이다. 암기법도 쉽다. 섬 이름 하나만 외우면 된다. 클릭이 쏟아지는 섬, 이름하여 '자간도'다. 100만 클릭을 부르는 밀리언 클릭러가 되고 싶은가. 그렇다면 볼 것 없다. 제목 클릭의 섬, 자간도로 달려가시라.

클릭을 부르는 제목 필살기 '자간도'

- **자 : 자극하라**

  *** 증폭 키워드 : 단독, 속보, 충격, 뜨악, 경악, 발칵 + 4대 쿼트(인용문)**

- 간 : 간지럽혀라Teasing

  * 증폭 키워드 : 까닭, 이유, 정체, 이것(It), 왜, … (말줄임표), ○○○

- 도 : 도발하라

  * 증폭 키워드 : 나만 모르는, 너만 모르는, 해봤습니다

1 '자'극하고 '도'발하라

자간도의 '자'와 '도'부터 해부해드린다. '플랫폼 공략의 제1원칙'이 '자두'가 아니라, '자도'다. 자간도의 '자(자극하라) · 도(도발하라).' 이 둘은 한 쌍이다. 어려울 것도 없다. 클릭에 목마른 제작자들이 할 것, 제목을 통해 심통(손끝)만 자극하고 도발하면 된다.

제목 자극법에는 직접적과 간접적 자극, 두 가지가 있다.

직접적 자극은 아예 자극 키워드를 삽입하는 식이다. 효과 역시 바로 온다. 당연히, 단점도 있다. 거부감이 크다는 점이다.

한때는 제목에 절대 쓰면 안 되는 키워드로 선정된 것들이 이 영역이다. 거부감이 커지니, 쓰지 않는 게 좋다는 게 일반론이었는데, 이게 바뀐다. 워낙 플랫폼의 영향력이 거세지다 보니, 받아들이는 구독자들 역시 중독이 돼버린 것이다. 그래서, 지금은? 그냥 쓴다. 그것도 제목에. 심지어 싱글쿼트까지 한다. 정말이지 '뜨악'할 만한 뉴노멀이다.

[자막뉴스] 여자화장실 문 열었더니...'발칵' 뒤집힌 연세대 / YTN
조회수 462만회 • 6개월 전
YTN
지난 4일 저녁, 연세대학교 의과대학 도서관 여자화장실에서 한 남성이 경찰에 붙잡혔습니다. 이 학교에

직접적 제목 자극 예시다. 제목에 아예 '발칵'을 쓴다. 싱글쿼트까지 절묘하게 버무렸다. 특히 언론사들은 이렇게 대놓고 쓴다. 거부감이고 뭐고, 클릭만 잡겠다는 의지다. 462만 회. 클릭의 세계가 '발칵' 뒤집힐 숫자다.

- **직접적 제목 자극 키워드 : 단독 · 속보(언론사 전용), 충격, 뜨악, 경악, 발칵**
- **간접적 제목 자극 키워드 : QNA 신공**
  - ① Q 4대 쿼트(인용문)
  - ② N(Numbers)숫자를 써라
  - ③ A(Anger)심통을 자극하라 : 당신만 모르는, 나만 모르는(스타클 융합 : ○○○도 모르는), 해봤습니다

필자는 간접적 제목 자극을 선호하는 편이다. 간접 자극법은 4일 차에서 BTS 필살기로 살짝 터치한 적이 있다. BTS의 B(비틀

기) 신공의 핵심이 'QNA 공식'이 간접적 제목 자극의 핵심이다. 여기서는 한 단계 더 깊이 들어간다. 하나씩 뜯어보자.

2 Q :
4대 쿼트

쿼트, 진짜, 마법이다. 요즘 클릭 터진 콘텐츠의 60% 이상이 제목에 쿼트(인용문)를 쓴다. 《100만 클릭 터지는 독한 필살기》 마저 베스트셀러가 되고 나면, 이 비율 80% 찍을지도 모른다. 그만큼 효과적이면서 대세로 굳어진 형식이다.

왜 쿼트가 먹힐까. 감정을 자극하기 때문이다. 일반 글쓰기의 대표적 형태인 신문에서는 글 쓰는 기자, 제목을 다는 기자가 따로 있다. 제목 전문 기자를 편집기자라 칭한다. 편집기자의 애칭이 '울림통을 간직한 시인'이다. 그 한 줄 제목에 감정이 실어져 있어야 한다는 의미다.

감정 전달에, 인용문만큼 유용한 것도 없다. 그러나, 쿼트의 마법, 현란하면서 효과적일 수밖에 없다.

앞에서 공부한 '반전 쿼트'는 쿼트 중 가장 기본형이다. 실제 클릭을 자극하는 쿼트는 4가지 유형이다. 모든 쿼트는 다 이 범주로 묶을 수 있다. 기자가 2년 치 이상의 〈매일경제신문〉 네이버 메인페이지 일일 랭킹 제목을 분석한 결과니 신뢰해도 된다.

클릭 증폭 제목 쿼트 4유형

① 반전 쿼트 : 반전이 되는 핵심 내용 '인용문'으로 표현

② 일상 쿼트 : 일상에서 쓰는 감정상 구어를 그대로 인용문으로 표현

③ 티싱 쿼트 : 정체를 감추는 인용문

④ 감정 쿼트(욱 쿼트) : 열 받은 감정 표현, 그대로 쿼트화. 애칭은 욱 쿼트

1. 반전 쿼트

기본형이다. 4레벨에서 살짝 맛을 본 만큼 핵심만 추려드린다. 제목 영역을 5대 5로 나눈다고 생각하면 쉽다. 앞부분(A영역)은 일반 상식, 뒷부분(B영역)은 반전 내용을 넣으면 끝. 간단한데도, 이 효과 폭발적이다.

반전 쿼트 제목 제작법

A(상식) VS B(반전) 형태

* 예) 노마스크로 마트 갔는데(상식 : 실내 마스크 착용 해제 후 일반 상식. 마트는 노마스크로 갈 수 있음). 과태료 10만 원?(반전 : 실내 마스크 착용 해제됐는데, 벌금 10만 원 부과)

헤럴드경제 PiCK 5일 전 네이버뉴스

'노마스크'로 마트 갔는데 과태료 10만원, 무슨 일?

대형**마트**와 지하철 등에서는 '**노마스크**'가 가능하지만, **마트** 내 약국과 지하철 객차 내에서는 **마스크**를 써야 한다. 방역 당국은 30일부터 일부 시설을 제외하고 실내...

2. 일상 쿼트

일상에서 쓰는 감정상의 구어를 그대로 갖다 쓰면 된다. 별것 아닌데도, 이게 먹힌다. 밋밋한데도, 심통은 자극이 된다. 특히 여성 인용구에 '오빠', 아이들 인용구에 '아빠'라는 키워드가 들어가는 순간, 클릭 폭발이다. 백문이 불여일견. 다음 예문을 보시라. 정말이지 별것 없다. 그런데, '아빠' 키워드의 인용문 제목. 뒤에 따라오는 '딸바보'라는 제목까지 읽고 나면, 손끝, 바로 무장해제다. 클릭.

상투적 일상쿼트

- 장면 제목 : “머리털 나고 처음 봤어요”
- 장면 제목 : “오빠, 저게 뭐야”
- 핫플레이스 : “아빠(오빠), 여기 가요”

[와글와글] "사랑하는 아빠가 타고 있어요"..딸바보 차량 화제 이/MBC)
조회수 83만회 • 12시간 전
MBCNEWS
차를 유심히 보니 귀여운 손글씨로 '아빠'와 '누렁이', '하트'들이 그려져 있습니다. 이른바 '딸
새 동영상 자막

3. 티싱 쿼트

감춰라. 티싱의 제1 원칙. 정체를 감춘 인용구를 제목에 박으면 된다. 어렵지 않다. 독자들도 충분히 구사할 수 있다. 감만 익혀두시라.

[Playlist] "이 노래 뭐야" 자꾸 물어보는 팝송모음 POP Music
조회수 1043만회 • 3년 전
H녀
구독과 좋아요 부탁드려요 ⭐일정 조회수가 넘으면 유튜브 측에서 영상에 광고를 자동 삽입합니다

이거, 미친다. 무려 1,000만 회가 넘게 터진 영상물이다. 제목, 기가 막힌다. "이 노래 뭐야?"라니. 티싱쿼트로 바로 치고 들어갔다. 세상에. 그러니, 궁금할 수밖에. 어떤 노래기에 틀어만 놓으면 옆에서 자꾸 물어보는 걸까. 젠장, 클릭이다. 원래 일반 클릭러라면 십중팔구 팝송 제목부터 쓰고, '힐링에 좋은 음악' 정도로 갈 텐데, 웬걸. 티싱쿼트로, 심통을 살살 긁어대니. 이런 게 프로의 손길이다.

4. 감정 쿼트(ft. 욱)

열 받는 감정을 그대로 쿼트로 제목에 박는다. 웃기지 않는가. 무슨 방송 멘트 받아 쓴 것도 아닌데. 그런데, 이렇게 쓴 제목을 보면 이상해진다. 구독자의 감정이입, 그리고 같이 열 받는 기분이 드는 거다. 필자가 붙인 애칭은 '욱' 쿼트. '욱'할 때 그 감정,

그대로 제목에 인용문으로 쓰라는 의미다. 욱 쿼트만 잘 써도, 클릭, '욱' 한다.

상투적 욱 쿼트

- 범죄자 검거 뉴스 : "어딜 도망가"
- 대치, 일촉즉발 : "못 알아들어?" "제발, 싸우지 마세요"

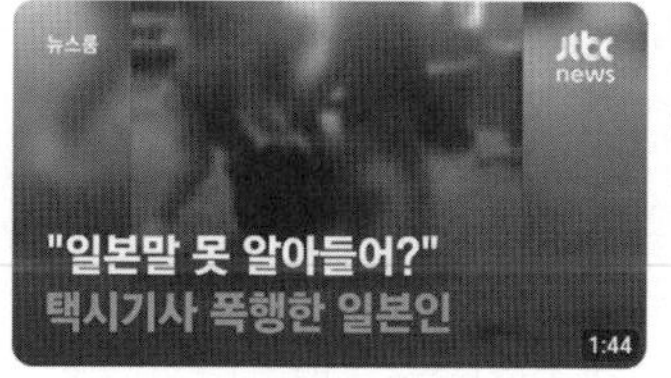

[단독] "일본말 못 알아들어?" 택시기사 폭행한 일본인
조회수 121만회 • 1개월 전
JTBC News
서울 강남 한복판에서 20대 남성이 60대 택시기사를 마구 폭행하는 일이 벌어졌

욱 쿼트 제목에 100만 클릭이 터진 뉴스영상물이다. "일본말 못 알아들어?" 하며 택시기사까지 폭행한 일본인이라니. 반일 감정 솟구치며, 갑작스럽게 속에서 '욱' 기운이 올라온다. 아, 이 열받는 기운을 삭히려면? 그분 잡으러, 달려갈 순 없고, 클릭이나 할 수밖에.

3 N : Numbers 숫자를 써라

제목에 숫자를 쓰는 것 자체가 자극이다. 텍스트에만 익숙한 인간의 눈에, '숫자'는 그 자체로 클릭 촉매다. 그렇다고 무턱대고 쓰면 안 된다. 숫자 자극을 쓸 땐 세부 스킬, 이게 핵심이다. 《넘버스 스틱!》이라는 책을 쓴, 칩 히스도 아쉽지만, '일반 글쓰기'의 내용에 대한 숫자를 활용하는 게 한계점이다. 플랫폼 공간은 차원이 다른 세계다. 이걸 써먹기엔 역부족이다.

그래서 필자가 정리해드린다. 지난 2년간, 네이버 메인페이지에 노출된 〈매일경제신문〉 기사 중 상위 톱 10만 추려, 클릭을 자극한 '숫자 노출'의 범주를 추려낸 것이다. 믿고 쓰시라.

제목 클릭 숫자 증폭 필살기

① 머니를 노출하라 – 손실회피 심리 : 손실 보든 이익 보든, 돈과 관련된 숫자

② 쪼개라(Divide) – 직관 노리기 : Daily(하루당)으로 환산할 것

③ 기한을 한정하라 – 3개월에 ○○○, 1년 안에 죽는, 1년에 ○○ 버는

⑤ 연령대도 보여줘라 – 20대, 30대, 40대

순위	기사 제목	조회수
1	송중기 200억 자택서 신혼살림…재벌·셀럽이 이태원에 둥지 트는 까닭은	728,438
2	"입기만 해도 대박"…이탈리아도 깜짝 놀란 한국인 '명품 사랑'	405,008
3	"잠도 안자고 밤새도록 교미"…1년안에 죽는 수컷동물의 정체	356,391
4	"3개월에 한 마리는 삼켜요"…강아지 배에서 발견된 이건?	333,708
5	"소연아! 보고 있니?"…울면서 극장 기어나오는 까닭은	311,990
6	[단독] "이제 출근하지 마세요"…권고사직 칼바람 부는 기업은	289,589
7	부산 20대女 '돌려차기' 사건 영상 공개…네티즌 '격분' [영상]	243,762

2023년 〈매일경제신문〉의 네이버메인 페이지 노출 일일 페이지 뷰 랭킹이다. 톱 7 기사 중 4개의 제목에 숫자가 박혀 있다. '숫자'의 마법, 감이 오시나.

1위는 70만 클릭이다. 이틀 치를 합치면 100만이 넘는 클릭이 터졌던 기사, 200억 집에서 신혼살림을 차린, 송중기를 제목에 뽑았다. 스타클 제목, 여기에 숫자 넛지까지 들어갔으니, 볼 것 없다. 2위는 "'입 대기만 해도 대박"… 이탈리아인도 깜짝 놀란 한국인의 '명품 사랑'' 기사다. QNA 필살기의 '일상 쿼트' 넛지다.

3위 기사를 보시라. 30만 클릭이 터졌다. '1년 안에 죽는 수컷 동물의 정체'라니. 1년 안, 기한 한정, 제목 숫자 필살기다. 연령대 신공을 쓴 7위 기사도 20만 이상이 터졌다. 숫자는 클릭을 끌어들이는 자석이다.

4 A:
Anger 심통을 자극하라

자간도의 '도'와 QNA의 'A(심통을 자극하라, Anger)'는 동일한 개념이다. '욱' 쿼트와도 일맥상통한다. 클릭이 쏟아지게 하는 법, 간단하다. 툭툭, 심통만 건드리면 된다. 희한하게, 자극받은 심통, 손끝으로 이어진다.

심통 자극 효과는 무조건 직접적인 게 확실하다. 키워드도 있다. '당신만 모르는 · 나만 모르는'이다. 다음을 보자.

EX

① 난방비 절약하는 5가지 노하우
② (당신만 모르는) 난방비 절약하는 5가지 노하우

어떤가. 무조건 두 번째로 클릭이 몰릴 수밖에 없다. 요즘같이 가스비 인플레이션 시대, '난방비 절약하는 5가지 노하우'만으로

도 훌륭한 콘텐츠가 된다. 그런데, 약간 아쉽다. 이때 심통 증폭 키워드 '당신만 모르는'을 슬쩍 집어넣어보시라. 야, 이거 환장한다. 남들은 다 아는데, 나만 모른다고? 열 받는다. 심통자극, 클릭이다.

유튜브에 단골 제목으로 쓰이는 '~해봤습니다'도 훌륭한 자극제다. 여기엔 묘한 자극 요소가 있다. 나는 해봤다, 너는 못해봤지, 하는 자극이다. 구독자, 이렇게 다들 해보는데, '나라고 못해?' 하면서 클릭한다. 스타클과 결합해도 된다. 'BTS도 못해본' 것이나, 'BTS도 모르는' 맛집이라고? 햐, 이거 안 갈 수가 있나. 클릭 폭발이다.

5 '간'지럽혀라

간지럽혀라. 티싱 기법은 '약방의 감초'다. 모든 플랫폼 제목 자극 기법이, 티싱의 아류라 보면 된다. 최상위층 클릭 포식자, 그게 '티싱'이라는 의미다.

티싱은 숨기기다. 제목에 절대 핵심 단어를 보여주면 안 된다. 숨겨야 한다. 만약, 제목에 핵심 단어를 그냥 보여주면 구독자들은 '아, 그거였구나' 하며, 제목만 읽고, 고개를 끄떡인 뒤, 그냥 가버린다. 패착이다.

만약 제목에 핵심 단어를 숨긴다면? 오, 이거 난리 난다. 도대체, 뭔지 하며 일단 클릭부터 한다. 결국 티싱은, 심통과 함께 손끝을 자극하고 도발하는 장치다.

지난 2년간 네이버 메인페이지 일일 랭킹에 나간, 톱 20의 '빈출 티싱 단어'를 조사한 빅데이터를 공개해드린다. 총 1만 4,600개의 기사제목 중에서, 추린 것이다. 이것만 챙겨둬도, 책값 10배는 뽑는다.

빈출 티싱 클릭 증폭 키워드

까닭, 이유, 정체, 이것 · 이건It, 왜, … (말줄임표), ○○○

순위	기사 제목	조회수
1	송중기 200억 자택서 신혼살림…재벌·셀럽이 이태원에 둥지 트는 까닭은	728,438
2	"입기만 해도 대박"…이탈리아도 깜짝 놀란 한국인 '명품 사랑'	405,008
3	"잠도 안자고 밤새도록 교미"…1년안에 죽는 수컷동물의 정체	356,391
4	"3개월에 한 마리는 삼켜요"…강아지 배에서 발견된 이건?	333,708
5	"소연아! 보고 있니?"…울면서 극장 기어나오는 까닭은	311,990

믿기지 않을까 봐, 살짝 하루치 랭킹 리스트, 까 드린다. 톱 1위부터 5위까지다. 2위를 빼곤, 티싱 증폭 키워드 하나씩을 다 삽입한 게 보인다.

1위는 '까닭은'으로 끝난다. 3위는 정체다. 도대체, 이 정체가 뭔지? 제목 상으론 알 수가 없다. 그러니, 본문, 보려면 클릭을 할 수밖에. 4위는 대명사 '이건It' 티싱이다. '이건 뭐지' 하는 순간, 낚인 것이다. 5위에 있는 '까닭은' 티싱 키워드도 보이시는

가. 이런 식이다. 한 언론사에서 페이지 뷰가 최소 30만 이상씩 터진, 핵심 뉴스에 티싱 키워드가 이렇게 많이 제목에 반영되고 있는 것이다. 놀랍지 않은가.

9일 차

클릭 타짜들만 쓰는 제목 스킬 'TTS'

T

'제목의 절대 원칙, 자간도' 필살기를 정복했으니, 지금부터는 세부 스킬 공부다. 고수와 아마추어는 '한 끗' 차이다. 그 차이를 만드는 '한 끗' 스킬, 심화편이다. 자간도가 마인드셋이라면, 제목의 '형식' 원칙이라고 보면 된다.

《100만 클릭을 부르는 글쓰기》에 'STS(Simple · Teasing · Short)' 법칙으로 소개했지만, 세부 스킬이 눈에 띄게 변했다. 그래서 공식, 이렇게 바꾼다. TTS(Twenty · Teasing · Simple). 맨 앞, 쇼트만 Twenty의 '20'으로 바꿔 외우자. 자청이나 주언규 PD같이 프로 클릭러는 이 실전 제목 스킬, 본능적으로 쓰고 있다. 이 원칙만 지키면, 기본 10만 클릭은 먹고 간다. 외워 두고 써먹으시라.

프로 클릭러만 쓰는 제목 스킬 'TTS'

① T(Twenty) : 20자를 넘지 마라

② T(Teasing) : 핵심 키워드는 (무조건) 감춰라

③ S(Simple) : '조(조사) · 서(서술어)'는 덜어내라

1 Twenty
20자를 넘지 마라

가장 달라진 게 STS 법칙의 Short 부분이다. 제목, 원래는 짧아야 했다. 《100만 클릭을 부르는 글쓰기》를 쓰던 2019년 후반부만 해도, 길어야 '14자' 전후인 14자 원칙이 통용됐다. 헌데, 확 달라졌다. 오히려 Long스럽다. 그래서 쇼트의 S를 '20글자'라는 의미로, TTwenty로 바꾼다.

일반 글쓰기에선 '제목 14자 법칙'이라는 게 있다. 신문 잡지 같은 인쇄매체의 제목 길이 법칙이다. 최대 한계치가 14자 전후다. 더 길면 복잡해 보인다. 이보다 짧으면 벙벙해 보인다. 딱 이상적인 제목의 길이가 '14글자(띄어쓰기 제외)'라는 의미다.

이게 플랫폼에선 다르다. 애매하니, 딱 정해드린다. 유튜브, 포스트, 블로그는 '20자'로 기억하시라. 심지어 인스타그램도 마찬가지다. 사진 다음, 정확히 '1줄(한 줄)'에 집어넣어야 한다. 그 한 줄에 해시태크 키워드(1개)까지 넣어, 20자로 맞추면 가장 완벽한 구성이 된다.

왜, 우리들은 '20글자'에 익숙할까. 미디어 영향이다. 예전의 핵심 미디어는 신문 등 인쇄매체였다. 제목 기준이 14자였으니, 지금도 5060세대들에게는 14자가 안정적으로 받아들여진다. 하지만 요즘은 천지개벽했다. 핵심 미디어는 네이버 모바일 메인페이지, 혹은 유튜브다. 네이버 메인 페이지, 뉴스(언론사 구독) 페이지를 째려보시라. 기사 하나당, 한 줄씩 배정되는데, 그 한 줄에 20개 전후의 글자가 들어간다. 20글자보다 길어지면 '말줄임표(…)'로 자동 표기 된다. 짧으면 우측에 공란이 벙벙하게 남는다. 그러다 보니 언론사마다, 이 20글자를 꽉 채워 제목을 구성한다. 20글자가, 가장 안정적으로 받아들여지는 셈이다.

네이버 모바일 메인페이지

[일당백 인터뷰] 미군 떠난 아프간, 박수치는 위구르, 로메나연구소 박현도 교수

조회수 92만회 • 1년 전

삼프로TV_경제의신과함께

현재 [야미잘X미주미] 카페에 ✨ 위즈덤 칼리지 ✨ 수강을 희망하시는 분들을

유튜브의 제목은 '썸네일'이다. 썸네일에는 7 · 7 · 7 세 줄로 제목을 구성하면 된다. 7 곱하기 3은 21, 전체적으로 20글자 안팎이 정확하게 들어갈 수 있다. 정확히 7 · 7 · 7 숫자를 맞출 필요는 없다. 그 흐름만 타면 된다.

목돈 1억 만드는 가장 빠르고 현실적인 방법 [단희TV]

조회수 26만회 • 3년 전

단희TV

목돈 1억 만들기를 좀 더 현실적인 방법과, 빠르게 만들 수 있는 방법을 제시해 드리겠습니

4K

단희샘이 만든 유튜브 영상 썸네일을 보자. 제목 라인 세 줄에 7(목돈 1억 만드는) · 5(가장 빠르고) · 6(현실적인 방법) 구조다. 7 · 7 · 7은 아니지만, 이 흐름이 느껴진다. 전체적으로 20글자

안팎의 원칙도 딱 지켰다. TTS의 T, Twenty다. 이것만 잊지 마시라.

인스타그램은 조금 다르다. 딱 한 줄에 무조건 끝내야 한다. 인스타 팔로워들은 사진을 본 뒤, 즉각 관심이 갈 땐, 딱 한 줄 제목만 훑고 넘어간다. 그 한 줄에 당연히 포스팅한 피드의 모든 게 담겨 있어야 한다. 핵심 해시태그 수도 딱 하나, 제목까지 총 20글자 안팎이다. 9.9만 팔로워가 보는 먹지니의 피드를 보자. 사진 아래 딱 한 줄에 다 담겨 있다. 글자 수를 세어보자. '신사에서 들어가면 무조건 만취되는 집 #영동설렁탕'. 정확히 21글자다. 해시태그 빼면 20글자. 오, 역시나 Twenty다.

2 Teasing
핵심 키워드는 감춰라

'가장 핵심이 되는 내용을 제목에 뽑아라.'

서점가에 널린 일반적인 글쓰기 교과서들이 가장 강조하는 문구다. 이거, 헛소리다. 모바일 공간에선 전혀 먹히지 않는 원칙이다. 버려라. 이 원칙부터 버리시라.

유튜브나 블로그, 포스트의 모바일 세계는 정반대로 가야 먹힌다. 제목엔, 무조건 핵심을 숨길 것. 절대 드러내지 말 것. 대신, 애를 태워야 한다. 앞선 레벨에서 배웠던, 글쓰기 3대 변주법의 티싱과 같은 원리다.

결정적인 건, 가려라!

이게, 핵심이다. 절대, 제목에서 핵심을 드러내면 안 된다. 결정적인 건 무조건, 가려야 한다. 하루 수만, 수십만 개의 콘텐츠가 생성되는 게 모바일 공간이다. 제목 티싱에 실패해, 손끝의 간택을 받지 못하면, 본문이 읽힐, 기회조차 없다. 바로 '순삭'이다.

핵심을 가린 '제목 티싱'의 대표적인 예를 보여드린다. 아예 이 형식을 암기해두시라. 랭킹 콘텐츠에서 주로 쓴다.

1. 승무원이 뽑은 기내 진상 톱 7, 2위 짝벌남 누른 1위는?

랭킹 제목에서 1위는 절대 공개하지 마시라. 만약 1위(앞좌석 발로 차기)를 그냥 제목에 썼다면? 구독자들은 '아, 1위가 앞좌석 발로 차기구나' 하며 클릭을 하지 않고, 그냥 지나간다. 클릭 낚기, 실패다.

2. 약세장 힘드시죠? 저는 지금 이 주식만 사 모으고 있습니다

재테크 채널에 항상 등장하는 제목이다. 이 주식을 사 모은다는데? 어떤 주식? 클릭할 수밖에 없다.

3. 이 영상이 떴다면, 당신은 이미 부자 될 기회를 잡으신 겁니다

역시나, 유튜브 포스트에 단골로 등장하는 타이틀이다. 이 영상이 뭐길래? 누를 수밖에.

4. 티싱 제목 키워드 9가지

'정체, 까닭, 비법. ○○○, …, 이것, 누구길래(Who : 정체), 어디길래(Where : 핫플레이스), 왜.' 이 키워드만 심으면 10만~20만 클릭은 그냥 올라간다. 티싱 제목 키워드다. 레벨에 티싱 용어가 나올 때마다 반복된다. 그때마다 외워두시라.

순위	기사 제목	조회수
1	"더 글로리 제발 보지 마세요"…전세계 1위 했는데 이게 무슨 일?	877,348
2	"인천 앞바다는 이제 성지가 될 것"…해상풍력 출사표 낸 이 기업	523,611
3	"친척들이 나를"…결혼식 끝나자 파혼 선언 중국女, 무슨 사연이	393,143

네이버 모바일 페이지 〈매일경제신문〉 뉴스의 일일 랭킹이다. 80만 조회 수의 1위부터 3위까지 제목을 보시라. 1위의 끝, 무슨 일? 무슨 일인지 제목에 없다. 이게 티싱이다. 87만, 터졌다. 2위 제목의 마지막 부분 역시 마찬가지 형식이다. '이 기업'에서 이 기업의 정체가 없다. 해상풍력 출사표 낸, 기업, 도대체 어디야, 하며 클릭이 52만 클릭이 쏟아진 거다. 3위 역시 마찬가지. 결혼식 끝나자마자 파혼 선언한 중국 여인, 그 끝에 '무슨 사연이'로 끝맺는다. 무슨 사연인지가 없다. 궁금하다. 젠장, 클릭이다.

3 Simple
'조·서'는 덜어내라

심플. 인생사든, 글이든, 원칙이든, 무조건 지켜야 할 게 심플 신공이다. 단순한 것만큼 강한 것도 없다. 뭐든, 간결해야 눈길이 가는 법이다. 제목이 길다면? 낭비된 '글자'가 있는 것이다. 제목의 잉여요 살덩어리다. 최대한 덜어낼 건 덜어내야 한다. 보이는 순간, 덜어내도 되는 살덩어리(글자), 딱 두 가지다. 조(조사)서(서술어)다. 경찰 드라마에서 늘 듣는 말이 있다. '조서를 꾸민다'는 말. 이렇게 외우시라. 꾸미는 말이 조서다. 꾸미는 것, 덜어내라고. 조사나 서술어가 제목에 박혀 있는가. 볼 것 없다. 덜어내시라.

버려야 할 조서 1

- **은, 는, 이, 가(만 · 도를 제외한 것)**

– '만과 도'를 제외한, 전 조사가 대상이다. 보이는가? 과감히, 빼보시라.

죽기 전에 꼭 가봐야 할·전 세계의 황홀한 여행의 핫스폿 7곳'
→ (수정) 죽기 전 꼭 가봐야 할·전 세계 황홀한 여행 핫스폿 7곳

예문의 아래와 위를 비교해보시라. 위의 예문, 벌써 답답해 보인다. 보는 순간 살덩어리(조사)의 무게가 느껴져야 한다. 아니라고? 그럼 둔감하신 거다. 다시 한번 강조해드린다. 제목에서 조사는 툭 삐져나온 '살덩어리'다. 빼시라. 덜어내시라. '죽기 전에'에서 '에', 볼 것 없다. 툭 떼 낸다. 또 있다. '전 세계의'의 '의.' 역시나 버린다. 다음은 살덩어리를 떼어낸, 슬림한 제목이다. '죽기 전 꼭 가봐야 할 · 전 세계 황홀한 여행 핫스폿 7곳.'

버려야 할 조서 2

- **설명적 서술어**

- 서술어, 빼시라. 단 조건이 있다. 정확히는 구구절절 설명하는 서술어다. 이게, 사족이다. 도려내시라.

EX

설명적 서술어 삭제법

끝에 '봤더니~'만 넣으면 된다. 예) 가봤더니, 나가봤더니, 들여다봤더니, 해봤더니

'설명적 서술형식', 대표적인 게 이런 식이다. '~에 가봤더니 ○○○가 있더라'는 식. 여기서 '○○○이 있더라'는 것까지 설명한다면? 콘텐츠 바로 폭망이다. 이걸 버려야 한다. 무조건 도려내시라. 어떻게? 간단하다. '말줄임표(…)'면 끝이다. 아니, 문장이 아니지 않느냐고? 맞다. 어설프다. 문장도, 아니다. 그런데, 구독자들이라는 게 희한하다. 이 미완성 문장의 말줄임표에 이끌려 클릭을 한다.

말줄임표와 함께 쓰면 클릭이 증폭되는 '설명적 서술어 대체어'도 이참에 알아두자. 영업 비밀 하나, 또 까드린다. '봤더니…'다. '가봤더니…, 나가봤더니…, 들여다봤더니…' 어떻게 된 거야. 하며, 클릭이다. 말도 안 되는 이런 거에 클릭이 쏟아진다. 프로 클릭러들이 습관처럼, 가장 많이 쓰는 '서술어'도, 놀랍게 '봤더니'다. 믿기지 않는다고. 이 자리에서 장담한다. 봤더니, 써보신 뒤에, 분명히, 이런 콘텐츠 만드실 게다. '봤더니' 서술어, 써

봤더니, 충격. 효과 확실한, 즉효 티싱 기법이다.

다음 캡처를 보자. 흔한남매의 영상물, 제목, 절묘하다. 주말마다 사라지는 다운이 몰래 쫓아가 '봤더니???' 뭐가 충격인 거지? 175만 명이 클릭을 눌렀다. 필자도 그중 한 명이다. 바로 위 콘텐츠에도 '봤더니'가 또 있다. 사실 지면상 생략했지만, 북측 응원단 영상 위에도 쇼츠 영상으로 '봤더니' 서술어가 또 보였다. 얼마나 효과가 끝내주면 '봤더니'만 쓰겠는가.

북측 응원단 '강릉 나들이' 따라가봤더니...
조회수 4.4만회 • 4년 전
오마이TV
북측 응원단이 '강릉 나들이'에 나섰습니다. 평창 동계올림픽 여자 아이스하키 남북 단일팀과 북

주말마다 사라지는 다운이 몰래 쫓아가 봤더니??? 충격....
조회수 175만회 • 1년 전
흔한남매
우리 나하들의 관심과 사랑 덕분에 1년 6개월 만에 서울에서도 뮤지컬을 할수 있게 됐습니다ㅜ

10일 차

신통하네…
넣으면 터지는
클릭 유발 키워드

T

대망의 10레벨이다. 극강의 단계답게, 이 레벨에서는, 절묘한 필살기를 연마한다. 무협으로 치면, 탄지신공의 단계. 손가락 끝으로 뭔가를 '툭' 튀겼는데, 상대는 나자빠진다. 그 '툭' 던지는 물건, 맞아서 정신을 잃고 클릭을 쏟아내는 마법의 무기가 있다. 이름하여 '심통 단어'다. 묘하다. 이게, 제목에 들어가는 순간, 클릭, 쏟아진다. 네이버 여행 주제판을 운영했던 지난 4년, 그리고 〈매일경제신문〉 공식 유튜브 콘텐츠 팀장을 겸임한, 지난 2년. 말하자면 6년간 '터지는 제목의 단어'만 골라 비밀노트에 기록해 둔 것들이다. 당연히 이 세상 어떤 글쓰기 교과서에도 없는, 영업 비밀이다. 클릭이 저조한가. 반응이 밋밋한가. 그때마다, 이 '클릭 유발 제목 단어 사전'을 펼치시면 된다. 달달 외우시라. 써먹으시라.

클릭 유발 키워드 사전

1. 클릭 유발 주제 7가지

- 호기심 자극 : 이유 · 정체 · 까닭 · 비결(꿀팁) · 어디 · 무슨 일 · 소동 · 황당(한) · 의혹 · 이것 · 이곳(그것 · 그곳 · it)
- 호기심 응급처방 : ○○○ · …
- 가성비 자극 : 무료(공짜) · 뽕 (뽑는) · 핵가성비 · 가성비 갑
- 비교 자극 : 소름 · 최악 · 최고 · 기네스(북) · 남성 · 여성(성비 자극)
- 민족성 자극 : 한국인 · 일본(인) · 중국(인)
- 심통 자극 : 진상 · 꼴불견 · 호갱 · 빌런
- 경각심 자극 : 주의 · 요주의

2. 클릭 유발 부사

- 4로 : 절대로 · 함부로 · 의외로 · 제대로
- 2무 : 무조건 · 무심코

3. 클릭 유발 형용사

난리 난 · 대박 난 · 킹받는 · 뽕 뽑는

4. 클릭 유발 어미

- (일반) 의문형 : ? · 왜
- 도발적 의문형 : (나만 · 너만) 모른다고?
- 어설픈 끝맺음

  A. 극강의 신공 '말줄임표'

  B. (해, 어딘가, 뭔가) 보니(봤더니) · (뭐, 하, 어떻)길래

  C. 고자질형 · 억지형 : ○○하재요~(고자질형) · ~ 해주세요(억지형)

5. 클릭 유발 조사

- 만 · 도

  * 만 · 도 클릭 증폭법 : (멀티) 비교 자극 · 민족성 자극

6. 클릭 유발 감탄사

멘붕 · 비상 · 발칵 · 충격 · 깜짝 · 경악 · 뜨악

7. 클릭 유발 가정법

- if 절 : (만약) 이 영상이 (당신한테) 보였다면…, 만약에…
- as 절 : 이 영상을 보고… (웃지 마세요, 숨을 쉬지 마세요, 하품하지 마세요…)

1 외우자, 클릭 유발 단어집

제목 클릭 자판기에 이 문자만 넣어라.

느낌표 · 물음표 · 말줄임표

볼 것 없다. 제목의 클릭 자판기에 이 '특수문자'만 넣으면 된다. 딸깍 하는 순간 클릭 쏟아진다.

클릭을 부르는 키워드는 7가지다. 사용법도 쉽다. 그냥 제목에, 이 단어만 끼워넣으면 된다.

1. 클릭 유발 주제 7가지

- 호기심 자극 : 이유 · 정체 · 까닭 · 비결(꿀팁) · 어디 · 무슨 일 · 소동 · 황당(한) · 의혹 · 이것 · 이곳(그것 · 그곳 · it)
- 호기심 응급처방 : ○○○ · …
- 가성비 자극 : 무료(공짜) · 뽕 (뽑는) · 핵가성비 · 가성비 갑
- 비교 자극 : 소름 · 최악 · 최고 · 기네스(북) · 남성 · 여성(성비 자극)
- 민족성 자극 : 한국인 · 일본(인) · 중국(인)
- 심통 자극 : 진상 · 꼴불견 · 호갱 · 흑우 · 빌런
- 경각심 자극 : 주의 · 요주의

호기심 자극이 가장 기본이다. 가성비 · 비교 · 민족성 · 심통 · 경각심 자극법은 모두 '호기심 자극'에서 파생되었다고 보면 된다. 지속적으로 드리지만, 제목 달기의 핵심은 '티싱Teasing, 간지럽히기'다. 핵심을 보여주면 안 된다. 숨겨야 한다. 키워드 리스트를 보자.

이유 · 정체 · 까닭 · 비결(꿀팁) · 어디 · 무슨 일 · 소동 · 황당(한) · 의혹 · 이것 · 이곳(그것 · 그곳: it)

순위	기사 제목	조회수
1	송중기 200억 자택서 신혼살림...재벌·셀럽이 이태원에 둥지 트는 까닭은	728,438
2	"입기만 해도 대박"...이탈리아도 깜짝 놀란 한국인 '명품 사랑'	405,008
3	"잠도 안자고 밤새도록 교미"...1년안에 죽는 수컷동물의 정체	356,391
4	"3개월에 한 마리는 삼켜요"...강아지 배에서 발견된 이건?	333,708
5	"소연아! 보고 있니?"...울면서 극장 기어나오는 까닭은	311,990

보시라. 느끼시라. 네이버 모바일 메인페이지에 노출된, 〈매일경제신문〉 기사 일일랭킹 중 하나다. 72만 클릭의 1위 기사, 끝에 '까닭' 보이시는가. 3위, 수컷동물의 '정체', 박히시는가. 4위, 강아지 배에서 발견된 '이건?', 눈에 띄시는가. 5위, 울면서 극장 기어 나오는 '까닭', 감이 오시는가. 1위부터 5위까지를 휩쓴, 무려 4개의 기사에 호기심 자극 단어가 들어있다.

'이유 · 정체'는 절대, 제목에 드러내면 안 된다. 숨기자. 비결, 꿀팁도 이왕이면 제목엔 보여주지 말자. 핫플레이스가 어디인지, '무슨 일'이 일어난 건지도 숨겨야 한다. '도대체, 어디지?' 하는 궁금증이 손끝을 자극하는 법이다. '황당'한 것도, 어이가 없는 것도, 숨긴다. 의혹, 역시 자극적이다. 마지막 라인의 이것, 이곳(그곳, 그것) 역시 마찬가지다. 호기심 자극 목적의 숨기는 '대명사'다.

주차장에서 무슨 일이 벌어진거야 #shorts
조회수 667만회 • 1개월 전
King car

667만 회가 터진 쇼츠 영상이다. 별것 없다. 그저 '주차장에 무슨 일이 벌어진 거야'라는 제목이 다다. 그런데, 묘하다. 무슨 일이지? 하며, 손가락은 어느새 이 영상을 클릭하고 있다.

극강의 호기심 자극 키워드는 두 가지다. 이건 바로 뒷장, '잡기술 편'에서 따로 공부를 더 한다. '○○○, ….' 이라니. ○○○이 뭔지 구독자들은 얼마나 궁금하겠는가.

가성비나 짠내 키워드의 힘, 비교 자극 키워드의 파워는 앞선 '5형식 이코노미클과 미라클' 편에서 공부했으니, 넘어간다. 아, 한 가지는 짚고 간다. 비교자극에서의 '소름'이라는 키워드다. 소름의 효과, 이거 소름 끼친다. 넣으면, 소름끼치는 클릭, 그냥 터진다. 다음, 캡처를 보시라. '소름' 돋는 질문과, '소름' 돋는 장면에, 123만 회와 140만 회의 클릭이 터져버렸다.

네이버 지식in에 올라온 소름 돋는 질문 TOP 5
조회수 123만회 • 8개월 전
철멍뭉
여러분이 가장 무서웠던 지식in 질문은 무엇인가요? 나중에 기회가 되면 또 다른 질문들

실제로 한국 예능 방송에 찍힌 소름돋는 장면들ㄷㄷ
조회수 140만회 • 1개월 전
소오름
사연 제보 및 문의 : znzl62556@gmail.com #미스테리 #소오름 #미스테리극장 #이슈 #

가장 강렬한 클릭 유발 '단어'는 민족성 자극이다. 이게 환장한다. 다른 나라는 무반응인데, 묘하게 일본 중국 관련 콘텐츠에는 미친 듯이 반응한다. 한중일 삼국의 팽팽했던 기싸움의 역사 심리가 클릭을 자극하는 셈이다. 써먹는 방법도 쉽다. 그냥 일본인, 중국인만 제목에 박아넣으면 된다. 단순히 '봄나들이하기 좋은 명소 4'라는 리스티클(List + Article)이 있다고 치자. 앞에 '중국인들 절대 안 가는, 한국인만 아는' 같은 수식어를 달았을 때와 그 느낌을 비교해보시라. '중국인들은 절대 안 가는, 봄나들이하기 좋은 명소 4'라고? 클릭, 폭발이다.

'일본 료칸 네 곳'의 콘텐츠라고 해보자. 그런데, 그 앞에 '일본인은 절대 안 가는' 수식어를 넣으면 어떤가. '일본인은 절대 안 가는, 일본 료칸 네 곳'이라고? 이내, 손가락 근질거리지 않는가.

일본인인 내가 한국을 좋아하게 된 계기
조회수 60만회 • 4개월 전
미사닝
▷브래드쿤 채널 @bradkun ▷추천영상 내가 아직 모르는 맛이 있

60만이 터진 영상이다. 뭐야? 진짜 별 거 없다. 일본인인 내가, 한국인을 좋아하게 된 이유다. 그게 뭐가. 그런데, 이게 있다. 민족성 자극 심리. 일본인인데, 한국인을 좋아한다? 이런 표현 쓰긴 좀 그렇지만 묘한 우월 민족감 같은 게 느껴진다. 이 지점이다. 민족성 자극이 파고들 틈이.

심통 자극 단어는 기본은 먹고 간다. 요긴하다. 어떤 영역에서건 열 받게 만드는 이 심통 자극단어의 주제를 '리스트업'하면 클릭, 그냥 터진다. 그대가 일하는 업종이 금융 쪽인가. 그러면 은행 진상고객 톱 10을 만들면, 핫클릭이다. 그대가 일하는 곳이 테마파크나 호텔인가. 그러면 테마파크 · 호텔 꼴불견 톱 10의 제목을 쓰면 클릭 폭발한다. '심통 자극 = 클릭 자극'이다.

마지막 경각심 자극 키워드가 '주의 · 요주의'다. 그냥 '주의 · 요주의'를 제목에 뽑고, 주의(요주의)할 콘텐츠를 만들어도 된다.

오히려 《100만 클릭을 부르는 글쓰기》에서처럼 '증폭 키워드'로 써먹어도 된다. 이런 식이다. '호기심 · 가성비 · 비교급 · 민족성 · 심통'자극 단어 뒤에 '주의 · 요주의'라는 단어를 겹쳐 쓰는 식이다. '기내 진상 유형 5가지'라는 제목의 유튜브 영상이라고 해보자. 노출을 했는데 클릭이 별로라면 바로 증폭용 키워드 '진상'을 인서트Insert해준다. '진상 주의(요주의), 기내 유형 5가지.' 어떤가. 구미가 당기는가.

2 '4로·2무' 10만 클릭 증폭용 부사

- 부정적 동사와 짝 : 절대로 · 함부로
- 긍정 · 부정적 동사와 짝 : 의외로(의외로 모르는) · 제대로
- 2무 : 무조건 · 무심코

'The road to hell is paved with abverbs.'

해석은 이렇다. 지옥으로 가는 길은 부사로 포장돼 있다. 《유혹하는 글쓰기》라는 책까지 낸, 언어의 마술사 스티븐 킹의 명언이다. 서점가에 널린, 일반 글쓰기 책들이 하나같이 부르짖는 게 있다. '부사나 형용사를 남발하지 말 것'이다. 무릇, 글은 담백해야 하니, 참으로 맞는 말이다.

여기서 잠깐. 이게 360도 달라지는 공간이 있다. 그게, 모바일

플랫폼이다. 심지어 제목에 쓸 땐, 클릭이 터지는 부사까지 존재한다. '로' 4인방(절대로 · 함부로 · 의외로 · 제대로)과 '2무(무조건 · 무심코)'다. 효과, 기가 막힌 거, '의외로' 모른다. '무조건', '제대로' 외우시라.

스티븐 킹 식으로 돌려치면 이렇다.

클릭으로 가는 길은 부사로 포장돼 있다.

클릭 유발 부사의 대표주자가 '로 4인방'이다. 클릭 드림팀 급이다. 활용법? 간단하다. 제목에 '절대로 · 의외로 · 함부로 · 제대로'까지, 4개의 '~로'만 쓰면 된다. '~로(무심코만 예외)' 시리즈, 이게 대박이다. 밋밋한 제목에, 로 4인방이 들어가는 순간, 심통이 자극된다. 세부 스킬도 이참에 알아두자. 부정적 동사와 짝을 이루는 게 '절대로 · 함부로'다. 긍정 부정 '양빵'으로 동시에 쓸 수 있는 마법의 '로'는 '의외로 · 제대로'다. 실전 활용법도, 의외로 간단하다. 동사 앞에, 붙여만 주면 된다.

실전 활용법

- 절대로 · 함부로 + 하면(가면) 안 되는 ~
- 의외로 + 잘 모르는 ~

백문이 불여일견. 다음 제목 예시를 보자.

EX

긴급 상황에 써먹는 자동차 정비 꿀팁 4가지
→ (의외로 모르는) 긴급상황에 써먹는 자동차 정비 꿀팁 4가지

어떤가. 아래 위를 비교해보시라. 먼저 위. 별것 없다. 그냥 꿀팁 느낌. 반대로 아래 '의외로(모르는)'를 넣은 제목을 보시라. '의외로 모르는'이라는 문장이 들어간 순간 '뭐야, 이거, 의외로 모른다니? 이거, 나만 모르는 거 아냐?' 하면서, 클릭하고 만다. 심통의 심리를 이용한 클릭 유도법인 셈이다.

필자 역시 마찬가지다. 네이버 주제판 여행+를 운영할 때도, 〈매일경제신문〉 공식 유튜브 채널 매경5F를 관리할 때도, 손대

는 것, 딱 하나다. 클릭이 안 나온다? 제목을 뒤진 뒤에, 마법의 가루 '로 4인방'을 뿌린다. 그 순간, 클릭 마법이 시작된다.

전세계에서 의외로 개방적이라는 나라들..TOP6ㅎㄷㄷ
조회수 56만회 • 4개월 전
지식랭킹

'의외로 모르는' 러닝 어프로치 황금 비율!
조회수 85만회 • 4개월 전
레니프로 [LENNIE]

먼저, 캡처 화면, 첫 번째 영상 제목을 보자. 이 제목이 '전 세계에서 개방적인 나라들'이었다고 생각해보시라. 밋밋하다. 보기도 싫다. 그런데, '의외로'가 들어간 지금 제목을 보시라. 어떤가. 묘하다. '의외로 개방적'이라는 표현에, 손끝이 움찔한다. 클릭하고 만다. 56만 명이 이렇게 낚인 거다.

다음, 골프 꿀팁 영상도 마찬가지다. 제목이 '러닝 어프로치 황금비율'이었다면 어땠을까. 그냥 지나갔을 게 뻔하다. 그런데 어떤가. '의외로 모르는'이 앞에 떡하니 붙어있는 제목. 와, 이거 끌린다. '의외로'만 있을 뿐인데, 심통이 자극된다. 의외로 모르는, 의외로의 힘이다.

'로 4인방' 중에서도 '하이퍼 파워'급 '쓰리로(3로 : 절대로 · 함부로 · 의외로)'는 잡기술 편에서 따로 설명해드린다. 그만큼 클릭 뽑아 먹는 효과가 탁월한, '특별 그룹'이다.

'2무'의 스킬도 알아둬야 한다. 무조건과 무심코다. 부정적이든 긍정적이든 다 통하는 부사다. 그냥 동사 앞에만 붙여만 주시라. 캡처 '러닝어프로치'의 예로 돌아가 보자. 썸네일을 보시라. 유튜브의 썸네일은 '기사의 제목'이나 마찬가지다. '무조건 붙는 어프로치 비율'이라니. 썸네일에는 '무조건'이, 유튜브 제목에는 '의외로'가 버티고 있다. 젠장. '로 4인방'과 '2무'가 제목으로 합쳐진 절묘한 영상물이다. 별것 아닌, 팁 영상에 85만 클릭이 몰린 비결이다.

3 '난리 난·뽕 뽑는' 클릭 유발 형용사

난리 난 · 대박 난 · 킹받는 · 뽕 뽑는

클릭 유발 형용사는 '증폭' 기능을 한다. 뒤에 명사가 오고, 그걸 꾸며주는 형용사 역할을 하는데, 이게 슬슬 심통을 긁는다. 대표적인 클릭 증폭 4대 형용사가 있다. '난리 난 · 대박 난 · 킹받는 · 뽕 뽑는'이다. 클릭 뽕 뽑고 싶은가. 그렇다면 이 4대 형용사, 무조건 외우시고 제목에 써먹으시라. 사용법도 간단하다. 명사 앞에, 이 형용사만 박아넣으면 된다. 잊을 뻔했다. MZ들, 특히 '킹받는'에, 킹받는다. 클릭, 쏟아진다.

EX

호텔리어가 귀띔한, 호텔 뷔페 잘 먹는 꿀팁
→ 호텔리어가 귀띔한, 호텔 뷔페에서 '뽕 뽑는' 꿀팁

어감의 차이가 와 닿으시는가. 난리 난과 대박 난은, 핫플레이스와 엮어 쓰면 된다. 그냥 '맛집'과, '난리 난 맛집'의 어감 차이가 느껴지시는가. 이것, 모르면 저자인 내가 킹받는다.

4 '너만 모르는' 클릭 쉽게 잡는 어미

- (일반) 의문형 : ? · 왜
- 도발적 의문형 : (나만 · 너만) 모른다고?
- 어설픈 끝맺음

  A. 극강의 신공 '말줄임표'

  B. (해, 어딘가, 뭔가) 보니(봤더니) · (뭐, 하, 어떻)길래

  C. 고자질형 · 억지형 : ○○하재요~(고자질형) · ~ 해주세요(억지형)

"어미를 가지고 놀 줄 알면, '클릭질'은 끝이다."

클릭 선수들끼리 하는 말이다. 문장의 끝을 장식하는 '어미'의 힘은 의외로 강하다. 어미를 가지고 놀 줄 알아야, 진정한 프로 클릭러라 할 수 있다.

일단, 일반적 의문형이 있다. 물음표(?)로 끝나는 형식이 일반적이다. 단순하게, 물음표 대신 '왜'라는 한 글자를 써도 된다.

조금 클릭의 강도를 높일 때 쓰는 어미, 이게 '도발형'이다. 필자가 만든 용어가 '도발적 의문형'이다. 대놓고 상대를 도발하는 어미다. 도발의 효과는 강렬하다. 심통 심리 자극으로 이어지고 바로 클릭으로 변환된다.

'너만(나만) 모른다고?'라는 제목을 봤다고 치자. 뭐지? 진짜, 나만 모르는 건가? 하며, 일단 눌러본다.

사용법도 쉽다. 원래 제목 앞에, '너만 모르는' 수식어만 붙이면 된다.

EX

항공권 싸게 끊는 꿀팁 5가지

→ (당신만 모르는) 항공권 싸게 끊는 꿀팁 5가지

어떤가. 항공권 싸게 끊는 꿀팁만으로도 클리커블한데, '당신만 모르는' 이 제목에 딱 박혀 있다. 심통, 욱이다. 나만 모른다고? 안 되지, 절대. 하며, 클릭이다.

'도발적 의문형'보다 효과가 훨씬 강력한 게 '어설픈' 끝맺음이다. 이, '어설픈' 게 사람 잡는다. 어설프니, 뭐지, 하고 궁금증이 든다. 그리고 클릭이다.

어설픈 끝맺음의 대표 유형이 놀랍게도 말줄임표다. 맞다. 우리가 알고 있는 말줄임표 '…'이다.

말이 되냐고? 된다. 뭔가, 특별한 의미의 제목 서술어가 떠오르지 않는가. 그렇다면 그냥 '…'으로 끝을 맺으시라. 딱히 떠오르는 제목의 맺음 서술어가 없을 때도 마찬가지다. 그냥 '…'만 찍어 넣으면 된다. 이게 기가 막힌다. 신문이나 잡지글 등 일반 글쓰기의 제목에선 써먹을 수도 없는 이 '말줄임표' 제목이, 포트스 블로그나 유튜브에선 순식간에 '호기심 증폭기'로 돌변한다. 구독자들은 '그래서? 뭐라는 거야' 하면서 클릭한다.

말줄임표 앞에 써먹을 수 있는, 증폭 어미도 알아두면 요긴하다. 대표적인 게 '보니'와 '뭐길래'다. 말줄임표와 묶어 써도 되고, 단독으로 써도 된다.

EX

'해보니…, 어딘가 보니…, 직접 가보니…, 뭐길래…, 하길래…'

어떤가. 익숙한 느낌이 들지 않는가. 유튜브 채널 추천 영상을 내리다 보면 5개 중 하나는 무조건 이런 '보니…', '길래…'를 볼 수 있다.

2023년 1월 31일자, 네이버 모바일 메인 페이지 〈매일경제신문〉의 기사 일일 페이지 뷰 랭킹이다.

전체 조회수 | 7,174,654건

순위	기사 제목	조회수
1	국제 결혼한 송중기도 받는다…다문화가정 혜택 뭐길래	532,771
2	오십 넘으면 절반이 앓는다는 '그 병'…화장실 5분 넘기면 악성 치질 됩니다	480,039
3	"오빠, 뒤차가 우리 따라오는 것 같아"…수상했던 차의 정체는	473,790
4	중국인 없고, 한국인도 코로나 이전 20% 수준…지금 가기 딱 좋은 이곳	400,476
5	"이정도면 한국산도 굉장한데"…독일에 실망 유럽, 한국 탱크 '주목'	337,609
6	송중기 200억 자택서 신혼살림…재벌·셀럽이 이태원에 둥지 트는 까닭은	324,541
7	"자기야 여기서 3년만 더 살자"…이사 못가는 이유 알아보니	318,135

53만 클릭의 1위 기사, 마지막, 어김없이 '뭐길래'로 끝난다. 47만 클릭의 3위 기사, 끝맺음은 '정체는'이지만, 생략된 어미를 끄집어내면, '정체가 뭐길래'가 된다. 역시나 뭐길래다. 4위 기사도 마찬가지다. 마지막 단어가 '어디'로 끝났지만, 생략된 어미, '어딘가 보니' 정도가 된다. 31만 클릭이 터진 7위 기사에도 '알아보니'가 영락없이 들어있다.

어설픈 끝맺음(어미)

새 트렌드도 알아둬야 한다. 이거, 많이 써먹는다. 고자질형과 억지형이다. 마치, 고자질하듯, 억지를 쓰듯, 끝맺는다. 어설프게. 묘하다. 이거 보는 순간, 손가락이 꿈틀한다.

고자질형은 공감의 심통을 자극하는 어미다. 억지형은 '제발 좀~' 하며 억지를 쓰는 어감이니, '옛다' 하는 느낌으로 '클릭'을 주고 만다. 절묘한 심통 자극 끝맺음인 셈이다.

'○○하재요~(고자질형), ~ 해주세요(억지형)'가 기본형이다. 외워두시라.

다음, 두 유형이 상징적인 예다. 둘 다, 〈머니투데이〉 주요 뉴스 1위와 3위로 올랐던 기사다. 클릭, 50만 이상씩, 댓글은 500여 개씩 달린 이유, 역시나 어설픈 끝맺음이다. 눈에 익혀두시라.

① 고자질형 : 맘속으로만 직장 상사 짝사랑… 남편이 불륜이라며 이혼하재요

② 억지형 : 증거 CCTV 자동 삭제?… 그걸 누가 믿나

5 '만·도'
클릭 들었다 놨다 하는 조사

- **클릭 파워처방 조사 키워드 : 만 · 도**

  *** 만 · 도 클릭 증폭법 : (멀티) 비교 자극 · 민족성 자극**

한 글자로, 사람의 클릭을 들었다 놨다 할 수 있다면 믿어지시는가. 놀랍게도, 있다. 그게 '조사의 힘'이다. TTS 법칙에서 배웠다. 제목의 형식, 심플Simple해야 한다, 그래서 조사와 서술어는 무조건 덜어내라고. 유일한 예외가, '만'과 '도', 즉 '만 · 도'다.

한 글자다 보니, 눈에 띄지도 않는다. 그러니 조사의 힘, 모를 '만도' 하다. 헌데, 강렬하다. 이 한 글자가 100만 클릭을 좌우할 때도 있다. 딴 조사는 다 잊어도 된다. 절대 잊으면 안 되는 조사. '만'과 '도'다. 간단한 예 하나를 보자. '도깨비 공유는 모르는',

'캐나다 럭셔리 호텔 3곳'이라는 제목과 '도깨비 공유도 모르는', '캐나다 럭셔리 호텔 3곳'이라는 제목을 비교해보시라. 앞쪽은 '도깨비 공유는 모르는' 하고 그냥 지나갈 때의 평서문 느낌, 뒤쪽은 '도깨비 공유만 · 도깨비 공유도'로, 조사만 '는' 대신 '만 · 도'로 바꿨을 때의 흐름이다. 어떤 쪽에 손끝이 쏠리는가. 역시나, 후자다. 다음 캡처 예시에서 '만 · 도'의 힘을 좀 더 자세히 뜯어보자.

너희가 이 고통을 알아...?! (feat.남자,여자들만 아는 사진)
조회수 205만회 • 2년 전
핫도그 스튜디오 [HOTDOG STUDIO]
여러분들도 함께 맞춰보세요~!! -Instagram (기동,현서,제희,Official) https://www.instagram.com/kj_93

205만 회 클릭이다. 제목의 '만'을 보시라. 남자, 여자'만' 안다니? 그래서, 클릭을 쏟아낸다. 물론 여기에는 클릭 유발 키워드 비교 자극의 '남성 · 여성' 비교가 슬며시 들어가 있다. 멀티로 증폭 단어를 섞었으니, 볼 것 없다. 우리의 목표, 100만 클릭의 딱 두 배가 터진 것이다.

직원들만 몰래 산다는 다이소 꿀템 5가지 | 신상,주방용품 | 이편한살림

조회수 172만회 • 2주 전

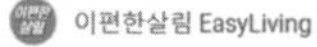

제품명과 품번(다이소 구매 전 참고하시면 편해요!) 발포락스 (품

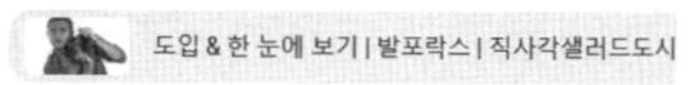

172만 클릭이 터진, 다이소 영상물이다. 다이소 관련 콘텐츠는 원래 잘 터진다. 헌데, 이 영상물은 제목을 잘 보시라. '직원들만 몰래 산다는 다이소 꿀템 5가지'다. 직원들'이'였다면 172만 클릭까진 터지지 않았을 것이다. 클릭의 불덩이에, 기름을 부은 것. '만.' 딱 이 한 글자다.

만 · 도의 효과를 극대화하는 증폭법도 이참에 알아두시라. 클릭 증폭 키워드 편에서 배운 '비교 자극'과 '민족성 자극' 키워드에 조사 '만 · 도'를 함께 붙여 쓰는 식이다.

EX

일본 여성이 가장 많이 사는 한국 쇼핑품목 10가지

→ 한국 남성 '만·도' 모르는 · 일본 여성이 가장 많이 사는 한국 쇼핑품목 10가지

'일본 여성이 가장 많이 사는 한국 쇼핑품목 10가지'라는 제목의 콘텐츠가 있다고 해보자. 클리커블하지만, 뭔가 빠진 느낌이다. 앞에서 배운 1단계 클릭 파워처방을 위해 '단어 키워드'편, 민족성 자극 단어 '한국인'과 비교 자극 단어 '남성'을 조합한다. 이때 '조사의 힘'까지 가미한다. 클릭 파워처방 조사 '만 · 도'를 함께 엮어 넣는다.

예시의 아래가 최종 완성 제목이다. '한국 남성만 모르는 · 일본 여성이 가장 많이 사는 한국 쇼핑품목 10가지.' 느낌이 어떤가. 그냥 '만 · 도'를 쓸 때보다, 한국 남성이 함께 들어간 '만 · 도'의 자극이 훨씬 크게 느껴진다. 그냥 '한국 남성은 모르는'이라고 해버리면 '그렇구나' 하고 지나갈 내용이, 한국 남성'만' 하고 단정을 딱 하는 순간, 뭐야, 하고 호기심이 증폭된다. 이거, 나'만' 모르는가, 하는 생각이 스물스물 기어오른다. 클릭이다.

6 '멘붕·비상·경악' 클릭 응급용 감탄사

멘붕 · 비상 · 발칵 · 충격 · 깜짝 · 경악 · 뜨악

감탄사는 비상용이다. 응급용이다. 긴급 상황에만 활용해야 하는 전기충격기로 보면 된다. 그만큼 사용을 자제해야 한다. 왜? 어그로 느낌이 너무 강해서다.

하지만 잘 먹힌다. 대신 한 가지는 늘 명심해두자. 자극적인 감탄사는 피해야 한다는 것. 대표적인 게 '경악 · 충격' 같은 류다. 온라인 뉴스매체에서 워낙 자주 쓰다 보니 본능적으로 이 단어 2개는 반감을 불러일으킨다.

《100만 클릭을 부르는 글쓰기》에서는 아예 '자극적인 감탄사'로 사용 자제를 당부했는데, 이게 요즘은 달라졌다. 그냥, 쓴다.

막, 쓴다. 그러니, 구독자들의 심리적 저항감도 낮아졌다.

활용법도 간단하다. '프랑스 화장실에 ○○이 없다고?'라는 호기심 자극용 콘텐츠의 제목을 단다고 생각해보자. 노출을 했는데, 생각보다 반응이 없다면? 응급 처방에 들어가야 한다.

클릭 증폭용 감탄사를 바로 투입, 제목 앞에 '멘붕' 호흡기를 갖다 대면 된다. 그냥 '멘붕' 써 버린다.

수정 완성된 제목은 이렇다.

EX

> 프랑스 화장실에 ○○이 없다고?
> →'여행지 멘붕! 프랑스 화장실에 ○○이 없다고?'

훨씬, 클리커블하지 않은가. 약간 더 강렬함을 원하면 전문가 집단을 슬쩍 끌어오면 된다. '(여행고수도 멘붕) 가이드도 멘붕 · 프랑스 화장실에 ○○이 없다고?' 이렇게 설명하니, 쉬운 것 같은가. 효과도 없을 것 같은가. 천만에다. 직접 써보시라. 그 효과, '경악' 수준이실 게다.

끝까지 보세요 방심하다 터집니다ㅋㅋㅋㅋ 파마 잘못해서 멘붕 ㅋㅋㅋ

조회수 52만회 • 8년 전

이성민

제목 말고 별다른 게 없다. 제목은? '끝까지 보세요, 파마 잘못해서 멘붕.' 결국, 감탄사 멘붕의 힘이다. 50만 회 터진 쇼츠 영상물이다.

7 '클릭 If절'을 아세요?

- (만약) 이 영상이 (당신한테) 보였다면…
- 만약에…

클릭 유발 '가정법'이 요즘 대세다. 항상 일정하다. 그러니, 그냥 이 클릭 터지는 가정법을 문법처럼 외워두면 된다. 가정문은 이렇다.

뒤에 이어지는 서술어는 뻔하다. '부자가 됩니다, ○○이 될 수 있습니다' 등이다.

만약 이 영상이 보였다면

- 무조건 부자가 됩니다.
- (30분만 보시면) 필히 다주택자 될 수 있습니다.
- 무조건 몸짱 됩니다.

이 영상이 떴다면 99.9%의 확률로 부자가 됩니다. 10분짜리 영상

조회수 11만회 • 10일 전

현대표(노아AI)

이 영상이 떴다면 99.9%의 확률로 부자가 됩니다 앞으로 당신의 50년 인생

아예, '만약에'로 쾅, 때리는 콘텐츠도 먹힌다. 대신, 가정하는 대상이, 엽기적인 수준까지 올라야 한다. 상상초월을 가정할 것이 핵심이다. 만약에로 먹고 사는 채널까지 있다. '고구마 머리, 만약' 채널이다. 가정법(만약) 하나로, 구독자만 42만 명까지 모았으니, 말 다했다. 장담한다. 심통 자극 키워드, 하나로만 지속적인 콘텐츠를 창출하고, 묶음 채널을 만들어도 터진다. 유튜브 영상을 운영하면서, 블로그 포스트로만 서포트를 해도, 효과 극대화할 수 있다. 다음, 만약 영상을 보시라. 제목을 보자. 만

약!!!!! 강렬한 가정법 키워드로 심통을 자극한다. '대한민국에 올림푸스 산이 있다면 무슨 일이 일어날까'를 가정한다. 이 책을 쓰는 시점에서 단 3주 전 영상인데, 65만 회의 클릭이 폭발했다. 만약에, 만약이라는 키워드가 없었다면 이 정도까지 터졌을까.

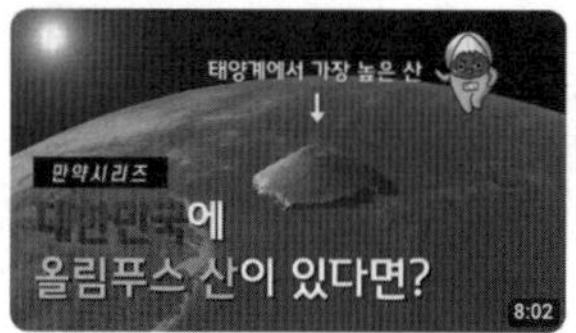

또 있다. 요즘 알고리즘의 신神이 애정하는 문장, 이 영상을 보면서다.

유튜브 AI 푸시로, 네가티클에서 외운 '이 영상을 보면서' 형식, 자주 뜬다. 가정법은 아니지만, 영어로 치면 'as 주어 + 동사' 절과 유사한 형태다. 챌린지를 섞으면 자극, 자연스럽게 증폭된다. 그냥, '네가티클 + 챌린지' 형식으로 외워두시라. 꼭 네가티클이 아니라도 된다. 챌린지, 형태, '니가 할 수 있겠느냐'는 심통을 자극한다. 긁어댄다. 이것 봐라, 하면서 클릭하고 만다.

이 영상을 보면서

- 절대 위를 쳐다보지 마세요.
- 강백호를 정확히 100번 볼 수 있습니다.
- '으' 소리를 무조건 내게 됩니다.
- 하품을 하면 안 됩니다.

이 영상에 절대로 속지 마세요. (챌린지)

조회수 502만회 • 1년 전

팩토리

반드시 전체화면으로 봐주세요 쿠키 영상: https://youtu.be/dQw4w9WgXcQ.

자막

어떤가. 가정법 응용, 'as 절' 형태다. 이 영상에… 절대로 속지 마세요, 그리고 '챌린지' 용어만 박혀 있다. 썸네일에도 단순히 × 하나다. 그런데, 조회 수를 보시라. 무려 502만 회. 미친 클릭이다. 느낌이 오는가. 나영석 PD가 정성껏, 영상물을 만들어도, 외면을 당할 수 있는 공간이 플랫폼이다. 그냥, × 하나 박힌 썸네일에 500만 회의 클릭을 몰아주는 게, 또 플랫폼 세계다.

11일 차

기가 차네…
클릭 잡는
잡기술 3가지

'잡기술'로 통칭했지만 이거 강력하다. 그냥, 잡기술이 아니다. 프로 클릭러가 지난 10년간 핏물 튀기는 실전 필드에서 '뇌즙'을 짜내며 클릭 효과를 검증한 결과물들이다. 클릭의 '맥'과 '급소'만 골라 찍는다. 정성껏, 만든 콘텐츠, 클릭이 터지지 않는다고? 그 순간이다. 딱 숨이 넘어갈 지경, 그 절체절명의 순간에 써먹으시라. 말하자면, 응급처치, CPR 극약처방 신공, 되시겠다. 사실, 이 지경이 됐다는 건, 위험신호다. 일상에선 기초 체력이나 위험에 대한 준비가 안 돼 위급상황이 발생했다는 거다. 마찬가지다. 글쓰기에선 탄탄한 주제나 콘텐츠가 형성이 안 돼있다는 방증이다. 그러니, 이 책을 읽는 독자들. 부디 이 응급처방은 딱 비상상황에만, 아껴서 쓰시길.

무조건 먹히는 5대 응급비칙

- 비칙 1. '땡땡땡' 무조건 써라

– ○○○, …, ××(욕 or ○○ 대용)

- 비칙 2. 죽은 콘텐츠 살리는 '쓰리로'

– 절대로 · 의외로 · 함부로

- 비칙 3. 괄호 신공

– 제목 끝에 괄호를 써라 : 괄호 안 내용 (98%는 모릅니다)

- 비칙 4. 묻어가기 신공

– 그 분야 전문가를 동원하라

- 비칙 5. 무조건 먹히는 형식 '대물'

– 대리만족 + 몰카

1 죽은 콘텐츠 살려내는 '대물·쓰리로'

응급비칙 1.
10만 클릭은 그냥 올려주는 땡땡땡

응급처방 1법칙, 간단하다. 그냥 '땡땡땡(○○○)'이다. 이게 뭐냐고? 어떤 단어가 들어갈 자리에 그 단어 대신 '○○○'을 넣는 거다. 그 자체로 호기심 자극이다. ○○○이 뭐지. 궁금해진다. 그리고 누른다. 클릭이다. 에이, 설마 이런 게 먹히냐고? 결론부터 말하면 먹힌다. 그것도 아주 잘.

한때 선수들끼리는 10만 클릭은 그냥 먹고 가는 마법의 땡땡이라고 불렀지만, 요즘 그 정도는 아니다. 그래도, 위세등등이다.

OSEN | 18시간 전 | 네이버뉴스

장영란 "♥한의사 남편과 결혼 전 밀월여행..OOO 게임 했다" 19...

장영란도 "결혼 전 강원도로 3박 4일 여행을 갔는데, OOO 게임도 했다"고, 19금 토크를 폭발시켜 현장을 초토화시킨다. 웃음이 끊이지 않은 가운데, 잠시 후 문세윤...

J | 중앙일보 PiCK | 2일 전 | 네이버뉴스

"OOO 페북에 윤심 있다"...요즘 尹 속 풀어주는 이 사람

"홍 시장 페북에 잘 적혀있던데..." 최근 국민의힘 전당대회와 관련한 대통령실의 입장을 묻자 한 대통령실 고위관계자가 전한 말이다. 다른 대통령실 참모들도 사석...

여전히 블로그나, 뉴스 검색창에 땡땡땡(○○○)을 치면, 줄줄이 뜬다. 글자 그대로, 티싱인 마법의 단어. 드러내지 않고, 숨기며 호기심을 자극하는 응급처방, 그게 땡땡땡이다.

이걸 왜 쓸까. 뻔하다. 먹히니깐. 글쓰기 주제구성 세부 스킬에서도 언급했지만 이런 게 '티싱', 즉 간지럽히기다. 엄밀히 말하면 제목에 드러낼 것을 숨기는 거다.

필자가 강의 때마다 들이대는 예시다.

EX

'BTS가 잘 때도 하고 잔다는 눈 안대'

→ (응급처방 수정) 'BTS가 잘 때도 하고 잔다는 ○○○'

예시 1을 보자. 전혀, 눈에 띌 게 없는 콘텐츠다. 아, BTS도 밤에 잘 때는 눈 안대를 하는구나, 하며 그냥 지난다. 기사를 클릭할 리 없다. 외면이다.

다음, 응급처방을 한 뒤는 어떤가. 똑같은 콘텐츠, 핵심 키워드 '눈 안대' 대신 '○○○'을 넣었더니 보시라. 아무것도 아닌 콘텐츠가 순식간에 호기심을 자극한다. 뭐야, 세계적인 그룹 BTS가 잘 때 하고 자는 게 도대체 뭐지? 하며, 누른다. 클릭 폭발이다.

요즘 확 변한 트렌드도 있다. 땡땡땡은 그대로인데, 말줄임표 땡땡땡이, 점차 사라지고 있다. 깔끔한 편성을 위해, 제목 끝에, 어설픈 마무리를 하는 식으로, 심통을 자극한다. 이름하여 말줄임표 생략형이다.

코로나 시대를 거치면서 등장한 뉴노멀 '××'도 있다. 용도는 두 가지다. '욕설 엑스(××, ×××)'와 땡땡 애용 엑스다. 욕설을 그대로, ××로 표현해 넣는 거다. 이게 먹힌다. 사실, 코로나로 인해 얼마나 억눌렸는가. 클릭의 대리배설 심리다. 심지어 '땡땡'도 ××로 대체되는 추세다. 단, 유튜브에서 ' ×××'는 검색을 자제하실 것. 19금 영상이 뜨는 키워드니까.

순위	기사 제목	조회수
1	"어떤 차길래? 한번 주유 1700만원"...전대통령 지출 공개한 룰라정부 '맙소사'	463,913
2	[단독] 트랜스젠더 유튜버, 'X 달린 남자 XX' 말 듣고 분노의 폭행	366,026
3	"알바생 비위까지 맞춰야 해?"...백화점 진열대 엎은 여성	354,957
4	"경쟁률 89대1 이 학과는 뭐야"...인서울 전문대 정시 살펴보니	325,215

30만 클릭이 터진 2위 뉴스기사를 보시라. '× 달린 남자 ××' 라는 욕설, 그대로 인용한 것이다. 신문 등 일반 글쓰기에선 상상조차 할 수 없는 제목. 그런데, 이게 모바일 공간에선 먹힌다. 32만 클릭이 터진 4위 기사 역시 마지막 '… (기사 제목에선 생략)' 생략형이다.

다음 캡처도 보자. 땡땡 대용, ××다. 사실 땡땡보다 ××의 효과가 더 크다. 땡땡은 그냥 호기심 자극이지만, ××은 '호기심 + 대리욕설 만족'의 증폭 효과를 낸다. 제목을 보시라. '이거 진짜야?? ××와 잠자리를 맺은 여자?'라니. 땡땡으로 호기심이 자극된 심통 심리와 '와, 어떤 ××지?' 하는 묘한 대리욕설 심리가 스파크를 일으키며 클릭을 긁어낸다. 120만 클릭 폭발이다.

이거 진짜야? XX와 잠자리를 맺은 여자??? #우주신당

조회수 112만회 • 11개월 전

베짱이엔터테인먼트

우주신당 : 010-4449-7181 신당 위치 : 대구 광역시 대한민국 최고의 무당 프로그램 인

응급비칙 2.
죽은 콘텐츠 살리는 인공호흡기 '3로'

'삐~~~~~.' 망했다. 죽음을 알리는 공포의 플랫라이너(심장 박동 정지일 때 모니터에 뜨는 수평 라인)가 떴다. 콘텐츠는 요동도 없다. 클릭 제로. 아, 이대로 포기할 것인가.

당신의 콘텐츠가 이런 상황일 땐, 극약처방 인공호흡기 '쓰리로'를 가동하면 된다. 클릭 증폭 제목 부사 편에서 공부한 '로 4인방' 중, 효과 하이퍼 수준인 '쓰리로'다. 절대로, 까먹으면 안 되는데, 의외로 또 잘 모른다. 함부로 써도 안 된다.

독자들, 틀림없이 '에이~ 설마' 하실 게다. 채널을 한 번이라도 운영해본 사람들은 안다. 클릭이 잠잠한 콘텐츠, 살짝 제목에 이 처방약을 톡톡 털어넣으면, 정말이지, 죽었던 콘텐츠가 살아나고 심장이 다시 뛰 듯 꿈틀꿈틀, 클릭이 살아나는 것을. 개인적으론 '미라클 쓰리로'라 부른다. 효과 역시, 미라클이다.

1. 절대로 : 쓰리로 넘버원

효과도 넘버원이다. '하면 안 되는, 들어가면 안 되는, 보면 안 되는' 같이 부정적인 콘텐츠의 '호기심 증폭용'으로 외워두시라.

포스트 콘텐츠로 '들어가면 안 되는 · 위험한 해변 5곳'을 만든다고 해보자. 네가티클 형식이라 당연히 중박은 된다. 타이밍을 맞춰, 여름 휴가철 정도에 노출한다면 대박이 날 터. 하지만 의외로 밋밋할 때가 있다. 이럴 때다. 마법의 '절대로' CPR을 시현한다. 응용형은 '제발'이다.

o '절대로'의 변형 : 절대, 제발

*** 예) (절대로) 들어가면 안 되는 위험한 해변 5곳**

어떤가. '절대로' 하나가 당신의 가슴을 후벼파지 않는가. 변형형도 이참에 외워두자. 로를 뺀, 절대, 그리고 제발이다.

순위	기사 제목	조회수
1	"더 글로리 제발 보지 마세요"...전세계 1위 했는데 이게 무슨 일?	877,348
2	"인천 앞바다는 이제 성지가 될 것"...해상풍력 출사표 낸 이 기업	523,611

87만 클릭이 터진 〈매일경제신문〉 기사다. 절대로의 변형형, 제발이 눈에 띄지 않는가. "〈더 글로리〉 보지 마세요"라고 제목을 갔다면, 30만 정도는 덜 나왔을 콘텐츠다. 제발, 절대로를 잊지 마시라.

2. 의외로 : 쓰리로 넘버 투

의외로다. 효과, 의외로 세다. 그런데, 이 의외로의 효과, 의외로 모른다. '의외로'는 그야말로 약방의 감초, 멀티 조미료다. 노출한 포스팅의 반응이 밋밋하다면 어떤 콘텐츠든 즉시 넣으면 된다. 무엇을 하건, 의외로가 들어가는 순간, 콘텐츠의 반응, 상상 이상이 된다.

네이버 모바일 페이지의 〈매일경제신문〉 뉴스는 500만 구독자를 거느리고 있다. 클릭 반응이 저조하면 10분 간을 본 뒤, 내린다. 아니다, 그래도 뭔가 터질 듯한데 하는 느낌이 들면, 제목 수정 바로, 들어가신다. '의외로' CPR 처방이다. 의외로가 왜 먹힐까. 역시나 심통 심리를 자극한다.

이 내용을 (우리가) 의외로 몰랐다고? 하는 순간, 뭔가 욱 한다. '거참, 의외네, 당신이 모른다니' 하는 놀림당한 느낌까지 든다. 심통, 자극이다. 그래서, 누른다. 의외라니. 내가 모를 리 없다며, 바로 클릭이다.

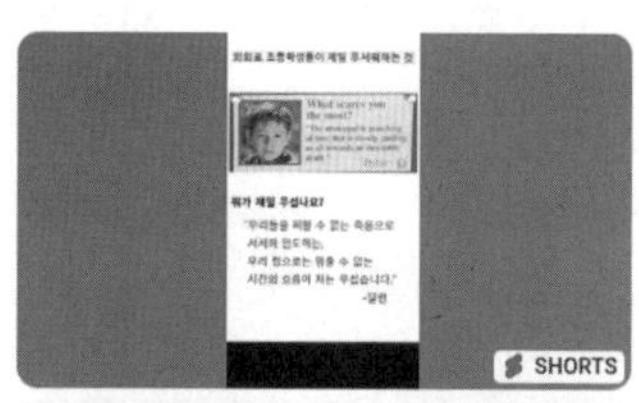

의외로 초등학생들이 제일 무서워하는 것
조회수 90만회 • 4일 전
깃털유머
웃긴썰 #웃긴영상 #웃긴댓글 #유머글 #웃긴숏츠 #웃긴더빙 #웃참 김재영-Wear 출처
새 동영상

의외로 여자들이 좋아하는 행동 7가지
조회수 84만회 • 1년 전
보따
의외로 여자들이 좋아한다는 행동이 있다고 해서 찍어봤는데요 여러분들도 당장 실천

별것 없는 콘텐츠 두 개다. 아래 위 제목, 의외로를 빼고 보시라.

① 초등학생들이 제일 무서워하는 것

② 여자들이 좋아하는 행동 7가지

'의외로' 응급처방을 한 뒤의 느낌을 다시 보자. 이 느낌, 의외지 않은가. 뭔가 확 달라진, 이 느낌이다. 클릭, 80만 회, 94만 회씩이 터졌다. 이게 의외로가 불러오는 '클릭의 힘'이다.

EX

① (의외로) 초등학생들이 제일 무서워하는 것
② (의외로) 여자들이 좋아하는 행동 7가지

3. 함부로 : 넘버 쓰리, 쓰리로, 함부로

'함부로'는 넘버 쓰리인 만큼 효과, 애교스러운 수준이다. 부정적 콘텐츠와 짝을 이뤄 쓰면 좋다. 하지만 절대로의 어감에는 또 못 미친다. 하지만 '함부로' 응급처방이 시작되는 순간, 일단 꿈틀은 한다. 함부로는 위험회피 본능을 증폭시킨다. 해야 할 일이 있다고 치자. 그냥 하면 되는데, 함부로 했다간, 이거, 큰일 날 것 같고, 어감과 느낌도 훨씬 커져버린다. 슬슬 다가올, 위험의 감지, 움찔, 그리고 클릭이다. 역시 응급상황 때만 쓰자. 자주 쓰다 보면 식상해진다.

대부분, 위험 상황에, 함부로를 가미하면, 클릭이 증폭된다. 동물의 왕국 콘텐츠엔 사실 필수인 게 '함부로'다.

코끼리에게 함부로 공격하던 미친 사자의 최후

조회수 300만회 • 9개월 전

쏘키 SoKee

이 영상 마지막 장면 코끼리의 운명이 정말 반전이네요 ☆ 쏘키 구독하기 ▷ https:/

야생 코끼리에게 함부로 음식 주면 안되는 이유

조회수 14만회 • 1개월 전

세모이 : 세상의 모든 이야기

스리랑카 부탈라 부근 (알라 국립공원 가는 길) 야생 코끼리에게 먹이를 주는 일이

4K

다음 캡처를 보자. 《100만 클릭을 부르는 글쓰기》를 읽은 게 틀림없다. 쓰리로 중에서 아예 2가지, 절대로, 함부로를 함께 제목에 노출했다. 하지만 어떤가. 23만 회다. 이런 게 쓰리로 응급처방법, 남발의 역효과다. 딱, 응급처방 때, 한 가지씩의 처방법만 써야 한다. 어떤 의미인지 아시겠는가.

여자들이 절.대.로 함부로 대하지 못하는 남자

조회수 23만회 • 3개월 전

전메리

Instagram : @jeonmary.03 E-mail : jeonmary.03@gmail.com [온/오프 유료상

도입부 | 지속성 버리기 | 이건 절대 아니지 | 내 만족이지 위

응급비칙 3.
괄호 신공… 제목 끝에 괄호를 써라

뉴노멀 응급처치 비칙이다. 콘텐츠 투척을 했는데, 아, 클릭이 잠잠하다. 이럴 때 요긴한 응급처치법, 괄호 신공이다. 사용법? 간단하다. 원래 단 제목 끝에, 괄호 부분만 추가하면 된다. 그리고 그 괄호 안에, 무언가를 써넣으면 된다. 대표적인 게 다음 두 가지 형태다.

① 98%(90% 이상만 되면 된다)는 모르십니다

– 이 문구, 효과 직방이다. '나만 모른다고?'의 심통 자극 느낌을 준다.

② ft. + 연예인(스타)

– ft.는 Featuring의 약자다. 그 사람에 대한 것이라는 의미다. 이때 중요한 건, ft. 다음에 꼭 그 주제와 관련이 있는 연예인 이름을 써야 한다는 것. 영향력의 힘을 노린 응급처치법이다.

에비앙이 비쌀 수 밖에 없는 이유 (98%가 잘못 알고 계십니다)
조회수 201만회 • 1년 전
호갱구조대
여러분들의 소중한 시간과 돈을 지켜드리는 채널 【호갱구조대】입니다. 잘 알지 못해 손해볼 수

호갱 구조대 영상물이다. 제목을 보자. '에비앙이 비쌀 수밖에 없는 이유' 정도였다면 201만 회까지 터지진 않는다. 제목 뒤, 괄호 안을 보시라. 어김없이 들어있다. 괄호 신공과 함께, '98%가 잘못 알고 계십니다'라는 문구.

응급비칙 4.
묻어가기 신공… 그 분야 전문가를 동원하라

진짜, 기막힌 신공이 있다. (전문가에게) 묻어가기 신공이다. 묻어가는 대상, 전문가다. 이거 의외로 모른다. 실전 응용법은 이렇다. 어떤 콘텐츠를 만들 때, 그 소재의 가장 핵심 전문가의 직업을 제목에 '쾅' 하고 박아넣으면 된다. 예컨대 '도로 감시카메라 피하는 법'이라는 블로그를 만든다고 가정해보자. 그냥, 이 제목이면 약하다. 클릭, 평타 수준일 게 뻔하다. 이럴 때 '묻어가기 신공'을 시전한다면 어떻게 될까. 다음을 보자.

도로 감시카메라 피하는 법

→ (응급처방 묻어가기 신공) 택시기사들만 아는·도로 감시카메라 피하는 법

어떤가. 느낌이 확 오지 않는가. 도로 감시카메라 피하는 법이다. 그런데, 심지어 택시 기사들만 안다고? 도로의 전문가, 택시 기사만한 분들이 없다. 그분들만 아는, 노하우니, 이건 뭐. 클릭 폭발이다. 다시, 다음 캡처를 보시라.

택시기사들만 아는 주차딱지, 주차단속 피하는 법 (이건 꼭 보세요 제발)

조회수 223만회 • 2년 전

1분미만

주차단속 #주차 #주차단속카메라

4K

가장 짜증나는 상황. 잠깐 주차했는데, 주차딱지 떼는 거다. 그런데, 와, 대박이다. 택시 기사들만 아는, 주차딱지 · 주차단속 피하는 법이라니. 볼 것 없다. 묻어가기 신공에 그냥, 클릭 세례다. 223만 회가 터졌다.

하나만 더 예를 보자. 보이스피싱 영상 콘텐츠다. 물론, 이런 류, 클리커블하다. 그런데, 묻어가기 신공을 보탠다면 어떻게 될까. 보이스피싱, 가장 전문가는 누굴까. 법의 달인, 잡기의 달인은 변호사 내지 법대생들이다. 그 전문가에게 묻어간다면? 볼 것 없다. 역시나 폭발이다. 어쭙잖은 보이스피싱범이, 법대생, 그리고 변호사에게 차례로 전화를 건 상황이다. 법의 달인들은 어떻게 대처할까. 글을 쓰는 지금도 또 궁금하다. 여기까지 마무리 짓고, 한 번 더 클릭해서 봐야겠다. 법대생에겐 건 건 943만 회, 변호사를 찾은 건 198만 회가 터졌다. 미친 클릭이다.

응급비칙 5.
무조건 먹히는 형식… '대물'을 아십니까

채널을 만들면 무조건 먹히는 형식도 있다. 그냥, 찍어드린다. 특화해서 잘만 만들면, 무조건 된다. 딱, 두 가지다. 대물. 대리만족의 '대', 몰카의 '몰'이다. 외우기 쉽게, '대몰' 대신 '대물'로 암기해두시라.

1. 대리만족

타깃이 '어린이'인 채널의 대표적 유형이, 대리만족이다. 구독자 409만 명의 허팝, 50만 구독자의 슈뻘맨 같은 채널이 이런 류다.

콘텐츠로도 대리만족의 치트키다. 가장 비싼 호텔(신라호텔 프레지덴셜스위트), 가장 비싼 비행기(A380), 가장 비싼 열차(해랑) 체험기가 100만 씩 터지는 것만 봐도 그렇다. 진짜, 궁금한 것, 그것만 콕 집어, '대신 해봤습니다' 콘텐츠를 만들면 된다. 잊을 뻔했다. 대리만족 콘텐츠는 위험과 정비례한다. 위험한 것일수록, 클릭은 높다. 단, 위험할 수 있다.

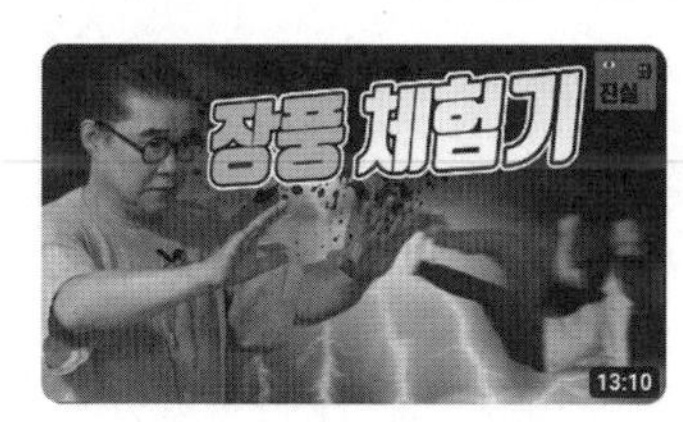

기자가 장풍을 맞아보았다 [아시아경제 오해와진실]
조회수 100만회 • 4년 전
아시아경제
양 뺨에 슥슥 문지른 후 바람을 내보내려던 어렸을 적, 기억 다들 있죠? 당시 '장풍'을

〈아시아경제〉가 만든 '장풍을 맞아봤습니다' 콘텐츠다. 장풍이란 게 실제 존재할까, 진짜 나간다면 맞아보는 건 어떨까. 이 점을 노린, 대리만족 영상물이다. 100만 클릭이 터졌다.

도를 아십니까를 헌팅해봤습니다
조회수 738만회 • 3년 전
트리키즈
여러분들의 성원 덕분에 구독자 1000명을 돌파했습니다☆ 항상 관심과

도를 아십니까 현장 중계 ㅋㅋㅋㅋ
조회수 678만회 • 4년 전
수상한녀석들
매주 새로운 몰래카메라 영상 업로드 예정!! 페이스북: 수상한녀석들.
자막

누구나 한 번쯤 경험해본 '도를 아십니까.' 직접 따라가면 어떻게 될까, 늘 궁금하다. 이걸 따라가 본 콘텐츠라니. 당연히 터진다. 아래쪽 캡처 '도를 아십니까, 현장중계'는 678만 회 클릭이 터졌다. 살짝 위에 캡처 영상물을 보시라. '도를 아십니까'도 아니고, 심지어, '도를 아십니까를 헌팅'해봤다니. 궁금증 따블이다. 738만 회의 클릭이 쏟아졌다. '대리만족의 파워'다.

2. 몰카

몰카 역시 강력한 형식이다. 50만 구독자를 거느린 명탐정 카라큘라나 구독자 25만 명의 당황TV 같은 채널에서 가장 잘 활용하는 방송 방식이 '몰카'다. '김그라' 같은 닮은 꼴 개그맨들도 영상 클릭 수를 끌어오기 위해 몰카 방식을 자주 써먹는다. 몰카는 인간 본능 중 하나인 '관음'의 욕망을 자극한다. 몰래, 엿보다니. 그것도, 연출된 상황에서의 반응을. 무조건 클릭이다. 영원불멸의 클릭 유발 콘텐츠, 그게 몰카다.

(몰카)남편 고향에 내려갔는데 건달들이 깍듯이 모신다면~!?ㅋㅋㅋ 형님]
조회수 166만회 • 6개월 전
당황TV
몰카#당황tv#싸움의신#순자엄마.

당황TV에서 만든 몰카물이다. '남편 고향에 내려갔는데, 조폭들이 깍듯이 모신다면' 영상물이다. 제목만으로도 충분히 클릭하고 싶지 않은가. 상황이 벌써 머릿속에 그려진다. 166만 회의 클릭이 쏟아졌다.

2 클릭 궁금증?
애매한 것 딱 정해드립니다

잡기술 1탄, 응급처방법에 이은 2탄, 진짜, 잡기술이다. 이번 편은 '클릭 애정남' 식으로 간다. 궁금한 거? 딱 정해드린다. 애매한 플랫폼별 실전 구성법이다.

일반 글과 포스트 블로그 유튜브 같은 모바일 글쓰기의 가장 큰 차이점은 구성이다. 일반 글에는 구성이란 게 없다. 편집 형식에 맞춰, 글을 그냥 흘린다. 그러니, '이기적'인 독자들은 '제목'만 읽은 뒤, 핵심만 캐치하고 그냥 넘겨 버린다. 반면 포스트 블로그와 유튜브는 다르다. 글이 별로라도 공간의 구성을 통해 독자의 눈길을 사로잡을 수 있다. 100만 클릭, 밀리언 클릭을 부르는 구성의 법칙은 그래서 글의 뼈대를 만드는 작업만큼이나 중요하다.

그런데 이게 애매하다. 제각각이다. 말하자면 공통된 황금비율 같은 게 없다. 포스트나 블로그는 어느 정도의 길이가 적당할까. 사진은 도대체 몇 장을 넣어야 할까. 유튜브 영상의 길이는 어느 정도가 적당할까. 핵심은 리드(글의 머리)에 넣어야 할까, 엔드(글의 말미)에 넣어야 할까.

그래서, 지금부터 딱 정해드린다. 물론, 정답은 없다. 학계도 갈피를 못 잡는다. 2016년 네이버 모바일 여행+ 주제판 오픈부터, 2023년 〈매일경제신문〉 공식 유튜브 채널 콘텐츠 팀장까지 이어진 무려 8년간, 뇌즙을 짜며 긁어모은 10억 개 이상의 클릭을 통해 '체감 통계적'으로 찾아낸 실전 법칙으로 보면 된다. 다, 알지 않는가. 이론이고 뭐고 다 필요 없다. 클릭이 터지면, 그게 정답이요, 해답이다.

1. 포스트·블로그 최소 600자의 법칙

포스트 · 블로그를 제작할 때 가장 궁금한 것 중 하나. 글자 수와, 사진 배합이다. 역시나, 정답은 없다. 다만 풀이의 과정에 기반을 둔 해법(해답)은 있을 수 있다.

애정남답게, 딱 정해드린다.

- 글자 수는 몇 자가 적당한가 → 하한 600자 · 상한 4,000자
- 이미지와 글자의 배치는 → 이미지 2개(좌 · 우 1개씩) 당 텍스트 8줄 (파레토의 법칙 2:8)

포스트와 블로그에 공을 들이는 분들, 가장 궁금한 게 글자 수다. 딱 정해드린다. 하한 600자다. 무조건 600자 이상은 쓰셔야 한다. 상한은 제한이 없다. 굳이 정하자면 4,000자까지로 알고 있으면 된다.

네이버 '알고리즘의 신神' 마음속을 뜯어볼 수 없는데 어떻게 아냐고. 이게 영업 비밀 수준이다. 누구나 이건 안다. 네이버 블로그 포스트 정책이 바뀌면서 검색 상단 노출을 위해서는 양질의 내용과 함께 본문의 길이가 길어야 한다는 것. 문제는 '길다'는 것의 기준이 정해져 있지 않다는 거다.

저자가 누군가. 클릭의 달인 아닌가. 결국, 힌트를 찾아낸 것이다. 지금은 네이버 모바일에서 '주제판'이라는 개념이 사라졌지만, 한때는 언론사가 운영하던 13개 주제판이라는 게 존재했다. 네이버는 언론사에 주제판을 맡긴 대가로, 연간 10억 원씩을 지원한다. 이때, 계약서를 쓴다. 콘텐츠 개당 20만 원씩, 30만 원

씩, 40만 원씩 길이에 따라 금액을 책정한다.

계약서상에 명기된 최소 글자 수라는 게 있다. 포스트 블로그 당 최소 600자(띄어쓰기 포함) 이상이다. 그러니, 무조건 600자 이상은 돼야 한다.

최대 기준은 4,000자(띄어쓰기 포함)도 이유가 있다. 4,000자는 네이버가 주제판 운영 언론사에 콘텐츠 하나 당 비용의 2배를 지불해주는 상한선이다.

정리하자면 이렇다. 하한선은 600자, 상한선은 4,000자 이상이다.

이미지와 글자의 배치도 기준이 없다. 그래서, 이참에 정해드린다. 파레토의 법칙(2대8)을 기억하는가. 이 기준에 맞추면 된다.

블로그, 포스트의 편집판에선 이미지를 좌 · 우 하나씩 2개를 배치하는 게 일반적이다. 이미지 하나만 가면 너무 우악스러워 보일 수 있어서다. 사이즈 작은 것, 2개를 쓰면 훨씬 보기가 좋다. 이걸 한 덩어리로 보면 된다. 그리고 그 아래에, 관련글 8줄을 배치하면 된다. 모바일 페이지에서도 마찬가지다. 네이버 메인 페이지를 보시라. 좌, 우 2개씩 한 덩어리의 이미지가 가고, 아래엔 텍스트가 8줄씩 흐르면 보기가 좋다. 그렇다고 8줄을 꼭 맞출 필요는 없다. 7줄도 되고, 6줄도 된다. 8줄이 상한이라는 의미다.

하필이면 왜 8일까. 그런 게 있다. 인간이 '지금'이라고 느끼는 시간. 인간이 순간적인 집중력을 딱 발휘할 수 있는 주의 지속 시간. 그게 8초다. 근거도 있다. 마이크로소프트가 '주의지속 시간'과 관련해 인간이 한 사물에 집중하는 평균 시간을 조사한 연구 결과다. 2,000년까지는 이 시간이 12초였는데, 모바일 중심으로 미디어 환경이 급변하면서 그 사이 4초나 줄어든 결과다. '신세대 특성과 라이프스타일 연구'(박혜숙) 논문에서도 평균 집중시간을 8초로 규정한다.

8초를 순간이라 느끼고, 순간 집중이 8초간 지속된다면, 모바일에서 포스트 블로그를 띄워놓고 글을 읽어간다고 가정할 경우 '한 줄 = 1초'로 보면 정확히 8초에 8줄 정도를 눈으로 읽어갈 수 있다. 이미지 하나를 보고 8줄을 글을 읽는 시간까지 주의집중을 할 수 있다는 뜻이다. 이 8초의 마디가 지나가면 주의 집중이 풀린다. 다시 이미지 하나와 8줄의 글이 채워지면, 순간적으로 또다시 집중이 되는 것이다.

2. 유튜브 영상 길이 마지노선 '18분'

유튜브에서 궁금한 것 중 하나. 길이다. 유튜브는 텍스트 기반의 블로그 포스트와는 흡인력이 또 다르다. 어떤 길이에 어떤 구성으로 가야, 100만 클릭을 몰고 올 수 있을까.

역시나 정답은 없다. 그래서, 정리해드린다. 마지노선, 18분이다.

왜 18분일까. 미디어 본능에 바탕을 둔 연구결과가 18분을 가리킨다. '테드TED'를 기억하시는가. 동영상 기반 연설 플랫폼으로 유명한 앱이다. 버락 오바마, 빌 게이츠, 스티븐 호킹 등 세계적인 유명 인사들이 연사로 거쳐 간 플랫폼도 TED다. 이곳 강의 영상 길이가 흥미롭다. 대부분 18분 이내다.

TED는 왜 연설시간을 18분으로 제한했을까? 인간의 인지적 본능에서 그 해답을 찾을 수 있다. 과학자들은 청중이 '딴짓Turn out'을 하기 전에 얼마나 오래 주목할 수 있는지 분석한 결과, 그 범위가 짧게는 10분, 길게는 18분인 것으로 나타났다. TED의 큐레이터는 "18분은 업무 중 잠시 쉬는 커피브레이크 시간과 비슷하다. 진지하게 들을 수 있는 온라인에서 최적화된 시간"이라고 설명한다.

한 번에 영상에 집중할 수 있는 시간의 한계가 18분까지라는 의미다. 〈CNN〉 앵커 출신의 커뮤니케이션 전문가 카민 갤로Carmine Gallo 역시 18분의 법칙을 강조한다. 카민은 18분을 '골디락스 존Goldilocks Zone'이라 부르면서 집중하기에 가장 적당한 시간이라고 규정한다.

뇌 과학자들 영상에 집중할 수 있는 이 18분을 넘어서면 청중에게 '인지 밀림현상Cognitive Backlog'을 유발, 적정 시간이 경과하면 앞서 들었던 정보를 밀어낸다고 보고하고 있다.

한국의 TED가 세바시(세상을 바꾼 시간, 15분)다. 18분도 아니고, 딱 15분짜리, 강연으로 승부한다. 마지노선 18분 이내, 그리고 짧아도 상관이 없다.

반대로 최소 길이는? 역시나 궁금하다. 정답은 없다. 그래서, 이참에 함께 정해드린다. 맥스 15초다.

쇼트클립 플랫폼 '틱톡Tiktok'의 제한 시간이 놀랍게 15초다. 하필이면 왜 15초일까. 틱톡은 브랜딩과 공지의 경우 15초 이하의 짧은 동영상이 가장 효과적이라고 본다. 15초는 인간이 숨을 멈추고도 끝까지 볼 수 있는 길이다. 대중들이 정보를 받아들이는 데 부담이 없다는 의미다.

유튜브도, 2005년 4월 론칭 당시 18초짜리 동영상으로 시작한 것으로 유명하다. 유튜브 설립자 자웨드 카림Jawed Karim이 자신이 동물원에서 찍은 18초짜리 짧은 동영상을 처음 업로드 한다. "제가 지금 코끼리를 보고 있는데 정말 길고 멋진 코를 가지고 있네요. 이상." 다소 싱거운 내용이다. 이후 이용자들의 피드백을 흡수해 오늘의 영상 플랫폼 넘버원 유튜브로 우뚝 선다.

72초를 주장하는 파도 있다. 2015년에 설립된 쇼트폼 동영상Short-Form Video 스타트업은 '72초'라는 회사명을 달고 있다. 일상에서 느끼는 사소한 이야기를 비틀어 감칠맛 나게 콘텐츠로 만든 게 강점이다. 하필이면 왜 72초일까. 이 회사 창업자 성지환 대표의 설명은 이렇다.

EX

"짧은 시간을 표현하는 숫자 중에서 72초가 가장 입에 잘 붙기 때문이다. 또 다른 이유는 젊은이들이 똥 누는 시간이 대략 그 정도여서."

최종적으로 이렇게 정리해 두자.

유튜브 콘텐츠의 구성 최소 15초~최대 18분

이렇게 정리하고 보면 밴드의 간격이 너무 크다. 어느 장단에 맞출지 또 고민이 시작된다. 그래서, 아예 이상적인 유튜브 길이, 딱 정해드린다. 5분이다.

영국의 한 보험사의 조사에 따르면, 현대인이 한 가지 일에 집중할 수 있는 시간은 정확히 5분 7초다. 서강대 철학과 최진석 교수와 조용헌 칼럼니스트 등 저명인사들의 사상을 배울 수 있는

'300초 인문학'은 정확히 5분짜리 콘텐츠를 표방한다. 집중도가 높은, 이상적인 러닝타임, 이참에 5분으로 정하고 가자.

3. 업로드 골든타임… '9·11' 테러를 기억하라

업로드의 기술도 중요하다. 일반 글쓰기에선 신경 쓸 필요도 없는 노출 시점, 이게 디지털 플랫폼에선 사람 잡는다. 정말이지 100만 클릭을 좌우할 수도 있다.

그래서 꼭 알아둬야 할 게 업로드 골든타임이다. 포스트 블로그를 포함해 유튜브까지, 디지털 플랫폼 업로드의 가장 이상적인 주기는 어떤 걸까. 역시나 정답은 없다. 다만, 파워 크리에이터나 유튜브 스타들의 행태에서 해답은 찾을 수 있다. 그렇게 찾은 결론, 지금부터 공개한다.

업로드 주기는 투투(2-2)의 법칙을 기억하면 된다. 텍스트를 기반으로 한 포스트 블로그 플랫폼에선 무조건 '하루 2개(Two · 투)'다. 영상 중심의 유튜브나 아프리카 TV 같은 플랫폼에선 무조건 주 2회(Two · 투) 이상이다. 정리하자면 '투(블로그 포스트 하루 2회) · 투(유튜브 주 2회)'다.

업로드 시점도 애매하다. 가장 노출효과, 클릭효과를 극대화할 수 있는 골든타임이 있을까. 골든타임은 그 유명한 테러사태 9 · 11(나인 원원)로 기억하고 있으면 된다. 오전이든 오후이든 노출 타임은 9시~11시 사이다.

1. 블로그·포스트의 '투' 법칙

텍스트 기반 플랫폼은 무조건 하루 2회씩 업로드돼야 한다. 물론 2회가 이상적이라는 의미다. 안 되면 1회라도 무조건 새 콘텐츠로 포스팅을 해야 한다.

하루 2개는 어떻게 나왔을까. 과거 네이버 모바일 페이지의 여행 주제판을 운영할 때, 네이버와 맺은 계약서상의 운영 정책에 명기돼 있다. 여행플러스의 경우 네이버와 주제판 운영 콘텐츠 계약을 맺으면서 팀의 월간 단위 최소 콘텐츠 제작 갯수를 60개로 정해놓고 있다. 하루 딱 2개 이상. 하루 2개의 원칙을 '신의성실' 수준으로 받아들인 셈이다.

그렇다면 '골든 데이'는 언제일까. 일주일에 2개의 콘텐츠를 새롭게 만들어 올리는 건 알겠는데, 그러면 클릭이 터지는 요일도 있을까.

결론부터 말하자면 있다. 콘텐츠의 특성에 따라 다르겠지만 여행판의 경우(2017~2020년)는 클릭이 평소보다 자동으로 20% 이상 잘 나오는 요일이 토요일과 일요일, 즉 주말이다.

실제로 네이버 모바일 페이지에 공개되는 〈매일경제신문〉 뉴스의 일일랭킹 페이지 뷰도, 주말이 평일의 1.5배 수준에 달한다. 물론 예외는 있다. 날씨가 너무 좋은 날이다. 다 바깥나들이를 나가니, 폰 볼 겨를이 없다. 반대로 비 오는 날은 또 클릭 대박이 터진다. 눈치 빠른 분들은 이미 이유 아셨을 게다. 바깥나들이를 못나가니 할 일? 폰 만지작거리기뿐이다.

2. 유튜브의 '투' 법칙

영상 플랫폼의 투 법칙은 하루가 아닌, 주간 단위 2회Two다. 유튜브에는 1분 동안 400시간 분량의 동영상이 업로드된다는 통계가 있다. 하루로 따지면 57만 6,000시간 정도의 양이다. 한 사람이 하루 24시간 동안 아무것도 하지 않고 유튜브만 본다고 가정하면 66년간 시청해야 하는 분량이다.

자, 지금부터 상상해보시라. 하루 66년간의 영상 콘텐츠 중에 내가 만든 5분짜리 영상의 존재감을. 어떤가. 느껴지시는가. 한없이 가벼운 당신의 영상 분량이.

그러니, 부지런해야 한다. 영상은 텍스트보다 제작과정이 힘들고, 공이 더 든다. 하루 2개까지는 아니더라도, 주 2회 이상은 꾸준히 업로드를 해야 존재감을 유지할 수 있다.

유튜브 스타들은 콘텐츠 업로드 주기를 가감 없이 '주 2회 이상'으로 못 박고 있다. '이상'에 주목해야 한다. 2회가 아니라, 2회 이상이다. 코로나 사태를 거치며, 경쟁이 한층 치열해진 요즘은 거의 이틀에 1건, 심하면 하루 1건까지 쏟아져 나오는 곳도 있다. 이 수준으로 꾸준히 업로드 하면 1차적으로 구독자 수 1,000명의 벽을 넘을 수 있다. 구독자 수 1,000명이 가지는 힘은 대단하다. 유튜브 광고수익을 올릴 수 있는 최소 기준이어서다. 유튜브는 '구독자 수 1,000명 이상, 지난 12개월간 4,000시간 이상 시청'의 두 가지 조건을 충족하면 광고 수입을 얻을 수 있는 기회를 공식적으로 준다.

최소의 노력으로, 최고의 효율 즉, 구독자 1,000명을 달성하는 최소 기준이 주 2회다.

주 2회씩 6개월을 만들면 영상 콘텐츠 스톡 갯수는 52개, 1년이면 104개가 된다. 이 정도면 충성도 높은 구독자가 생기는 기반은 갖춰졌다고 보면 된다.

3. '클릭 골든타임' 9·11의 변형… 8.10!

한 클릭이 귀하다. 당연히, 업로드 시간대도 필히 알아둬야 한다.

독자들은 묘하다. 희한하게 모바일 콘텐츠를 소비하는 패턴이 엇비슷하다. 그게 '클릭 골든타임'이다. 클릭 골든타임은 공중파나 케이블 골든타임과는 차원이 다른 시간대다. 독자들이 휴대폰에 손에 쥐고 있는 타임이다. 클릭 골든타임은 하루 2번이다. 아침 출근 시간대인 9~10시대까지, 그리고 밤 9시대에서 11시대까지다. 물론 자정까지 이 클릭률은 이어진다.

아침 출근대는 지하철이나 버스에서 휴대폰을 보니, 이해가 가는데, 밤 9시대부터는 왜 클릭률이 높을까. 어찌 보면 당연하다. 잠들기 전에 누워서 폰을 보니깐.

요즘은 경쟁이 또 치열해지다 보니, 1시간 정도 이 패턴이 앞당겨지고 있다. 채널 경쟁뿐 아니라, MZ를 필두로, 출근 경쟁까지 뜨거우니, 전체, 시간 패턴이 1시간, 당겨진 셈이다.

웬만한 데일리 실시간 방송은 대부분 8시대부터 스타트 한다. 부동산 채널인 아포유, 빠숑, 경제뉴스 채널 정완진TV 등 다양한 재테크 채널들은 데일리 생방 시간을 아예 8시부터로 못 박고 있다.

그래서, 이렇게, 외워두자. 이전에는 오전 · 오후 9시~11시 사이로 외우고 9.11테러 연상법을 썼지만, 지금은? 밤만 9.11테러(나인 원원)다. 아침은 1시간 당겨서 8.10이다(에잇, 텐).

3 인스타그램·유튜브, 프로 기술 따라잡기

클릭으로 일가一家를 이룬, 프로들의 원포인트 레슨 편이다. 그들의 뒤집기 한방을 공개해드린다. 아예 이 부분만 오려두고 달달, 외우셔도 된다.

1. 인스타그램 인플루언서 '브랜디액션'의 팔로워 폭발 비결

1개월에 1만, 6개월 만에 5만 팔로워. 광고 없이, 어그로 없이 깔끔하게 이뤄낸 '인스타 프로'가 브랜디액션이다. 그의 인스타그램 팔로워 늘리기 원포인트 레슨이다.

1. 좋아요·댓글보다는 '저장·공유하기'

인스타그램에도 유튜브의 메인 화면 같은 종합편성 '메인 페이지'가 있다. '탐색 탭'이라는 곳이다. 인스타그램 메인 화면 맨 아랫단에 보면 '돋보기' 모양이 있다. 이걸 클릭하면 뜨는 페이지다. 기존 구독자에게도, 피드가 노출이 돼야 하지만, 이곳에 뜨면, 불특정 다수에게 푸시가 된다. 유튜브에서 알고리즘의 신이 픽을 당한 경우라고 보면 된다. 당연히, 모르는 팔로워가 폭발적으로 늘 수 있는 계기가 된다.

이를 위해선, 전제 조건이 있다. '좋아요, 댓글'은 기본. '저장하기와 공유하기' 수가 늘어야 한다. 소위, 떡상하는 콘텐츠의 조건이다.

굳이 비중을 꼽자면, '저장하기 · 공유하기'다. 이 숫자가 월등히 많은 게 유리하다.

2. 무조건 터지는 콘텐츠, 인스타용 아이템

인스타그램은 다른 플랫폼과는 콘텐츠 소비 패턴 자체가 다르다. 당연히, 인스타용 아이템, 따로 심어야 한다. 브랜디액션이 직접 저장 · 공유를 많이 받은 콘텐츠를 분류한 결과가 흥미롭다. 그는 아예 저장 잘되는 콘텐츠, 공유 잘되는 콘텐츠를 딱 구분해, 4가지씩 제시한다.

저장 잘되는 콘텐츠는 △정보 제공(특정 분야) △ 큐레이션(흩어진 정보의 일목요연한 정리) △경험과 노하우 제공 △ 보고 따라 하는 콘텐츠 등의 4가지다.

- **정보 제공**

– 제주도 해변가 맛집 12곳 · 오늘의 테마주 : UAM · 챗 GPT

- **큐레이션**

– 스타들의 인생을 바꾼 한마디 · 광고비 없는 무료 마케팅 방법 4가지

- **경험 · 노하우 제공**

– 지겹다, 영어로? · 누구나 돈 되는 아이템 찾는 법

- **보고 따라 하는 콘텐츠**

– 블로그 일 방문자 1,000명 만들기 · 블로그 상위노출 알고리즘 적용법

잇을 뻔했다. 이 네 가지 유형의 콘텐츠로 한층 더 열광적인 반응을 이끌어내는 법. 멀티플이다. 4개를 섞으면 된다. 경험과 노하우를 제공하면서 정보도 되고, 보고 따라할 수 있는 콘텐츠를 만들면 된다.

공유 잘되는 콘텐츠는 △누구랑 의견을 공유해야 할 때 △내 시간과 비용을 아껴주는 콘텐츠 △남들이 잘 모르는 정보 △챌린지 등이다.

- 의견 공유 : 맛집(친구와 만날 약속, 맛집 선정이 고민일 때)
- 시간 · 비용 절감 : 모르면 인간관계로 개고생하는 사실, 신발 직구할 때 외국사이즈 정리
- 남들이 잘 모르는 정보 : 직원 관리 잘하는 사장님들이 꼭 신경 쓰는 4가지, 광고비 없는 무료 마케팅 비법 4가지
- 챌린지 : 미라클 모닝, 모닝 긍정확언

챌린지(미라클 모닝 도전) 콘텐츠는 '공유'를 위한 것이라고 보면 된다. 단기간에 급속도로 퍼진다는 점, 순식간에 떡상하는 콘텐츠가 될 수 있다는 점에서, 가장 유용한 방식이다.

3. 인스타의 핵심은 '썸네일'이다

플랫폼 글쓰기에서의 핵심, 제목이다. 마찬가지다. 인스타의 핵심, '썸네일'이다. 검색 탭에 노출이 된 콘텐츠, 수십, 수백 개다. 이 중에서 손끝의 간택을 받아야, 떡상을 한다. 그러니, 한눈에, 딱 1초 만에 후킹을 하는 썸네일, 무조건 만들어야 한다. 문구는 고급 카피라이팅 수준이어야 하고, 컬러도 무시할 수 없는

요소다.

썸네일 후킹법? 지금까지의 클릭 유발법 공식을 십분 활용하면 된다. 방법은 같다.

4. 팔로우 버튼 누르게 하려면… 2가지만 하면 된다

인스타는 그냥 보는 것으로는 만족하면 안 된다. 결국, 팔로워 숫자를 늘려야 한다. 팔로우 버튼을 누르게 하려면? 브랜디액션은 딱 2가지만 하면 된다고 지적한다.

1. 프로필 설명란의 아이덴티티

필자가 1레벨 1일 차 필살기 1 단계로 플랫폼 글쓰기 마인드셋 FIRE 공식을 배치한 이유가 있다. FIRE 공식의 IIdentify를 기억하면 된다. 딱 보는 순간, 아, 이 인스타는 '이것' 관련이구나가 나와야 한다. 정체성의 힘이다. 이때 중요한 건 '딱 한눈에 알 수 있게'다. 직관적으로, 한 눈에 보일 수 있게가 핵심이다.

예를 들어 드린다. '맛집 블로거, 먹방, 여행계정, 육아맘' 이렇게 적는 분들이 대다수인데, 이게 아니다. 만약 리뷰를 전문적으로 하는 인스타 계정이라면 '다섯 번 이상 사먹어본 것만 리뷰하는 내 돈 리뷰' 같은 식으로 특징과 콘셉트를 명확하게 드러내야 한다. 이래야 나를 팔로우할 이유와, 당위성이 만들어진다.

PT숍 운영 인스타

잘못된 예시 : 친절하고 확실하게 알려주는 PT숍(×)

→ 40kg 감량해본 트레이너가·실제로 효과 본 방법만 알려주는 PT숍

이와 같은 브랜디액션의 설명 글을 보자. 1번 자리에 이름(검색 키워드)이 들어간다. 2번에 슬로건을 넣는다. 3번 자리가 브랜드 설명 자리다. 4번 라인에는 경력을 돋보이게 넣는다.

2. 피드의 일관성 : 색깔 톤, 글씨체까지 통일해야, 일관성이 드러난다.

5. 인스타로 수익 만들기

여기까지 진격했다면, 당신 필히, 심장이 뛰고 있을 터. 지금부터가 핵심이다. 인스타로 돈 만들기. 수익화 모델이다. 브랜디액션은 수익화 모델로 6가지를 든다.

① 콘텐츠 대행 : 대신 콘텐츠 만들어주기. 스킬업을 위해 많이들 하는 방법이다. 업체의 가이드도 받고 본인의 콘텐츠 제작 스킬도 키운다.

② 협찬과 광고 : 본인 채널의 영향력이 커지면 업체에서 먼저 DM을 통해 연락오는 경우가 대부분이다. 체험단 협찬 방식도 일반적이다. 기업과 컬래버레이션일 땐, 1,000만 원 이상까지 받을 수 있다. 주의사항. 너무 상업으로 흘러가면 '섀도우 밴'이라고 인스타에서 막는 경우가 있다. 역효과다.

③ 소모임 : 독서모임, 글쓰기 모임, 미라클 모닝, 원데이클래스 류다. 마음이 통한 분들, 회비를 낸 분들과 폐쇄적으로 운영할 수도 있다.

④ 공동구매 : 쇼핑몰 위탁판매와 비슷한 개념. 고글에 공동구매 도매 사이트를 통해, 제품 픽을 한 뒤, 판매페이지 형태로 인스타를 운영하는 방식이다.

⑤ **전자책 판매 : 무조건 도전해보실 것. 정보 큐레이션만으로도 가능하다. 퍼스널 브랜딩에 딱.**

⑥ **쿠팡 파트너스**

2. 유튜버 '대도서관'의 동영상 구성 핵심 꿀팁 5가지

유튜브 스타 대도서관이 《유튜브의 신》이라는 저서에 정리해 둔 '동영상 편집의 가장 핵심적인 다섯 가지'는 꼭 익혀둬야 할 실전 기술이다. 유튜브 글쓰기에서 100만 클릭을 부르고 싶은 분들은 이 다섯 가지 가슴에 새겨두고 있어야 한다.

1. 전체 길이는 5분 이내, 초반 30초가 기회다

유튜브 콘텐츠의 소비는 휴대폰을 통해서 이뤄진다. 출퇴근길 전철이나 버스 안, 심지어 누구를 기다리는 카페 안에서 토막시간을 '킬링타임'하기 위해 소비한다. 대도서관은 강조한다. '호흡이 짧고 전개가 빠른, 5분 이내의 동영상이 시청자 눈길을 사로잡기에 가장 적당하다. 길어도 10분은 넘지 말라'고.

그러니 거창하게 기획할 거 없다. 5분짜리 영상에 기승전결 따지고 콘티 짜고 하는 건 바보짓이다. 오히려 중요한 건 영상을 클릭한 뒤 등장하는 초반 몇 초의 순간이다. 포스트나 블로그 글쓰기에선 '리드'라고 부르는 이 영상의 리드에서 시선을 붙잡지 못하면 실패다. 독자들은 이기적이다. 이 순간, '뭐야? 지루한데' 느낌이 들면 가차 없이 다른 채널로 이동한다. 초반 30초. 목숨 걸고 시청자의 눈길을 끌어라.

2. 주제보다 소재에 집중하라

모바일 영상에서 중요한 건 방송 제작의 정형화된 형식을 버리는 거다. 공중파나 종편 드라마처럼 기승전결 따지고 그 속에 반드시 주제의식을 넣어야 한다는 고정관념부터 버려야 한다.

대도서관은 오히려 주제보다는 소재에 집중하라고 강조한다. 주제가 명확하지 않은 영상은 '어? 그래서 어쨌다고?' 같은 반응이 나오지만 소재가 명확하면, 그것으로 시청자는 만족한다.

소재에 집중하는 대도서관의 영상 제작 방식은 이렇다. 하루 동안 한 일을 쭉 찍은 영상이 있다고 치자. 그는 여기서 맛있게 먹은 음식 에피소드만 뽑아 2~3분짜리로 재편집을 한다. 그리고 그 먹방 콘텐츠만 노출한다. 별거 아닌 음식의 소재. 하지만 호기심 자극엔 성공이다. 폭풍클릭으로 이어진다.

3. 돌발성 즉흥성을 살려라

디지털 플랫폼 시청자는 묘하다. 정형화된 콘텐츠보다는 엉뚱하게 즉흥적이면서 의외성이 짙은 콘텐츠에 열광한다. 한 번은 대도서관이 생방송 중에 농구를 하다 전등을 깨뜨린 적이 있다. 공중파에서야 방송사고라 불릴 만한 사고(?)지만, 1인 미디어에서는 난리가 난다. '예능신 강림'이라며 클릭 폭발. 이런 상황이다. 즉흥성 의외성이 주는 재미다.

당연히 이런 상황이 의도된 것은 아니어야 한다. 디지털 플랫폼 시청자는 매의 눈을 가지고 있다. 짜고 치는 고스톱, 단박에 알아챈다. 진솔함, 의외성, 즉흥성, 돌발성. 100만 클릭을 부르는 영상의 4원칙이다.

4. 생방송 땐 채팅창을 살려라

유튜브는 구독자 1,000명이 넘어가면 생방송이 가능해진다. 실시간 방송을 하고, 댓글창을 통해 구독자들과 소통이 가능해지는 순간이다. 당연히 이 시간과 이 생방송 영상 역시 핫클릭을 부른다. 대도서관뿐 아니라 스타급 유튜버의 채널에는 생방송 편집 영상이 상당히 많다.

대도서관이 생방송 편집 영상에서 가장 공을 들이는 부분은 채팅창 노출이다. 생방송의 재미 즉 진솔함, 의외성, 즉흥성, 돌발성의 포인트는 영상이 아닌 소통이다. 당연히 편집 영상에서도 채팅창만큼은 무조건 살려야 한다. MBC 예능 〈마이 리틀 텔레비전〉을 떠올리면 된다. 채팅 자막 없이 콘텐츠만 그냥 소개한다면 맥 빠지는 원맨쇼나 투맨쇼의 모습이니 밋밋할 수밖에 없다. 그런데 어떤가. 채팅창이 들어가니 생명이 생긴다. 활력이 붙는다. 채팅창은 생방송 편집영상의 심장이다.

5. 저작권 요주의

왕초보 제작가가 가장 간과하는 부분이 저작권이다. 기사 문서뿐 아니라 음악, 사진, 심지어 글자의 폰트까지 무작위로 가져다 쓴다. 저작권을 확인하지 않고 무작정 쓰다 보면 부메랑이 어마어마하다. 나중에 저작권료 폭탄으로 이어지고 소송에 찌들려 한방에 나가떨어질 수도 있다. 특히 커버댄스 콘텐츠는 음악 저작권이 걸려 있어 아무리 구독자가 많고 조회 수가 높아도 광고 수익을 전혀 낼 수 없다는 점에 유의해야 한다. 글자 폰트 저작권 역시 신경 써야 한다. 대도서관은 글자 폰트 저작권료만 1년에 60만 원 정도를 지불하고 있다. 영상 음악 등 저작권 문제에 대한 궁금증은 한국 저작권위원회(www.copyright.or.kr, 1800-5455)로 문의해보실 것.

3. 유튜버 '호갱구조대'
구독자 1년에 85만 명 만든 노하우

구독자 127만 명의 호갱 구조대 채널. 최근 1년간 85만 명의 구독자를 만든 비법이라는 영상을 올린 게 있다. 인상적이다. 뼈 때리는 그의 조언을 요약해드린다.

1. 잘하는 것을 하지 마라

룰 넘버 원이다. 잘하는 것을 하지 말라니. 독자가 '마케터'라면 당연히 '마케팅 잘하는 법' 같은 채널을 만들어야겠지만, 호갱구조대는 'No!'라고 단언한다. 잘하는 것을 하지 말 것. 그렇다면 뭘 하란 말인가? 독자들이 원하는 것을 채널로 만들라고 한다. 예를 든 것도 흥미롭다. 중학생이 많은 골목이다. 만약, 복어 요리만 전문적으로 해온 A가 창업을 한다면 복어 전문점을 차려야 할까, 떡볶이 집을 차려야 할까. 정답은 명확하다. 떡볶이 집이다. 이런 식이다. 《100만 클릭 터지는 독한 필살기》에서 마인드셋으로 강조한 공식이 FIRE다. 다시 한번 그 첫 번째 계명, F, 'Follow clicks(터진 클릭을 따라가라)'를 기억하실 것. 결국 독자들이, 원하는 것, 클릭에 열광하는 것을 해야, 구독자가 쌓이는 법이다.

2. 차별화 포인트를 심어라

'시청자 니즈 파악'이 끝났다면 다음 단계는 경쟁자 파악이다. 내가 하고자 하는 채널, 레드오션인지 블루오션인지 시장조사를 해야 한다. 경쟁이 치열하다면? 차별화 포인트를 심어야 한다. 다시 앞의 예로 돌아가 보자. 중학생이 많이 다니는 거리다. 떡볶이 집 창업을 선택한다. 그런데? 주변에 경쟁 분식집이 3곳이나 있다. 이럴 땐? 차별화 포인트를 심어야 한다. 예컨대, 떡볶이를 시키면, 오뎅을 끼워 준다든가, 튀김을 더 주든가 하는 식이다.

이게, 스토리 메이킹 마법의 공식인 SUN의 N, 즉 넛지 심기다. 스토리 메이킹에만, SUN 공식이 쓰이는 게 아니다. 어디든, 넛지를 심어야 눈길을 끌 수 있고 사람이 모이는 법이다.

3. 재방문율을 높여라

호갱구조대는 '소비'라는 큰 주제를 파고든다. 소비는 누구나 한다. 소비와 관련된 주제도 다양할 수밖에 없다. △할인받는 법 △아껴 쓰는 법 △ 싸게 사는 법 △ 지원금 받는 법 등 익숙한 주제 대신 호갱구조대는 #허위광고에 대한 팩트체크만 파고든다. 이게 먹힌 셈이다. 그리고, 허위광고 팩트체크라는 주제를 다루면서 3가지 차별점을 심는다. 첫 번째는 정보의 퀄리티. 타의 추종을 불허한다. 무조건, 직접 허위광고를 체험하고, 팩트 체크를 한다. 두 번째는 스피드. 뭔가 터지면 즉각 그 주제를 노출한다. 시청각 자료 역시 차별화 요소다. 그냥, 얼굴 내밀고 영상을 찍는 게 아니다. 애니메이션을 동원해 몰입감을 높인 게 매력이다.

4. 유료 강의는 듣지 마라

유튜브 구독자 모으는 법 같은 유료 강의, 많다. 호갱구조대는 잘라 말한다. 유료 강의 같은 거 듣지 마시라고. 실전에 써먹을 게 없으니, 당연한 소리다. 본 필자 역시 감히 단언한다. 유료 강의 들을 돈 있으면, 《100만 클릭 터지는 독한 필살기》 한 번 더 읽으라고.

구독자 늘리는 법? 1번부터 4번까지를 계속 반복하면 된다. 비법 같은 거 없다. 결국 노력이 좌우한다. 성실하게 만들다 보면, 어느 순간 미스터 플랫폼이 '구독자 로또'를 선물하는 날이 온다.

클릭 1타 강사를 원하는 분들을 위한 히든카드편이다. 당연히 이 책의 시그니처, 되시겠다. 100만 클릭, 만들면 뭐하겠는가. 독자들의 손끝을 자극하는 것과 지갑을 여는 일은, 차원이 다르다. 이번 편에서는 '터진 클릭'을 돈으로 연결하는 필살기를 연마한다. 클릭을 돈으로 연결하는 필살기 'BETS' 공식과, 돈 되는 콘텐츠를 무한리필로 생산할 수 있는, 마법의 우라까이 필살기 'HOT'까지 순식간에 해치운다. 이 편까지 진격하셨다면, 그대, '클릭 1타 강사'로 불릴 자격이 충분하다고 스스로 자부해도 좋다. 고지가 코앞이다. 건투를 빈다.

히든카드편

클릭 타짜를 위한 '돈 버는' 제목 달기

T

진짜 프로 클릭러와 아마추어 클릭러의 차이는 뭘까. 간단하다. 클릭으로 돈을 만들어낼 수 있느냐다. 야구나 골프 같은 스포츠를 떠올리면 된다. 프로 선수는 스폰서가 붙는다. 뛰는 족족 돈이다. 아마추어는 다르다. 스폰서 없다. 돈, 없다. 명예만 있을 뿐이다.

12레벨 이상의 단계. 프로 클릭러를 위한 필살기 편이다. 당신이 아마추어 원톱으로 만족하겠다면, 앞장까지 읽고 이 책을 덮으면 된다. 반대로, 진짜 프로의 세계에서, 클릭으로 승부를 보고 싶다면 볼 것 없다. 이 단계, 이를 악물고 파고들어야 한다.

지금부터 펼쳐질 챕터들은 철저히, 프로들을 위한 필살기들이다. 지금까지 배워온, 순진무구한 클릭 뽐뿌용 유튜브, 포스트, 블로그 '제목 만들기'와는 차원이 다른 영역이다.

N잡러를 꿈꾸는가. 터치하는 족족, 구매로 이어지는 마케터가 되고 싶은가. 창업을 앞두고 계신가. 플랫폼 강의를 준비하시

는가. 그렇다면, 제대로다. 프로답게, 프로의 기술, 연마해보자.

이 챕터의 필살기, 본 기자가 모 플랫폼에 유료 강의 형태로 투척 중이다. 매달 계좌에 돈이 꽂히는, 그 실전 노하우다. 다시 말해, 실제 돈을 벌고 있는, 프로의 파이프라인 영업 비밀을 까드린다고 보면 된다. 이 장만 잘 봐도, 책값의 열 배는 뽑는다. 장담한다.

12일 차

히든카드 1.
클릭을 돈으로 바꿔주는
'강출교조' 기술

1. 적을 알 것

2. 깨부술 것.

공략법은 늘 단순하다. 적을 아는 건 마인드셋의 영역이다. 깨부수는 건, 스킬, 기법이 맡는다.

우선 적부터 체크. 일반 클릭을 뽑아내는 영역과 클릭을 돈으로 만드는 플랫폼의 영역은 근본부터 다르다. 클릭을 돈으로 연결하는 프로의 플랫폼 세상은 '파이프라인'으로 설명한다.

송숙희 저자가 쓴 《무자본으로 부의 추월차선 콘텐츠 만들기》에는 파이프라인 구조가 명확하게 정의돼 있다.

콘텐츠 사업 최단 경로는 3B다. 콘텐츠 사업을 쉽고, 빠르게 진행하는 최적의 수순, 블로그Blog - 책Book - 사업전개Business 순이다. 이를 통해 퍼스널 브랜드가 구축되고, 돈을 기반으로 한 콘텐츠 사업이 탄력을 받는다.

사업 영역의 확장한 콘텐츠 수익 파이프라인은 4가지다. 강 -

출 - 교 - 조다. 콘텐츠를 파는 '판매경로'의 단계로 봐도 무방하다. 강연 - 출판 - 교육 - 조언(컨설팅)으로 확장한다. 맨 앞 강 - 출은 순서가 뒤바뀌기도 한다. 출판을 한 뒤, 브랜드가 알려지고, 강연(강의) 요청이 뒤이어 들어온다. 강연과 출판에 도가 트면, 컨설팅 영역으로 마침내 진입할 수 있다.

돈이 들어오는 수입의 크기도 '강 - 출 - 교 - 조' 단계를 밟는다. 강 - 출에서 소소하게 벌리다, 교 - 조의 단계가 되면, 수입까지 퀀텀 점프한다.

이 히든카드 챕터의 타깃은 정확히 '강 - 출'까지다. 교 - 조의 단계는 그대들의 몫이다.

1 N잡러가 되고 싶은가? '수평적 소득'에 주목하라

《인생에 승부를 걸 시간》이라는 책에서 저자 데이비드 오스본은 돈을 벌어들이는 '소득'을 두 가지로 나눈다. 수직적 소득과 수평적 소득이다.

부가 쌓이는 소득의 패턴

- 수직적 소득 : 개인 몸값의 수직적 향상 = 노동적 소득 = 직급에 따른 연봉상승의 체계
- 수평적 소득 : 부의 파이프라인 = 소극적 소득 Passive income = 인세(책출간 등) + 유튜브 + 블로그 · 포스트 운영수입 + 오프라인 · 온라인 강연 + 월세(부동산)

수직적 소득은 더 나음Better의 논리가 지배한다. 수직적 소득은 기술이나 일을 배우고 시장에 진출하여 버는 수입이다. 회사에 다니면서 연봉을 받는 사람, 경력이 쌓이고 일의 숙련도가 높아지면 수입도 수직적 소득으로 분류된다. 조직 내에서 (수직적으로) 직급이 높아지고, 내 몸값이 (수직적으로) 따라서 높아져야 하니, 베터의 경쟁이 치열할 수밖에 없다. 그야말로, 피똥을 싸게 되는 영역이다.

우리가 째려봐야 할 영역은 수평적 소득 존Zone이다. 필자가 강조한 대로, 다름Different으로 승부수를 던질 수 있는 존이다. 강-출-교-조 역시 이 영역에 속한다.

다름으로 구독자들에게 가치를 제공할 수 있으면, 수평적 소득, 즉 파이프라인을 구축할 수 있다. 책을 통해 가치를 전할 수 있다면 '인세'라는 수평적 소득을 벌어들일 수 있다. 투자의 영역이라면 잠을 자면서도, 배당으로 수익을 불릴 수 있는 수평적 소득이 하나 더 생긴다. (부동산 투자) 월세나, (노래) 저작권료가 모두 이 영역이다. 《인생에 승부를 걸 시간》이라는 책에서 저자 데이비드 오스본은 돈을 벌어들이는 '소득'을 두 가지로 나눈다. 수직적 소득과 수평적 소득이다.

2 돈 버는 제목 달기가 제대로 먹히는 '강-출'존이 있다

'돈 버는 제목'이 먹히는 골든존이 있다. 강(강의) - 출(출판) 존이다.

강의 영역은 온 - 오프라인 두 가지로 나뉜다. 본인의 브랜드가 알려지면, 자연스럽게 강의 요청이 들어온다. 강 - 출 혹은 출 - 강의 선순환이다.

온라인 강의는 특정 스터디 그룹을 대상으로 하기도 하지만, 불특정 다수를 대상으로 할 수도 있다. 요즘 유행하는 플랫폼 강의다.

클래스101, 클래스유, 크몽 등이 대표적인 강의 플랫폼이다. 돈 버는 제목 달기 필살기를 마스터하면, 이 영역에서 제대로 뽕을 뽑을 수 있다. 본 기자 역시 클래스유를 통해, 플랫폼 강의를 1년 전에 선보였는데, 지금까지 수익이 매달 꽂히고 있다. 많을 때는 200만 원대 후반까지 받았으니, 그야말로 수동적(패시브) 소득인 셈이다.

출판 영역은 책만 떠올리면 안 된다. 요즘 인플루언서나 유명 유튜버들은 PDF 책으로 쏠쏠한 재미를 보고 있다. 일반 종이책도 아니고, 전자책 형태의 PDF책을 볼까, 싶지만 아니다. 이걸로 대박 난 대표 주자가 유튜버 자청이다.

PDF 출판은 누구나 할 수 있다. 현재 PDF 전자책을 사고파는 대표 플랫폼으로 크몽, 탈잉, 프립, 오투잡, 해피캠퍼스 등이다. 물론 수수료는 뗀다. 평균 20%이지만, 50%에 육박하는 곳도 있다. 2만 원짜리 책을 팔면, 수수료 4,000원을 뺀, 1만 6,000원을 정산받는 구조다.

PDF 출판은 쏠쏠한 만큼 틈새의 맥을 잘 짚어야 한다. 책으로 줄 수 없는, '한방', 넛지가 있어야 한다.

PDF 구독자들은 서칭 코스트Searching cost(검색할 때 드는 시간적 비용)를 줄여주는 정보 · 지식 콘텐츠를 갈망한다. 시간과 에너지를 사는 셈이다. N잡하는 허대리의 월급 독립스쿨에는 먹히는 PDF 아이템을 두 가지로 구분한다. 시간을 줄여주는 유형과 템플릿이다.

EX

시간을 줄여주는 PDF 전자책 예시

- 출판사 편집담당자 이메일 리스트 60개
- 페이스북 광고 세팅 매뉴얼
- 대학생이 할 수 있는 비즈니스 42가지
- 무자본으로 돈 버는 온라인 사업 아이디어 20개

대박이지 않은가. 책을 내고 싶다. 투고를 하고픈데, 방법을 모른다. 그런데, PDF 책을 검색하다 발견한 게 '(투고용) 출판사 편집담당자 이메일 리스트 60개'라니. 억만금을 주고라도 사고 만다.

EX

템플릿

- 카드뉴스 템플릿 30종
- 광고 제안서 PPT템플릿 24종
- 유튜브 썸네일 19종
- 정부지원사업 합격한 사업계획서 10종

어떤가. 다음 주가 당장 정부지원사업 서류심사 데드라인이다. 어떻게 해야 할지 머릿속이 하얗다. 그런데, 발견한 PDF 전자책이 '정부지원사업 합격한 사업계획서 10종'이라면. 지갑, 열지 않을 도리가 있는가.

다시 한번 정리하고 가자. 돈 버는 제목이 먹히는 N잡러의 파이프라인 영역, 크게는 '강-출' 두 가지다. 굳이 영역을 세분화하자면, 6개다.

- 강의 : 오프라인 강의, 온라인(플랫폼) 강의, 유튜브
- 출판 : PDF, 블로그, 출판

13일 차

히든카드 2. ‘월백’ 꾸준히 버는 제목 공식 ‘BETS’

T

프로의 세계는 냉혹하다. 말랑말랑함으로 승부를 거둔 아마추어용 제목(문패)으로는 명함도 못 내민다. 무조건 '대가(뭘 얻을 수 있는가)'가 있어야 한다. 클래스 101이나 크몽 같은 모바일 플랫폼 강의라면 수강자가 얻어갈 대가(가치)가 분명하게 드러나야 한다. 그것도, 한방에 시선을 잡을 수 있는 '제목' 한가운데에 말이다.

그렇게 나온 필살기가 'BETS'다. 클릭을 돈으로 연결하는 건, 살벌한 게임이다. 강의라면 수강자, 창업이나 마케터라면 소비자와 팽팽한 심리전을 벌여야 한다. 마치, 도박의 베팅 같은 느낌이다. 그래서, 외우기 쉽게 베팅의 BETS다. 연상법이니, 알파벳 하나하나를 뜯어보자.

돈 버는 제목 공식 'BETS'

① B(Benefit) : 제목에 혜택Benefit을 넣어라

② E(Expert) : 당신이 전문가Expert임을 내세워라

③ T(Target) : 타깃을 세분화하라

④ S(Steal) : 돈이 터진 제목을 훔쳐라(단, 다르게 비틀어라!)

1 Benefit 제목에 혜택을 넣어라

혜택. 베네핏Benefit. 이거 빠지면 앙꼬 없는 찐빵이다. 뭘, 얻어갈지, 아예 제목에서 첫눈에 콱 박혀야 한다. 기세다.

클래스 101이나 크몽 같은 모바일 플랫폼 강의라면 수강자가 얻어갈 대가(가치)부터, 제목에 박혀 있어야 한다. 책 출판 마케터라면, 무조건, 제목에 극강의 핵심 가치(독자가 받아갈 극강의 혜택)부터 박아넣어야 한다. 이게, 없다면? 볼 것 없이, 외면이다. 입장 바꿔 생각해보시라. 얻어갈 것 없는데, 지갑을 열 리 있는가. 다음의 예시를 보자.

EX

A. 2주 만에 끝내는

플랫폼 강의 제목에 가장 많이 볼 수 있는 유형이다. '와, 시간도 없어 죽겠는데, 진짜 2주 만에 끝낸다고?' 일단 낚인다. 멈칫멈칫, 하다 결국 결제버튼을 누른다.

EX

B. 화장실에서 딱 3분만 거래하는

주식, 코인 거래 강의에 이 제목 써먹으면, 대박 난다. 가뜩이나, 회사에서 매매할 때, 부장 눈치 봐야 하는데, 화장실에서, 그것도 딱 3분만 거래한다고? 실제, 이 책, 제목에 써먹은 일본 주식책이 있다. 제목은 기가 막혔는데, 내용이 평범했다. 책은 베스트셀러 반열에서 아쉽게 탈락했다. 다음 캡처를 보시라.

[도서] **월급쟁이 초보 주식투자 1일 3분** 화장실 휴식 시간에 주식투자했더니 월수입 5백만 원 달성!

하야시 료 저/노경아 역/고바야시 마사히로 감수 | 지상사 | 2021년 04월

11,430원 (10% 할인) P 630원

판매지수 216 | 회원리뷰(11건) ★★★★☆ **9.0**

2일 이내(2/16, 목) 출고예정 ?

사은품 기획전 [경제경영 자기계발] 이럴 땐? 이런 책! (23.01.27 ~ 23.02.28)

관련상품 : 중고상품 8개

투자에서 가장 강렬한 베네핏(혜택)은 '원금보장'이다. 클래스 101에 포스팅된 다음의 좌우 재테크 강의 2가지를 비교해보자. 절약왕 정약용, 박성현 모두 유명한 유튜버 겸 인플루언서다. 왼쪽 강의 52강짜리는 가격이 싼데, 426명 수강 중이다. 반면 우측 강의는 훨씬 비싼데도, 3,571명이 수강하고 있다. 차이가 뭘까. 결국 베네핏이다.

박성현의 달러 투자 강의를 보시라. '투자 손실 시 100% 원금보장'이라는데, 볼 게 있는가. 본전은 먹고 들어가는데, 무조건 수강이다.

2 Expert
당신이 전문가임을 내세워라

강의, 마케팅, 모든 게 '자랑질'에서 시작한다. 강의는, 강사 자랑질, 마케팅은 제품 자랑질이다. 당연히, 제목, 문패, 간판에 전문가Expert임을 당당히 밝혀야 한다. 놀랍게, 이걸 강사들이 잘 모른다. 스스로, 자랑질, 부끄러워한다. 바꾸시라. 어떻게든, 전문가임을 내세울 수 있는 것과 엮으시라. 그리고, 제목에 대놓고 자랑질하시라.

이게 왜 먹힐까. 전문성은 '신뢰도'와 직결된다. 당신의 강의를 듣건, 당신의 제품을 사건, 수강생과 소비자들은 그 대상이 전문성을 지니길 오히려 바란다. 잊지 마시라.

전문성 드러내기

- A. 현직 기자에게 배우는 : 현직 기자에게 배우는 '100만 클릭을 부르는 글쓰기'
- B. 지상파 출신 아나운서에게 배우는 : 지상파 출신 아나운서에게 배우는, 스피치 노하우
- C. 인스타그램 1만 팔로워에게 배우는 : 1만 팔로워에게 배우는, 인스타그램 사진 잘 찍는 비법

다음의 전문성 예시를 보자.

EX

A. 현직 아나운서에게 배우는

강의 시장에서 가장 매출이 크게 나오는 게 스피치다. 말하는 것, 배우고 싶어 하는 수강생, 줄 서 있다. 당신이, 현직 아나운서라면? 볼 것 없다. 이 제목, 앞에만 쓰면 그냥, 돈 긁어모을 수 있다.

EX

B. 100만 팔로워가 알려주는

요즘, 인플루언서 파워 장난 아니다. 당신이 100만 팔로워를 보유 중이라면? 그냥, 제목에 이렇게 쓰면 된다. 그러면, 수강생, 줄을 이을 것이다.

클래스유에 판매되고 있는 강의다. 엑스퍼트, 대표 유형 두 가지다. 43강으로 이뤄진 왼쪽 상은쌤 강의는 '관계를 결정하는 행동과 심리'라는 커리큘럼이다. 어라? 좀 어려워 보인다. 그런데

어디서 끌리는가. 수식어다. 연예인, CEO, 정치인들의 선생님이라고? 그래서, 강의를 기꺼이 듣게 된다. 우측 강의는 주제가 스피치다. 그런데? 오, 역시나, 엑스퍼트, 넛지가 들어가 있다. 강사가 지상파 출신 아나운서 김도헌이다. 김도헌이라는 이름이 좀 생소하면 어떤가. '지상파 출신 아나운서'라는 엑스퍼트에, 이미 수강생들은 낚인다.

3 Target
타깃을 세분화하라

타기팅. 돈과 클릭을 연결하는 제목 달기에서 핵심은 타기팅이다. 콘텐츠를 만드는 당신이 할 일? 간단하다. 아예 현미경을 대고, 지갑을 여는 층을 찾아내면 된다. 1만 명의 수강생? 1천명의 수강생? 다 필요 없다. 기꺼이 지갑을 열어줄, 100명, 아니 10명의 수강생만 찾으면 된다. 철저히 세분화하고 쪼개는 타기팅을 통해, 그 대상을 찾는 것, 그리고 그 대상을 제목에 콱 박으면, 작업 끝이다. 왜, 세밀하게 타깃Target이 된 대상들이 지갑을 열게 될까. 이 역시 심리다. 뭔가, 간택받은 듯한 느낌. 다른 사람들은 못하는데, 나만 뭔가 이 강의나, 물건을 들고 사는 듯한 기분을 자극하는 것이다.

직장인 타깃 세분화

- A. 직장인 1년차 : 직장인 1년차, 일잘러 되는 엑셀 사용법 꿀팁
- B. 입사 2~3년 주임, 대리 : 부장 마음에 쏙 드는, 대리급 직장인을 위한 PT 노하우
- C. 입사 5년차 이상 과장, 부장 : 부장님만을 위한… 임원 마음 사로잡는, 1장짜리 기획안 작성 비법

다음의 타기팅 예시를 보자.

EX

A. 20대 여성 직장인을 위한~

강의다. 20대로 일단 나눈다. 거기에 직장인 대상(20대)이다. 여기서 또 끝나면 안 된다. 한 번 더 세분화. 그게 여성 직장인이다. 그렇게 나온 제목. '20대 여성 직장인을 위한~'이다. 이렇게 세분화당한, 타깃 대상들, 그들이 결국 지갑을 연다.

B. 30대 후반 임산부를 위한~

태교 콘텐츠라고 해보자. 그냥 '임산부를 위한~' 정도로는 안 된다. 30대, 여기서 한 단계 더 나아가 30대 중반도 아닌, 30대 후반의 임산부를 위한 태교 과정이라면? 30대 초반, 중반의 임산부들은 떨어져 나가더라도, 후반의 임산부들이 열성적으로 결제를 하게 된다.

클래스유에 올라온 강의다. 좌우 2개의 강의를 비교해보자. 우측 김수인 선생님 강의, 1만 5,000원이나 싸다. 그런데 수강생 숫자는 훨씬 적다. 왼쪽 강의는 1만 5,000원이 비싼데도, 15명 이상의 인원이 더 듣고 있다. 어떤 차이일까. 맞다. 세분화한 타기팅의 힘이다. 왼쪽 강의엔 30대라는 세분화한 수강층 연령대가 있다. 반면 우측은? 없다. 그냥, 일반인 대상이다. 이게, 타기팅의 차이이다.

4 Steal
돈이 터진 제목을 훔쳐라

스틸Steal. 훔치기 기법이다. 앞선 플랫폼 글쓰기 마인드셋 편에서 배운 F(Follow Clicks, 터진 클릭을 따라가라)를 떠올리면 된다. 강의 역시 마찬가지다. 뭔가, 터진 강의 제목, 터진 상호에 사람들이 몰리게 마련이다. 부끄러워할 것 없다. 그것, 훔쳐오면 된다.

단, 중요한 게 있다. 가져오되, '다르게Different' 훔쳐와야 한다는 점이다.

백종원 떡볶이 예를 든 적이 있다. 당신이 떡볶이 집 창업을 한다고 할 때, 백종원보다 맛있는 빨간 떡볶이는 절대 만들 수 없다. 이럴 때 초록 떡볶이로 색깔을 다르게 가면 승부를 볼 수 있다. 이런 식이다. '다름'의 양념을 뿌린, 훔치기. 이게 우리가 추구하는 것이다. 최근, 주언규 PD 역시, 베끼기 논란에 휩싸인 적이 있다. 전체적인 틀만, 가져오고, 반드시, 비틀어야 한다는 것, 잊지 마시라. 다음을 보자.

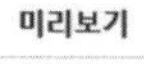

[도서] **신경 끄기 연습** 걱정, 초조, 두려움을 뛰어넘는 61가지 심리 기술

나이토 요시히토 저/김한나 역 | 유노책주 | 2023년 01월

13,500원 (10% 할인) P 750원

판매지수 47,673 | 회원리뷰(4건) ★★★★★ **10.0**

지금 주문하면 **내일(2/15, 수)** 도착예정

사은품 | 기획전 | [경제경영 자기계발] 이럴 땐? 이런 책! (23.01.27 ~ 23.02.28)

관련상품 : eBook 12,000원

미리보기

강력추천 | 오늘의책 | 2018 올해의 책

[도서] **신경 끄기의 기술** 인생에서 가장 중요한 것만 남기는 힘

마크 맨슨 저/한재호 역 | 갤리온 | 2017년 10월

13,500원 (10% 할인) P 750원

판매지수 28,773 | 회원리뷰(230건) ★★★★☆ **8.7**

지금 주문하면 **내일(2/15, 수)** 도착예정

#페이커가읽은책 #북클럽에선무제한 #올해의책 #명절횻병타파 #

사은품 | 기획전 | [경제경영 자기계발] 이럴 땐? 이런 책! (23.01.27 ~ 23.02.28)

관련상품 : 중고상품 125개

출판 마케터들이 가장 잘 써먹는 필살기가 '스틸'이다. 2017년에 마크 맨슨이 쓴 《신경 끄기의 기술》이란 책이 베스트셀러가 된 적이 있다. 신경 쓰지 말고, 살자는 철학을 담은 책이다. 이게, 2023년 초, 다시 나왔다, 가 아니라, 비슷하게 등장했다. '신경 끄기 연습'이란 제목이다. 조사 '의'만 사라졌고, 기술 대신 '연습'으로만 제목이 달라Different졌을 뿐이다.

전체적인 느낌은 동일하다. 글자체까지 엇비슷하다. 그런데, 다르다.

오, 이런 게 바로 제대로 된 '스틸 신공'이다. 뭐, 어떤가. 잘 팔리면 장땡인 법이다.

14일 차

히든카드 3.
무한리필 주제
다양화 공식 'HOT'

진짜, 뜨겁게HOT 돈 되는 영업 비밀, 두 번째 비칙이다. '돈 되는 콘텐츠'를 무한리필로 생산할 수 있다면 믿어지시는가. 그 차별화 공식, HOT다. 워낙 핫한 필살기여서 아예, 연상법을 HOT으로 알려드린다. 이거, 알아두면, 평생 리필해가며, 돈 되는 콘텐츠 무한생산할 수 있다. 플랫폼 강사를 통한 N잡러, 프로 마케터, 출판 마케터를 꿈꾸신다면, 볼 것 없다. 핫하게 외우시라.

무한리필 주제 다양화Differet 공식 'HOT'

① H(How) : 방법을 쪼개라

② O(Object) : 목적을 다양화하라

③ T(Target) : 대상을 세분화하라

1 How 방법을 쪼개라

돈 되는 주제 무한 리필 1법칙이다. 방법을 다양화하면 된다. 이것, 간단하다. 다이어트 방법을 전수한다고 해보자. 이때, 방법만 바꿔 주면 된다. '댄스' 방법을 통한 다이어트도 되고, '권투'나 '태권도'를 통한 다이어트도 된다. 그저, 방법만 바꿔줬는데, 벌써 다이어트 관련 강의 3개가 다른 아이템으로 등장했다. 이런 식이다.

EX

다이어트 ← H 신공(How 다양화)

A. (댄스로 하는) 다이어트

B. (요가로 하는) 다이어트

C. (권투로 하는) 다이어트

D. (태권도로 하는) 다이어트

……. (방법은 무한) 다이어트

클래스유의 '다이어트' 강의 영상물 3개다. 차별점은 결국 How(방식)다. 맨 왼쪽은 '스트레칭' 다이어트, 가운데는 '집에서 하는' 다이어트, 우측은 '면역' 기반, 다이어트다. 느낌만 알아두면 된다. 당신도, 무한리필, 콘텐츠 생산할 수 있다. 그것도, 돈 되는 걸로.

책 출간도 마찬가지다. 방법의 다양화, H신공을 써 보자. 누구나 오프라인 책 출간을 떠올리겠지만, 요즘은 PDF 파일 형태로, 크몽에 올려도 베스트셀러가 될 수 있다. 유튜브로, 아예 책을 읽어줘도 된다. 유튜브 노출 방식도 다양화할 수 있다. 그냥, 책을 읽어주는 방식, 애니메이션으로 보여주는 방식으로 다양화해도 된다.

책 종류를 다양화하는 것도 H신공의 한 갈래다. 절판책만 골라, 소개를 해도 된다. 아예 어린이 도서만 골라 읽어줘도 좋다.

2 Object
목적을 다양화하라

목적을 '다양화'하는 것도 요긴하다. 《N잡하는 허대리의 월급독립스쿨》에는 '목적을 쪼개는' 차별화 노하우를 자세히 설명하고 있다. '포토샵'을 주제로 한 강의라고 생각해보자. 우선 강의를 듣는 이유가 있을 것이다. 그 이유를 고민한 뒤에, 그 이유에 맞게, 목적을 다양화한 강의를 생산만 하면 된다. 다음을 보자.

포토샵 강의를 듣는 이유

① 쇼핑몰 상세 페이지를 만들고 싶어서

② 유튜브 썸네일을 만들고 싶어서

③ 웹툰을 그려보고 싶어서

④ 책 표지를 디자인하고 싶어서

목적에 따라 포토샵 강의 다양화하기

① 포토샵으로 쇼핑몰 상세 페이지 만드는 비법

② 눈길 확 끄는 포토샵 유튜브 썸네일 제작법

③ 웹툰 지망생을 위한 프로 포토샵 강의

④ 포토샵으로 책 표지 디자인하기

클래스유의 엑셀 강좌다. 근본은 같다. 엑셀 강의. 다른 차별점, 목적 다양화다. 자세히 뜯어보자. 왼쪽, 프로칼퇴너 공대녀의 사무실용 실전 엑셀이다. 엑셀 강의는 밋밋하지만, 앞에 목적을 보시라. 공대를 나온 강사, 그분은 엑셀 달인이어서, 칼퇴 기본으로 하시는 분이다. 그녀가 가르쳐 주는 사무실용 실전 엑셀 노하우라니. 강렬하다. 가운데 강의는 왕초보용 엑셀 공부다. 우측

은 또 목적이 다르다. 같은 엑셀 강의인데, 목적이 '일잘러의 보고서 작성'에 맞춰져 있다. 목적만 다양화했을 뿐인데, 돈 되는 강의 3개가 쏟아진 셈이다.

3 Target
대상을 세분화하라

타깃을 다양화하는 것, 역시나 무한리필 콘텐츠 제작의 핵심이다. 'BETS' 필살기에서의 'T(타기팅 세분화)'와 유사한 개념이다. 아예 제목에 타깃을 나눠 박아넣는 게, BETS 공식이라면, 이번 타깃 다양화는 강의 등 콘텐츠(내용)에 차별화한 것을 심는 작업이다. 결국, 같은 연장선이다. 뭔가, 지속적인 콘텐츠를 생산하고 싶다면? 고민할 것 없다. 그저, 타깃만 다양화하면 된다. 《100만 클릭을 부르는 글쓰기》와 달리, 필살기편 2탄에, 굳이 '히든카드 · 프로 클릭러를 위한 필살기'를 집어넣은 것도 타깃의 다양화 차원이다. 그래야, 그 타깃들이 한 권이라도 더 사줄 테니까 말이다.

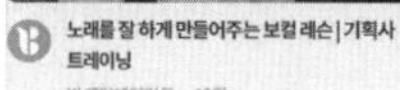

12강짜리 빈엔터테인먼트 강의는 노래를 잘하고픈 '음치과'들이 주 대상이다. 반면, 가운데와 우측 타깃은 어떤가. 고음을 원하는 분들이다. 타깃을 아예 고음을 원하는 분들로 포커싱한 것이다. 대상만 틀어도 무한리필 강의 콘텐츠는 쏟아진다.

15일 차

히든카드 4.
제목에 데드라인을
심어라

'데드라인을 심어라.'

돈 되는 제목 달기에도, 주머니를 더 쉽게 열게 만드는 '결제 증폭법'이 있다. 이 장치만 쓰면, 묘하게, 결제율이 높아진다. 뭘까. 데드라인이다. 제목에 아예 시간을 딱 한정해버리면, 마음이 조급해진다. 대표적인 게 클래스유라는 강의 플랫폼에서 즐겨 쓰는 '얼리 버드'다. 미리 강의 신청만 하면, 80%까지 할인해준다니. 결제 안 할 도리가 없다. 강좌나 책 제목에도 마찬가지다. '데드라인'을 박아버리면, 심통, 쿡 찔린다. 지갑, 무장해제다.

돈 되는 제목 달기 잡기술

① 데드라인을 정하라 : 마법의 데드라인 '하루'

② 현실 가능한 혜택을 던져라 : 월천(×) 월백(○)

1 데드라인을 심어라

심리학자 아모스 트버스키Amos Tversky의 유명한 실험이 있다. 대학생들을 대상으로 한 설문 실험에서 보상으로 5달러를 내건다. 한쪽 집단에만 5일이라는 데드라인을 주고, 다른 한쪽엔 데드라인 없이 그냥 설문지를 보내달라고 요청한다. 결과는? 역시나 데드라인의 힘이 작용한다. 5일, 기한을 설정한 쪽은 66% 설문지가 걷혔고, 반대로 데드라인이 없던 쪽은 25%가 회수되는 데 그친다.

당연히, 당신의 강의 제목에도 데드라인이 들어가야 한다. 플랫폼 강의에서 가장 많이 등장하는 빈출 데드라인도 이참에 외워두자. 가장 많은 빈출 데드라인은 '하루'다. 클래스유에선 하루 키워드를 검색하면 354개의 강의가 뜬다. 10분과 20분도 빈출 데드라인이다. '10분'이 월등히 많다.

하루 24시간. 가장 익숙하면서도, 친숙한 데드라인이다. 오죽하면 '하루'라는 영화까지 등장했겠는가. 그래서 뭐든, 하루에 해치우는 강의나, 책제목을 뽑으면 지갑을 열 수 있다. 캡처를 보자. 하루 10분, 100일 후의 변화와 기적이 왼쪽 강의다. 가운데 역시 하루 10분 투자해 스피치를 공부하자는 취지다. 우측은 노래 강의다. 하루 5분 투자로, 꾀꼬리 실력을 뽐낼 수 있다는데, 결제 안 할 도리가 있는가.

2 월천?
월백이 더 먹힌다

재테크 콘텐츠의 제목에 가장 많이 등장하는 데드라인은 '월月'이다. 월천(1,000만 원)이면 한 달에 천만 원을, 월백이면, 한 달에 백만 원을 번다는 의미다. 이왕 제목에 넣을 거면, 월천, 월억 같이, 많은 게 좋지 않느냐고? 천만에다. 이게 반대다. 수강생들은 허무맹랑함을 경계한다. 뭔가 뻥튀기 느낌이 들면, 절대 지갑을 열지 않는다. 아, 이 정도면 가능하겠구나, 하는 이성적인 상식선에서 투자를 하는 법이다. 그냥 클릭만 뽑아먹는 단계에서는 이성이 작동하는 것을 경계한다.

이성이 작동하기 전에, 본능이 먼저 움직이는 기술을 연마한다. 클릭을 돈으로 연결하는 프로 클릭러의 단계에서는 '이성'을 오히려 설득해야 한다. 그래서, 월천보다는 월백, 아니, 월10, 월30 같은 작은 단위가 먹힌다.

당연히 경계해야 할 단어는 '확언' 류다. '100% 환불 보장',

'100% 원금 보장', '안 되면 수강료 100% 환불' 같은 문구는 되도록 쓰지 않는 게 좋다.

왼쪽 강의는 로고 디자인으로 월 100만 원 버는 법에 대한 강의다. 우측 역시 월 100만 원, 딱 이성적인 수준의 부업을 내세우고 있다. 월 100만 원 정도의 부수입이면, 뭔가 그래도 될 것 같다는 생각이 든다.

하. 숨 가쁘게 달려왔다. 딱 15일. 하루 1개씩 공식을 외우고, 감을 느끼셨다면, 그대, 이제는 '클릭의 야생 필드'로 뛰어나가도 좋다.

물론, 안다. 어려웠을 수도 있다. 1탄 《100만 클릭을 부르는 글쓰기》가 초보를 위한 책이었다면 2탄 《100만 클릭 터지는 독한 필살기》는 그야말로 프로들을 위한 실전 기술을 총망라했기 때문이다. 특히 '부스터샷' 15가지 필살기는 아예 따로 공식만 묶어 책 맨 뒤, 부록처럼 만들어 두었다. 시간 날 때마다 오려두고, 외워두시길.

필자처럼, '클릭 1타 강사' 소리를 연이어 들을, 그대들에게, 한 가지 당부드릴 게 있다. 살벌한 '클릭의 세계'에 들어섰다면 명심 또 명심해야 할 조언이다.

그저, 클릭을 일으키는 것, 그리고 그 클릭을 돈으로 연결하는 건, 차원이 다른 게임이라는 것, 말이다.

서문에도 썼다. 흥미에 기반을 둔, '클릭 유발'이, 아마추어 단계라면, 클릭을 돈으로 연결하는 작업은 프로의 영역이다. 프로 클릭러의 세계에선, 클릭을 뽑아 잘근잘근 씹어먹을 때마다 '핏물'이 튄다. 허나, 걱정할 것 없다. 그대는 이미, 클릭을 돈으로 연결하는 필살기 'BETS' 공식과, 돈 되는 콘텐츠를 무한리필로 생산할 수 있는, 마법의 우라까이 필살기 'HOT'까지 장착했으니까.

남은 건, 행동력이다. 이 필살기를 '플랫폼 강호'에 나가, 써먹느냐, 마느냐는 그대들의 몫이다. 필자가 강의 때마다 말미에 강조하는 말이 있다. 성공은 '곱셈의 법칙'이 지배한다고. 실행하지 않으면 제로, 0을 곱해봐야 결과물은 '말짱 도루묵(제로)'이다. 뭐라도 해야, 곱했을 때, 제로가 아닌, 결과물이 나온다.

자, 필자만큼이나 클릭을 사랑하는 그대, 애독자들이여. 완독하셨다면, 볼 것 없다. 심호흡, 한 번 하고 당장 '플랫폼 강호(필드)'로 달려나가시라. 마음껏 '클릭 신공'을 펼치시라. 건투를 빈다.

T

100만 클릭 터지는 15공식 서머리

마인드셋 독한 필살기 3가지

- 필살기 1. 공략 대상은 플랫폼(알고리즘)이다 – 우뇌(자극 – 반응) 공략
  - * 일반 글쓰기(인쇄글 · TV) = 좌뇌
  - * 플랫폼 글쓰기(유튜브 · 포스트 · 블로그 · 인스타그램) = 우뇌
- 필살기 2. 플랫폼 속성
  - * Mr. 플랫폼(알고리즘) = 위대한 능멸자The Great Humiliator
  - * 예측불허. 상상초월. 예상치 못한 곳에서 터지는 클릭
- 필살기 3. 공략 마인드셋 FIRE 법칙
  - * F : Follow Clicks 클릭을 따라가라
  - * I : Identify 정체성을 심어라
  - * R : Real 레알로 승부하라. 뻥치지 마라
  - * E : Enjoy 즐겨라

플랫폼 글쓰기 마인드셋 'FIRE' 법칙

- F : Follow Clicks 클릭을 따라가라
- I : Identity 자신만의 색깔(정체성)을 만들어라
- R : Real 솔직하라
- E : Enjoy 즐겨라(Easy 단순함)

글쓰기 SHORT 필살기

- 필살기 1. 월스트리트저널 공식WSJ Fomular : '선빵'을 날려라
  - 가장 상징적인 예(에피소드 리드, Episodic Lead)를 무조건 첫 머리에 꺼내라
- 필살기 2. 글쓰기의 국룰 쇼트Short 법칙
  ① SHORT의 법칙 : 짧게 끊어쳐라
  ② R의 법칙 : Rhythm 리듬을 타라
  ③ R의 법칙 : Don't Repeat 반복을 피하라
  ④ T : 재미와 정보의 황금비율 파레토(2대8) 법칙

월스트리트저널 공식

① Episodic Lead : 가장 상징적인 장면(내용), 핵심 바로 전개. 쾅 때리기

② Transition to the Theme : 주제로 돌아가기(전체 기사 5분의 1 지점)

③ Story Line : 이야기 줄거리 암시

④ Tease The Reader : 독자 애태우기(알려줄 듯 말 듯)

⑤ Provide Details : 세부 정보 제공

⑥ Closing : 수미쌍관. 리드의 에피소드로 회기

끊어치기 세부 스킬 3가지

① 기계적으로, 끊어라

② 1형식도 자른다

③ 숲의 흐름은 놓치지 말 것

문장 리듬 넣기 세부 스킬

① 리듬 만들기 공식 : 짤짤이 신공(1-1-3-4-2 법칙)

② 리듬 연마법 : 의식적으로 느껴라

서술어 반복 솎아내는 세부 스킬

① 반복 솎아내기 : 서술어만 째려봐라

② 반복 피하기 : 서술어를 변주하라

① 파레토 법칙(정보 8 : 재미 2)을 기억하라

② 재미 전달의 3계명(웃기려면 웃기지 마라 · 담담하게 · 유행어 사투리를 구사하라)

유행어·사투리 구사 세부 스킬

① 제목에 대놓고 박아넣기(클릭 직접 효과)

② 내용에 녹이기(클릭 간접 효과)

* 주의사항 : 유행어, 사투리는 '조미료'다. 과용하면, 역효과다.

플랫폼 스토리 메이킹 필살기 2가지

- 필살기 1. 100만 클릭을 부르는 스토리 메이킹 공식
  * (A + B) × C = (A : 스토리 + B : 가치) × C : 자극(클릭의 섬 자간도 공식)
  * A + B : 콘텐츠, C는 기법(제목 달기의 기술)

  A. 스토리 : 이성을 마비시키는 스토리 : 야 · 반 · 도 · 주 : 야함 + 반전 + 돈(Money : 명품) + 주(주인공 : 스타 · 연예인)

  B. 가치 : 어떤 가치를 줄 것인가 = 문제 해결 : Solve

  C. 자극 : 클릭의 섬 '자간도' 공식(자극하라 · 간지럽혀라 · 도발하라)
- 필살기 2. 주제 잡기 마인드셋 CES 공식
  ① 연결성(Connectivity) : 묻어갈 수 있는가
  ② 확장성(Expandibility) : '우라까이'할 수 있는가
  ③ 지속가능성(Sustainability) : 무한제작이 가능한가

낯설게 하기 3초식 'BTS'

- 초식 1 : 비(B)틀기
- 초식 2 : T(The) – 커넥팅 더 닷츠(Connecting The Dots)
- 초식 3 : 습관 바꾸기(습–S의 습)

- A. 제목 비틀기
- B. 내용 비틀기

- Q(Quotation) : 반전의 쿼트를 써라
- N(Numbers) : 숫자를 삽입하라
- A(Angry) : 심통을 자극하라

무조건 터지는 스토리 필살기

- 필살기 1. 이 주제만 잡으면 무조건 100만 클릭 : 야반도주

  * 야(야한 것), 반(반전), 도(돈, 머니), 주(주인공 스타)

  ① 야함 : 은밀, 오붓, 쉿, 몰래

  ② 반전 : ~데(했는데, 갔는데), … (말줄임표)

  ③ 돈(머니) : 숫자(Numbers), 대박, 가성비갑, 뽕 뽑는

  ④ 주인공(스타) : (스타) 다녀간, (스타) 줄 서는, (스타)만 아는

- 필살기 2. 태양보다 중요한 'SUN' 법칙

  * SUN 법칙 S : 스타(별)에 묻어가라

* SUN 법칙 U : 이기심 말고 이타심을 만족시켜라

* SUN 법칙 N : 넛지가 있는가

스타 '클릭 증폭' 제목 키워드

(스타) 다녀간, (스타) 줄 서는, (스타)만 아는, (스타)도 못 가본,

(스타)도 모르는

'넛지 신공' 3가지

① 똥파리를 찾아라

② 뒤집어라

③ 묻고 더블로 가

클릭 월척 글쓰기 5형식 'SMILE'

스마일 SMILE 공식 = S(스타클) + M(미라클) + I + L(리스티클) + E(이코노미클)

- 1형식 기본형 리스티클(List + Article)
  : 증폭 키워드 = 최고 · 최악, BEST · WORST, 무조건 · 반드시
- 2형식 네가티클(Negative + Article)
  : 증폭 키워드 = 절대(절대로) · 무조건
- 3형식 스타클(Star + Article)
  : 증폭 키워드 = 조사 '만 · 도', 스타클의 확장(스타가 사물 => 삼성전자 등 주주 숫자 많은 종목 뉴스)
- 4형식 미라클(Miracle + Article)
  : 증폭 키워드 = 황당, 충격, 엽기, 상상초월
  * 미라클 소재 = 증폭 소재 : 밀폐 공간, 키워드 : 비행기, 크루즈, 호텔, 엘리베이터, 화장실
- 5형식 이코노미클(Economy + Article)
  : 증폭 키워드 = 공짜, 무료, 호갱, 뒤통수치는, 뽕 뽑는, (핵)가성비(갑), 킹받는

협의의 리스티클 3가지

- 워너클 : (남들이) 원하는 것을 리스트화

  * 예) 휴가철 무조건 가야 하는 휴가족 핫플레이스 8곳

- 타임리클: 시의성 있는 사건들의 나열

  * 예) 비행기 사고 발생 → 비행기 사고 때 생존확률 높은 기내 좌석 3곳

- 크레디클 : 여행의 〈론리플래닛〉이나, 〈CNN〉 같은 신뢰감 있는 매체의 발표 내용을 리스트화

  * 예) 〈CNN〉 선정, 아시아에서 가장 힐링하기 좋은 호텔 4곳

리스티클 제목 클릭 증폭 키워드

최고 · 최악, BEST · WORST, 무조건(모든 형식에 적용되는 범용 증폭 키워드)

네가티클 제목 클릭 증폭 키워드

절대(절대로) · 무조건(모든 형식에 적용되는 범용 증폭 키워드)

스타클 제목 클릭 증폭 키워드

마법의 조사 '만 · 도' + 네가티클(뒤집기), 무조건(모든 형식에 적용되는 범용 증폭 키워드)

① 핫플레이스 : ○○○… 다녀간 · 방문한 · 열광한

② 맛집 : ○○○도… 줄 서는 · 모르는 (VS ○○○만 아는)

③ 상품 : ○○○도 쓰는 · 하고 다니는 · 착용한

* 절대 원칙 : 스타의 이름은 제목 서두에 무조건!

미라클 제목 클릭 증폭 키워드

- 황당, 충격, 엽기, 상상초월
- 무조건 미라클이 먹히는 장소 : 밀폐 공간

* 예) 비행기, 크루즈, 호텔, 엘리베이터, 주차장

이코노미클 제목 클릭 증폭 키워드

① 초고가 · 초저가 : 대놓고 보여주기

② 가격비교 : 같은 상품인데, 왜 A와 B 판매가가 다르지?

③ 먹히는 키워드 : 공짜, 무료, 호갱, 뒤통수치는, 뽕 뽑는, (핵)가성비(갑), 킹받는

H 아티클 2가지

① 휴머니클(Human + 아티클) : 인간 스토리

② 헬스클(Health + 아티클) : 건강 스토리

휴머니클 실전 활용법 2가지

- 멀티클 1 : 스타클(3형식) + 휴머니클
- 멀티클 2 : 미라클(4형식) + 휴머니클

  * 예외 : 시민영웅, 반전 스토리Teasing

클릭을 부르는 제목 필살기 '자간도'

- 자 : 자극하라

  * 증폭 키워드 : 단독, 속보, 충격, 뜨악, 경악, 발칵 + 4대 쿼트(인용문)

- 간 : 간지럽혀라Teasing

  * 증폭 키워드 : 까닭, 이유, 정체, 이것(It), 왜, … (말줄임표), ○○○

- 도 : 도발하라

  * 증폭 키워드 : 나만 모르는, 너만 모르는, 해봤습니다

- 직접적 제목 자극 키워드 : 단독 · 속보(언론사 전용), 충격, 뜨악, 경악, 발칵
- 간접적 제목 자극 키워드 : QNA 신공

  ① Q 4대 쿼트(인용문)

  ② N(Numbers)숫자를 써라

  ③ A(Anger)심통을 자극하라 : 당신만 모르는, 나만 모르는(스타클 융합 : ○○○도 모르는), 해봤습니다

클릭 증폭 제목 쿼트 4유형

① 반전 쿼트 : 반전이 되는 핵심 내용 '인용문'으로 표현

② 일상 쿼트 : 일상에서 쓰는 감정상 구어를 그대로 인용문으로 표현

③ 티싱 쿼트 : 정체를 감추는 인용문

④ 감정 쿼트(욱 쿼트) : 열 받은 감정 표현, 그대로 쿼트화. 애칭은 욱 쿼트

반전 쿼트 제목 제작법

A(상식) VS B(반전) 형태

* 예) 노마스크로 마트 갔는데(상식 : 실내 마스크 착용 해제 후 일반 상식. 마트는 노마스크로 갈 수 있음), 과태료 10만 원?(반전 : 실내 마스크 착용 해제됐는데, 벌금 10만 원 부과)

상투적 일상쿼트

- 장면 제목 : "머리털 나고 처음 봤어요"
- 장면 제목 : "오빠, 저게 뭐야"
- 핫플레이스 : "아빠(오빠), 여기 가요"

상투적 육 쿼트

- 범죄자 검거 뉴스 : "어딜 도망가"
- 대치, 일촉즉발 : "못 알아들어?" "제발, 싸우지 마세요"

제목 클릭 숫자 증폭 필살기

① 머니를 노출하라 – 손실회피 심리 : 손실 보든 이익 보든, 돈과 관련된 숫자

② 쪼개라(Divide) – 직관 노리기 : Daily(하루당)으로 환산할 것

③ 기한을 한정하라 – 3개월에 ○○○, 1년 안에 죽는, 1년에 ○○ 버는

⑤ 연령대도 보여줘라 – 20대, 30대, 40대

빈출 티싱 클릭 증폭 키워드

까닭, 이유, 정체, 이것 · 이건It, 왜, … (말줄임표), ○○○

프로 클릭러만 쓰는 제목 스킬 'TTS'

① T(Twenty) : 20자를 넘지 마라

② T(Teasing) : 핵심 키워드는 (무조건) 감춰라

③ S(Simple) : '조(조사) · 서(서술어)'는 덜어내라

버려야 할 조서 1

- 은, 는, 이, 가(만 · 도를 제외한 것)

– '만과 도'를 제외한, 전 조사가 대상이다. 보이는가? 과감히, 빼보시라.

버려야 할 조서 2

- 설명적 서술어

– 서술어, 빼시라. 단 조건이 있다. 정확히는 구구절절 설명하는 서술어다. 이게, 사족이다. 도려내시라.

클릭 유발 키워드 사전

1. 클릭 유발 주제 7가지

- 호기심 자극 : 이유 · 정체 · 까닭 · 비결(꿀팁) · 어디 · 무슨 일 · 소동 · 황당(한) · 의혹 · 이것 · 이곳(그것 · 그곳 · it)
- 호기심 응급처방 : ○○○ · …
- 가성비 자극 : 무료(공짜) · 뽕 (뽑는) · 핵가성비 · 가성비 갑
- 비교 자극 : 소름 · 최악 · 최고 · 기네스(북) · 남성 · 여성(성비 자극)
- 민족성 자극 : 한국인 · 일본(인) · 중국(인)
- 심통 자극 : 진상 · 꼴불견 · 호갱 · 빌런
- 경각심 자극 : 주의 · 요주의

2. 클릭 유발 부사

- 4로 : 절대로 · 함부로 · 의외로 · 제대로
- 2무 : 무조건 · 무심코

3. 클릭 유발 형용사

난리 난 · 대박 난 · 킹받는 · 뽕 뽑는

4. 클릭 유발 어미

- (일반) 의문형 : ? · 왜
- 도발적 의문형 : (나만 · 너만) 모른다고?
- 어설픈 끝맺음

A. 극강의 신공 '말줄임표'

B. (해, 어딘가, 뭔가) 보니(봤더니) · (뭐, 하, 어떻)길래

C. 고자질형 · 억지형 : ○○하재요~(고자질형) · ~ 해주세요(억지형)

5. 클릭 유발 조사

- 만 · 도

* 만 · 도 클릭 증폭법 : (멀티) 비교 자극 · 민족성 자극

6. 클릭 유발 감탄사

멘붕 · 비상 · 발칵 · 충격 · 깜짝 · 경악 · 뜨악

7. 클릭 유발 가정법

- if 절 : (만약) 이 영상이 (당신한테) 보였다면…, 만약에…
- as 절 : 이 영상을 보고… (웃지 마세요, 숨을 쉬지 마세요, 하품하지 마세요…)

무조건 먹히는 5대 응급비칙

- 비칙 1. '땡땡땡' 무조건 써라

– ○○○, …, × ×(욕 or ○○ 대용)

- 비칙 2. 죽은 콘텐츠 살리는 '쓰리로'

– 절대로 · 의외로 · 함부로

- 비칙 3. 괄호 신공

– 제목 끝에 괄호를 써라 : 괄호 안 내용 (98%는 모릅니다)

- 비칙 4. 묻어가기 신공

– 그 분야 전문가를 동원하라

- 비칙 5. 무조건 먹히는 형식 '대물'

– 대리만족 + 몰카

돈 버는 제목 공식 'BETS'

① B(Benefit) : 제목에 혜택Benefit을 넣어라

② E(Expert) : 당신이 전문가Expert임을 내세워라

③ T(Target) : 타깃을 세분화하라

④ S(Steal) : 돈이 터진 제목을 훔쳐라(단, 다르게 비틀어라!)

무한리필 주제 다양화Differet 공식 'HOT'

① H(How) : 방법을 쪼개라

② O(Object) : 목적을 다양화하라

③ T(Target) : 대상을 세분화하라

돈 되는 제목 달기 잡기술

① 데드라인을 정하라 : 마법의 데드라인 '하루'

② 현실 가능한 혜택을 던져라 : 월천(×) 월백(○)

100만 클릭 터지는 독한 필살기

초판 1쇄 2023년 5월 11일
초판 2쇄 2023년 6월 30일

지은이 신익수
펴낸이 최경선
펴낸곳 매경출판㈜
책임편집 최혜빈
마케팅 김성현 한동우 구민지
디자인 김보현 이은설

매경출판㈜
등록 2003년 4월 24일(No. 2-3759)
주소 (04557) 서울시 중구 충무로 2 (필동1가) 매일경제 별관 2층 매경출판㈜
홈페이지 www.mkpublish.com
페이스북 facebook.com/maekyungpublishing **인스타그램** instagram.com/mkpublishing
전화 02)2000-2611(기획편집) 02)2000-2645(마케팅) 02)2000-2606(구입 문의)
팩스 02)2000-2609 **이메일** publish@mkpublish.co.kr
인쇄 · 제본 ㈜M-print 031)8071-0961
ISBN 979-11-6484-556-9(03800)